MORD IN SERENITY

DIE LUCA-MYSTERY-REIHE

DAN PETROSINI

 Für Anfragen und Informationen kontaktieren Sie Dan Petrosini unter danpetrosini@gmail.com.

Erhältlich als E-Book und in gedruckter Form.

Print-ISBN: 978-1-960286-70-3

Naples, FL, USA

DIE LUCA MYSTERY -SERIE

BIN ICH DER MÖRDER?

VERSCHWUNDEN

MORD IN SERENITY

DRITTE CHANCEN

EIN KALTER, HARTER FALL

POLIZIST ODER MÖRDER?

SALTER ZUM SCHWEIGEN BRINGEN

EIN MÖRDER FALSCH

UNGEWISSE EINSÄTZE

DER OPA -MÖRDER

GEFÄHRLICHE RACHE

WO SIND SIE

AM SEE BEGRABEN

DER PRESERVE KILLER

NIEMAND IST SICHER

MORD, GELD UND CHAOS

DER GOLDENE AUSVERKAUF

SPANNENDE GEHEIMNISSE

CORYS DILEMMA

CORYS FLUG

CORYS VERSCHIEBUNG

Reihe: Die Kunst der Rache

Im Namen der Rache

Jenseits der Rache

Die Abrechnung

Andere Werke von Dan Petrosini

Der letzte Feind

Completciccitic Zeuge

Zurückschieben

Ehrgeiz Klippe

Sie können über mein Schreiben auf dem Laufenden bleiben und Zugang zu Büchern haben, die frei von Discounter sind, indem Sie sich meinem Newsletter anschließen. Normalerweise ist es einmal im Monat ausgestiegen und enthält auch Notizen zu Selbstwertgefühl, Motivationsstücken und Weinartikeln.

Es ist kostenlos. Siehe meine Website: www.danpetrosini.com

DANKSAGUNG

Besonderer Dank gilt Julie, Stephanie und Jennifer für ihre Liebe und Unterstützung, sowie Squad Sergeant Craig Perrilli für seinen Rat zur realen Welt der Strafverfolgung. Er sorgt dafür, dass ich auf dem Boden der Tatsachen bleibe.

1

GIDEON BRIGHTHOUSE

Ich hörte, wie die Yacht ihre Motoren rückwärts laufen ließ, als sie ins Dock manövrierte, und stand von meinem Liegestuhl auf. Ich ging zum Ende der umlaufenden Terrasse, um sicherzugehen, dass es Marilyn war. Und tatsächlich, sie betrat den Anleger, gefolgt von zwei Matrosen in weißen Uniformen, die mit der Beute des Tages schwer beladen waren. Ihre Kaufsucht war das Einzige, was sich seit dem Tag unseres Kennenlernens nicht geändert hatte.

Da ich wusste, dass ihr vorübergehendes Hochgefühl nachlassen würde, sobald die Sachen verstaut waren, genoss ich noch eine Minute länger die Schönheit von Keewaydin Island, bevor ich zum Haupthaus ging. Während ich den Steinpfad entlangschlenderte, überblickte ich mein Stück vom Paradies; es war der einzige Ort, an dem ich Frieden fand, seit die Panikattacken begonnen hatten. Es machte mir nichts aus, hier tagelang allein zu sein; tatsächlich genoss ich es in vollen Zügen. Tagsüber hörte ich Musik auf der Terrasse, blätterte in Kunstbüchern und wechselte zwischen einem Bad im Pool und dem Schwimmen im schimmernden Golf. Die Tage zerrannen nur so, und wenn die Sonne langsam am Horizont versank, aß ich auf der Terrasse zu Abend, bevor ich mich ins Kunstgebäude zurückzog.

Es war ein erfülltes Dasein, und Tatsache war, dass ich auf Keewaydin in all den Jahren, die ich dort lebte, noch nie eine Panikattacke gehabt hatte, nicht einmal nach meinem Herzinfarkt. Sobald ich jedoch die Insel verließ, konnte alles passieren. Ich betete, dass die Strähne heute anhalten würde, angesichts des Stresses, Marilyn zur Rede zu stellen.

Das Haupthaus, »Serenity House« genannt, war ein hellblaues, zweistöckiges Gebäude im Key-West-Stil. Es wurde von einem silbergrauen Metalldach gekrönt und schmückte sich auf jeder Ebene mit großzügigen Veranden. In den letzten fünf Jahren hatte ich immer weniger Zeit im Serenity House verbracht. Schließlich tauschte ich das Schlafen dort gegen das Gästehaus am Pool ein, als die Lage mit Marilyn vor etwa zwei Jahren eskalierte.

Wenn ich über unsere Beziehung nachdachte, konnte ich ehrlich sagen, dass ich nicht wusste, wie wir von glücklich verliebt zu gegenseitigem Hass übergegangen waren. Ich war es nicht, zumindest anfangs nicht, der die Dinge ins Wanken gebracht hatte. Meine Karriere als leitender Berater von Senator White war auf ihrem Höhepunkt, als Marilyn und ich uns kennenlernten. Ich hatte eine Weile gebraucht, um etwas Befriedigendes außerhalb der Kunstwelt zu finden. Obwohl Politik und Kunst Welten voneinander entfernt sind, konnte ich meine Kreativität während des Wahlkampfs einsetzen und stieg schnell in den Rängen auf.

Die Kombination aus Macht und Zugang war eine

Droge, die unsere Beziehung beflügelte. Während wir beide den endlosen Strom von Veranstaltungen, Partys und Staatsbanketten im Weißen Haus genossen, war mir damals nicht klar, dass dies der Kern unserer Ehe war. Als Senator White während seines Wiederwahlkampfes in einen Skandal verwickelt wurde, distanzierte sich Marilyn von mir. Anfangs deutete ich das falsch und glaubte, sie sei enttäuscht und es würde vorübergehen. Doch als die Umfragen zeigten, dass White hinter dem aufstrebenden Herausforderer zurücklag, wurde sie zunehmend gereizt und verwandelte sich in eine Eiskönigin, noch bevor die letzten Stimmzettel ausgezählt waren. Wir haben uns nie wirklich davon erholt.

Ich stieg die Treppe zur Veranda hinauf, wo es im Schatten und mit Hilfe einer stetigen Brise vom Golf gefühlt zehn Grad kühler war. Trotz der Förmlichkeit und des Reichtums der Familie Boggs hatte das Haus eine einladende, entspannte Atmosphäre. Es war diese Ausstrahlung, die mich dazu bewogen hatte, Marilyn zu überzeugen, von Port Royal auf die Insel zu ziehen. Sie wehrte sich anfangs, stimmte aber später zu und sagte, es sei, um mir eine Freude zu machen, aber ich wusste, was sie letztendlich überzeugt hatte: die Tatsache, dass niemand sonst auf seiner eigenen Privatinsel lebte. Sie spielte die Isolationskarte aus, um die Ausgabe von fünfzehn Millionen für ein Penthouse am Gulf Shore Boulevard zu rechtfertigen, und legte sich noch eine Wohnung an der Fifth Avenue zu, die mit drei Millionen zu Buche schlug. Es war zeitweise exzessiv und widerlich, aber es war ohne Zweifel eine Zeit lang praktisch und machte einen Heidenspaß.

Marilyn war in der Küche und gab Shell, einer Haushälterin, Anweisungen. Es war ein Dienstag. Das Hauspersonal hatte mittwochs frei, da Marilyn das Haus für ihre Stelldicheins unter der Woche leer haben wollte. Ich blieb stehen und bewunderte das Werk von Jasper Johns, das über dem weißen Kalksteinkamin hing. Das Gemälde, bekannt als »Map«, war ein lebendiger, detailreich gearbeiteter Ausdruck, der Johns' Übergang von der Abstraktion zum Konkreteren definierte. Es war eines der ersten Stücke, dessen Kauf ich empfohlen hatte, und es war im Wert gestiegen wie alle anderen, was mir eine kleine Waffe an die Hand gab, um meine sogenannte Faulheit zu verteidigen.

Bevor ich ein skurriles Blumengemälde von Murakami vollständig auf mich wirken lassen konnte, kam Ruby, eine weitere Haushälterin in schwarzer Uniform und Schuhen mit Kreppsohlen, die Treppe herunter. Da ich wusste, dass unsere Begrüßung Marilyn auf meine Anwesenheit aufmerksam machen würde, ging ich in die Küche. Mitten im Satz nickte Shell und ging.

Mit dem Rücken zu mir gewandt, steckte Marilyn in dunkelblauer Sportkleidung, die sich an ihre dünne Gestalt schmiegte. Die Stille wurde durchbrochen, als sie ihre neueste Besessenheit einschaltete, einen schicken Entsafter. Das verschaffte mir dreißig Sekunden, um es mir noch einmal zu überlegen, und ich musste einen Schritt nach vorne machen, um mich am Gehen zu hindern.

Als das Gemüse ordnungsgemäß verflüssigt war, drehte sie sich um und sagte: »Na, na, was ist denn los – ist die Klimaanlage im Poolhaus kaputt?«

»Wir müssen reden.«

»Worüber?«

»Über uns.«

Sie steckte einen Strohhalm in die grüne Suppe, nahm einen Schluck und sagte dann: »Jetzt ist kein guter Zeitpunkt. Ich habe in ein paar Minuten eine Yogastunde mit Gerard.«

»Ach, komm schon, Marilyn, wir wissen beide, dass es nicht funktioniert.«

Mit funkelnden grünen Augen sagte sie: »Wenn du dich vielleicht einer nützlichen Tätigkeit widmen würdest, anstatt wie ein Verrückter trübsinnig auf dem Grundstück herumzulaufen, wäre die Lage vielleicht besser.«

»Das ist nicht fair. Du weißt, wie schwer es für mich ist, Keewaydin zu verlassen.«

Sie murmelte: »Wie praktisch und kläglich.«

Ich wollte ihr am liebsten den Drink in den Hals schütten. »Findest du? Nun, hast du jemals bedacht, dass die Attacken, unter denen ich leide, genau nach dem ersten Mal anfingen, als du mich betrogen hast?«

»Also ist es meine Schuld, dass du nicht funktionierst?«

»Bitte, ich will nicht streiten.«

»Mir soll es recht sein.«

Marilyn nahm einen langen Schluck, stellte das Glas ab, ging hinaus und sagte: »Ich muss los.«

Ich folgte ihr. »Mensch, Marilyn. Können wir das nicht besprechen?«

»Ich mag diese Situation genauso wenig wie du, Gideon.«

Sie riss die Tür zu einem mit Spiegeln verkleideten Studio auf und ging zu einem Gestell voller bunter Matten. Sie schnappte sich eine rote und rollte sie aus, während ich sagte: »Okay, okay. Warum verhandeln wir nicht über eine Scheidungsvereinbarung?«

Sie stemmte die Hände in die Hüften und sagte: »Was willst du denn bei einer sogenannten Vereinbarung, Gideon?«

Ich konnte ihr nicht in die Augen sehen und starrte über ihren Kopf hinweg auf die endlosen Spiegelbilder von uns beiden. Eine Enge breitete sich in meiner Brust aus.

Lächelnd sagte sie: »Erzähl schon, ich möchte doch zu gern verstehen, was mein geliebter Gideon begehrt. Sex ist es ja wohl kaum, oder?«

Sie hatte recht. Sie widerte mich mittlerweile so sehr an, dass wir seit drei Jahren keinen Sex mehr gehabt hatten.

»Ich weiß nicht, warum du immer so, so ... grausam sein musst.« Ich bekam kaum Luft. »Vergiss es einfach.«

»Lauf jetzt nicht weg, Gideon. Du hast damit angefangen, also bringen wir es auch zu Ende.«

Nachdem ich tief Luft geholt hatte, sagte ich: »Ich will nichts weiter als das Recht, hier zu wohnen, und ein paar von meinen Kunstwerken.«

»Deine Kunst? Du meinst die Werke, die der Trust bezahlt hat?« Sie lachte. »Ich glaube kaum. Und was die Insel angeht, das kommt überhaupt nicht infrage.«

Mein Mund war staubtrocken. »Also willst du lieber so weiterleben?«

»Ich beiße in den sauren Apfel und stimme einer Scheidung zu, aber du bekommst nur das, was der Ehevertrag vorsieht. Mehr steht dir nicht zu, und ich werde keinen Dollar mehr hergeben, schon gar nicht an dich.«

Ihr Alter, Martin Boggs, hatte Amerikas drittgrößte Investmentfondsgesellschaft gegründet und ein milliardenschweres Vermögen angehäuft, das besser geschützt war als die Nuklearcodes. Der Sechs-Milliarden-Dollar-Trust kam derzeit Marilyn und ihren beiden Brüdern zugute und enthielt Klauseln, die es dem alten Herrn ermöglichten, seine Kinder vom Grab aus zu kontrollieren. Er wusste zu Recht, dass schlechte Ehen Leben – und Vermögen –

ruinierten, und hatte eine Klausel einfügen lassen, die bei einer Scheidung eine Strafe von zehn Prozent und bei einem Verstoß gegen den erforderlichen Ehevertrag eine lähmende Kürzung um fünfzig Prozent vorsah.

Den Kilimandscharo barfuß mit einer Giraffe auf dem Rücken zu besteigen, wäre einfacher, als Marilyn zum Einlenken zu bewegen.

»Ich ... ich schätze, dann lassen wir einfach alles so, wie es ist.«

Sie schüttelte den Kopf. »Ich fürchte, das wird nicht möglich sein.«

»Was meinst du damit?«

»Ich werde die Scheidung einreichen, Gideon. Das ist es, was wir beide wollen, und du wirst die Insel verlassen müssen.«

Meine Kehle schnürte sich zu und ich griff nach der Anrichte, während Marilyns Stimme zu verblassen begann. Während die Panik in mir aufstieg, überschlugen sich meine Gedanken und ich versuchte, mich an die Anweisungen meines Trainers zu erinnern. Was war das? Eine Puppe, ja, mach es wie eine Lumpenpuppe, eine schlaffe Lumpenpuppe.

Ich ließ den Kopf nach vorn sinken, die Schultern hängen und atmete tief in den Bauch ein. Ich hielt die Luft an und zählte bis fünf, bevor ich sie langsam durch die Nase wieder ausstieß. Als ich begann, den Vorgang zu wiederholen, wurde Marilyns Stimme wieder klarer und ich hörte sie sagen: »Du bist erbärmlich, weißt du das?«

Galle spritzte an die Rückseite meiner Kehle. Ich hasste sie seit Jahren und hatte endlos darüber nachgedacht, sie zu töten. Es war an der Zeit, es endlich zu tun.

2

Barnet Wines and Spirits erstreckte sich über die Ladenfronten von drei Geschäften der Waterside Shops. Es war ein ungewöhnlicher Ort für ein Spirituosengeschäft, ein Wagnis, bei dem die astronomische Miete durch den Verkauf von Boutique-Weinen und den Einstieg in die Belieferung der florierenden Wohltätigkeitsszene in Naples ausgeglichen werden sollte. Beim Ausbau der Ladenfläche wurden keine Kosten gescheut. Um sich bei der philanthropischen Gesellschaft einen Namen zu machen, verfügte es über eine Höhle für private Verkostungen und kleine Veranstaltungen sowie über eine luxuriöse Verkaufsfläche, die wie der Keller eines Weltklasse-Sammlers aussah.

John Barnet schloss die Tür zu seinem Büro und sortierte die Post. Ein gutes Viertel des Stapels waren überfällige Mahnungen, was die Tatsache unterstrich, dass er aufs falsche Pferd gesetzt hatte. Er zog die beiden ältesten heraus und stellte Schecks aus, die eine Woche vordatiert waren. Zuversichtlich, einen Ausweg zu finden, erhob er seine fast zwei Meter große Gestalt aus dem Stuhl und ging ins Bad, um sich für sein Treffen frisch zu machen.

Barnet fuhr sich gerade mit einem kleinen Kamm durch seinen Van-Dyke-Bart, als Marilyn an die Tür klopfte. Sie trug einen weißen Rock und eine rote Bluse, war über und über mit Schmuck behängt und hob sofort Barnets Laune.

»Mrs. Boggs. Wie schön, dich wiederzusehen.«

Er schloss die Tür hinter ihr und streichelte ihr Gesicht. Er strich ihr das Pixie-Haar zurück und küsste sie hungrig. Marilyn erwiderte die Zuneigung, zog sich aber zurück, als Barnet mit der Hand unter ihren Rock fuhr.

»Sei kein so unartiger Junge, Johnny. Das hier ist nicht der richtige Ort.«

Barnet lächelte. »Bleibt es bei heute Abend?«

Marilyn nickte stumm und schürzte die Lippen.

»Ich habe gerade einen wundervollen Winzerchampagner reinbekommen. Er ist stark limitiert, aber ich weiß, dass du ihn lieben wirst. Niemand außerhalb von New York hat ihn.«

»Klingt besonders.«

Barnet nahm ihre Hand. »Nicht so besonders wie du. Ich kann es kaum erwarten, dich später zu sehen.«

»Treffen wir uns im Penthouse. Ich bin wegen eines Meetings der Leukämie-Stiftung in der Stadt. Wusstest du, dass ich dieses Jahr den Vorsitz für den Ball habe?«

»Sehr schön. Findet er wieder im Ritz statt?«

Sie nickte.

»Du weißt, dass sie keine externen Getränkelieferanten zulassen.«

»Es ist nur eine einzige Veranstaltung, John.«

»Ich weiß, aber es ist nicht fair. Außerdem servieren sie zweitklassigen Fusel, und das auch noch zu horrenden Preisen. Du weißt besser als ich, wenn du willst, dass die Leute ihre Brieftaschen zücken, musst du eine erstklassige Veranstaltung auf die Beine stellen. Ich könnte etwas Einzigartiges für dich zusammenstellen, vielleicht eine schöne Mischung aus älteren Bordeaux- und Napa-Kultweinen, über die die Leute noch einen Monat später sprechen werden.«

»Du hast wahrscheinlich recht. Ich werde mit ihnen sprechen.«

»Glaubst du, sie stimmen zu?«

Sie lächelte. »Zweifelst du an mir, Johnny?«

»Nicht in einer Million Jahren, Liebling.«

Sie schaute auf ihre Uhr. »Ich habe um zwei eine Gesichtsbehandlung, also lass uns die St.-Matthew-House-Veranstaltung durchgehen.«

»Sicher.«

Barnet zog eine Akte hervor und setzte sich neben Marilyn, die sagte: »Ich hoffe, du hast daran gedacht, dass die Mehrheit der Teilnehmer nicht, sagen wir, so anspruchsvoll ist wie sonst.«

»Vergisst du, dass ich das schon eine Weile mache? Keine Sorge, ich habe eine nette Auswahl zusammengestellt, nichts Übertriebenes, das zum Publikum passt. Sogar die Käseauswahl ist im oberen Mittelklassebereich.«

»Klingt perfekt. Du hast die Mimosa-Bar, richtig?«

»Jep. Obwohl ich denke, es wäre eine nette Idee, auf jeden Tisch ein Tablett mit Pralinen zu stellen.«

»Aber im Paket vom Hyatt ist ein Dessert enthalten.«

»Die geben euch doch nur einen billigen Blechkuchen. Hochwertige Pralinen zu haben, ist eine nette Geste, an die sie sich erinnern werden.« Er schnippte mit den Fingern. »Mir ist gerade was eingefallen; wie wäre es, jedem Teilnehmer eine kleine Schachtel zu geben, nichts Großes, sagen wir eine Auswahl von vier Pralinen?«

»Die Idee gefällt mir, aber ich möchte nicht den Eindruck erwecken, dass wir zu viel Geld für die Veranstaltung ausgeben.«

»Überlass das mir. Ich lasse die Schachteln mit so was wie ›Mit freundlicher Genehmigung der Boggs-Stiftung‹ oder Ähnlichem bedrucken.«

»Diese Idee gefällt mir. Was meinst du, wie viel das kosten wird?«

»Was ich dafür verlange? Was, musst du plötzlich auf dein Budget achten?«

»Natürlich nicht, nur neugierig.«

»Keine Sorge, ich regle das für dich.«

»Danke, Johnny. Ich muss los.«

»Hast du zufällig einen Scheck dabeigehabt? Ich möchte bei meinen Leuten nicht den Eindruck erwecken, dass ich mich nicht an die Firmenrichtlinien halte.«

Marilyn nickte und zog ein passendes Hermes-Scheckbuch aus ihrer Handtasche. »Wie viel brauchst du?«

»Äh, machen wir glatte fünfzehntausend.«

Marilyns Parfüm lag noch in der Luft, als er seine Filialleiterin in sein Büro rief.

»Was gibt's, John?«

Barnet hielt Marilyns Scheck hoch. »Bring den sofort zur Bank.«

»Kein Problem.«

Bridgette nahm den Scheck, ging aber nicht.

Barnet sagte: »Das war alles, was ich wollte.«

»Kann ich Sie etwas fragen?«

»Sicher.«

»Es ist persönlich, aber ich habe keinen Bruder oder jemanden, den ich dazu fragen könnte.«

»Schon gut, was ist los?«

»Also, da ist dieser Typ, Gary, und er lässt mich nicht in Ruhe. Er kommt ständig bei mir vorbei und mir ist das unangenehm.«

»Hatten Sie was mit diesem Typen?«

»Nein, niemals. Er ist mir unheimlich. Er stalkt mich quasi. Und ich weiß nicht, was ich dagegen tun soll. Was soll ich tun?«

Barnet lehnte sich in seinem Stuhl zurück. »Damals in L. A. gab es diesen Prediger-Typen, der immer vor meinem Laden am Cienega Boulevard herumhing. Er versuchte, den Säufern zu sagen, sie sollen aufhören zu trinken, und störte einfach nur die Kunden. Ich sagte ihm, er solle damit aufhören, aber er war bei Wind und Wetter da, und das fing an, dem Umsatz zu schaden.«

»Wow, was haben Sie gemacht?«

»Er parkte immer auf dem Parkplatz von Randy's Donuts, und eines Nachts wartete ich im Dunkeln auf ihn, und er kam nie wieder.«

»Was haben Sie ihm gesagt, damit er aufhört?«

»Geredet wurde nicht viel, aber ich habe gehört, er hat ein paar Wochen auf der Intensivstation verbracht.«

3

Barnet war schon ein paar Dutzend Mal in dem Penthouse an der Fifth Avenue gewesen. Er parkte unter dem Gebäude und stellte seinen weißen Porsche neben Marilyns babyblauen Bentley. Die Garage war schöner als seine erste Bude in Los Angeles, doch als sich die Aufzugtür schloss, musste er unwillkürlich daran denken, dass die Preise für solche Orte einfach lächerlich waren. Er überprüfte sein Haar im Spiegelbild der Chromtüren, kurz bevor diese sich zu ihrer geräumigen Wohnung öffneten.

Von Simon und Garfunkel empfangen, die in voller Lautstärke schmachteten, marschierte Barnet geradewegs zur Audiokonsole in der Küche und drehte die Musik leiser. Wie üblich wurde Marilyn nie pünktlich fertig. Er wusste, dass sie jede Gelegenheit nutzte, um zu beweisen, dass sie besser war als der Rest der Welt. Sie hatte es verdammt noch mal zu einfach, dachte er. Hatte nie einen Tag in ihrem Leben gearbeitet. Marilyn war ja mit dem Löffel im Mund geboren worden, und zwar keinem silbernen, sondern einem aus Platin.

Sie wusste gar nicht, was für ein Glück sie hatte, dachte Barnet, während er das rund 650 Quadratmeter große Penthouse überblickte, das das komplette Gegenteil von Keewaydin Island war. Der Designer hier hatte eine gewagte Kombination aus Miami-, New-York- und Los-Angeles-Stil verwendet, die einem das Gefühl gab, nicht zu wissen, wo man war. Barnet mochte die Atmosphäre des Ortes und liebte es, dass er einfach nach unten gehen und die Fifth Avenue entlangschlendern konnte, wenn er von Marilyn die Nase voll hatte.

Er nahm einen gläsernen Eiskübel aus einem eleganten Schrank in der Bar, stellte den Champagner hinein und füllte ihn mit Eis. Er schnappte sich eine Flasche Aubert Chardonnay aus dem Kühler und erinnerte sich daran, dass das wöchentliche Rendezvous entscheidend war, um die Dinge am Laufen zu halten. Als er bemerkte, dass der Wein vom Weingut Ritchie stammte, zog Barnet den Korken. Nach einem tiefen Schnuppern und einem Schluck schenkte er sich ein großzügiges Glas ein.

Ein leichter Schwips war genau das, was er brauchte, um den Abend zu überstehen. Er nippte an seinem Wein und ging im Raum umher, wobei er die zeitgenössische Kunst bewunderte, die die Wände zierte. Er fragte sich, wie viel sie wohl wert war, und staunte, wie perfekt sie zu dem Ort passte. Er kippte den Rest eines zweiten Glases hinunter, als Marilyn ihren Auftritt hatte.

»Fängst du ohne mich an?«

Barnet legte einen Arm um sie und küsste sie.

»Lass mich den Champagner köpfen. Das ist etwas Besonderes. Der wird dir gefallen.«

»Was ist es denn?«

Während er die Folie und das Drahtkörbchen vom Korken entfernte, sagte er: »Le Mont Benoit Extra Brut. Das ist ein sogenannter Winzerchampagner. Emmanuel Brochet ist der Erzeuger und der Winzer und seine Champagner werden nur aus Trauben von seinem Weingut hergestellt. Die meisten Champagner, wie Moët und sogar Dom Pérignon, kaufen Trauben aus der ganzen Region und verschneiden sie. Sie verschneiden auch Champagner aus verschiedenen Jahrgängen, um einen Champagner zu kreieren, der dem Stil entspricht, für den sie bekannt sind. Die Winzer machen das nicht; sie machen Champagner, die das Anwesen und das Wetter des jeweiligen Jahres widerspiegeln.«

»Sind die teurer?«

Er ließ den Korken knallen und sagte: »Manchmal, und das sollten sie auch sein. Ich meine, wenn das Wetter schlecht ist, setzen sie alles auf eine Karte. Es ist riskant und ich mag diesen Einsatz. Hier, probier mal.«

»Er ist gut.«

»Merkst du, wie frisch er ist? Es ist unglaublich.«

»Ich glaube schon.«

»Brochet ist ein Genie und das Weingut ist komplett biologisch.«

»Das ist gut. Vielleicht sollten wir uns ein Weingut zulegen.«

»Das wäre schön, aber das kannst du in Florida nicht machen.«

»Warum nicht?«

»Wegen des Klimas. Wie auch immer, was gibt's zum Abendessen?«

»Gemma hat Rosmarinhähnchen und gegrilltes Gemüse für uns gemacht.«

Nach dem Abendessen zog Barnet den Korken aus einem Biondi Santi Brunello und schenkte sich ein Glas ein.

»Willst du auch was?«

»Jetzt nicht, ich kann nicht mit dir mithalten.«

»Das ist einer, den ich für dich besorgt habe.« Er hob das Glas. »Und er ist herrlich.«

»Ich bin froh, dass er dir schmeckt.«

»Ich muss schon sagen, ich liebe die Kunstwerke hier. Besonders dieses rosafarbene.«

»Das ist von einem deutschen Künstler. Ich kann mich nicht an seinen Namen erinnern. Ich glaube, er heißt Richter oder so ähnlich.«

»Wo hast du das aufgetrieben?«

»Gideon hat es bei einer Auktion von Sotheby's ersteigert.«

»Wirklich schön. Hat er die anderen auch besorgt?«

»Ja, alle. Er geht total in seiner Kunst auf.«

»Er hat einen erstaunlichen Job gemacht. Ich hätte keines davon gekauft, selbst wenn ich das Geld für Kunst hätte, aber sie passen hier so gut rein.«

»Das ist heutzutage das Einzige, was er noch auf die Reihe kriegt.«

»Na ja, das hat er gut hingekriegt.«

»Gideon hat gesagt, er will die Scheidung.«

»Und? Warum nicht?«

»Der Trust wird meine Bezüge kürzen, wenn ich mich scheiden lasse.«

»Wow. Daddy gibt also immer noch den Ton an, während das Gras über ihm wächst.«

»Ich weiß, es ist verrückt, aber was soll ich machen? Ich

will von ihm wegkommen, aber das wird mich teuer zu stehen kommen.«

»Vielleicht könnte Gideon verschwinden.«

»Was? Was sagst du da, John?«

»Genau das. Wenn er verschwinden würde, wärst du ihn los und du würdest nicht den finanziellen Schlag einstecken müssen. Das ist doch eine nette Lösung, findest du nicht?«

4

GIDEON BRIGHTHOUSE

Je mehr ich darüber nachdachte, desto mehr wuchs die Idee, wie Unkraut. Ich musste einen plausiblen Weg finden, Marilyn zu töten, einen, der mich nicht belasten würde. So, jetzt habe ich es ausgesprochen, und es fühlte sich nicht schlecht an. Es war wirklich nicht meine Schuld; sie ist diejenige, die mich dazu zwingt. Ich habe eigentlich keine andere Wahl.

Wenn es einen anderen Ausweg aus dieser Ehe gäbe, der es mir erlauben würde, auf der Insel zu bleiben, würde ich ihn ohne Zögern ergreifen. Es geht nicht ums Geld, wirklich nicht. Natürlich würden die Leute das denken, aber sie würden sich irren. Die meisten Leute verstehen nicht, was jemand wie ich durchmachen muss. Die Panik ist lähmend. Nichts dringt durch. Man könnte eine Waffe neben meinem Ohr abfeuern und ich würde immer noch nichts anderes hören als das Blut, das in meinem Kopf hämmert. Ich kann mir nur vorstellen, was sie sagen, wenn es mich überkommt.

Welche Methode ich auch wähle, sie darf nicht gewalttätig sein, nichts wie sie zu erschießen, es sei denn, ich kann es wie einen Raubüberfall aussehen lassen. Sie besitzt Unmengen an Schmuck und war nachlässig oder besser gesagt dumm, was das anging. Im Grunde genommen verlor sie ständig Sachen oder vielleicht hat ihr Freund ein paar ihrer Sachen gestohlen, wenn sie sich trafen. Bis auf ein oder zwei Stücke, die sie von ihrem Daddy bekommen hatte, war es Marilyn egal, ob etwas verloren ging oder gestohlen wurde; sie ersetzte es einfach.

Was wäre, wenn es aussähe, als wäre ein drogensüchtiger Verrückter eingebrochen? Die gibt es überall, aber sie bräuchten ein Boot, um hierherzukommen. Was, wenn es in der Stadt passieren würde? Aber wie sollte ich das anstellen? Vergiss die Idee. Ich nahm die Da-Vinci-Biografie zur Hand, die ich gerade las.

Eine riesige Formation grauer Wolken zog von Süden her auf und verdunkelte alles, während der Wind auffrischte. Ich las weiter, bis ich einen Tropfen spürte und ins Poolhaus ging, als der Himmel seine Schleusen öffnete. Aus dem Fernseher plärrte Unsinn aus einer dieser lächerlichen Reality-Gerichtsshows, und ich zappte mit der Fernbedienung durch die Kanäle und landete bei einer Folge von *American Crime Story*.

Ich stand mit dem Buch in der Hand da und sah zu, wie ein Ehemann sagte, er sei mit dem Mord an seiner Frau davongekommen. Der Kerl sah aus wie ein ganz normaler Typ und sprach, als hätte er kaum einen Schulabschluss. Die Sendung wechselte zu einem Bild einer schwelenden Brandruine; der einzige Hinweis darauf, dass es ein Haus gewesen war, war der gemauerte Schornstein, der noch stand. Ich trat näher an den Bildschirm heran, als ein Schauspieler das Verbrechen nachstellte.

Die Schauspielerin, die die Ehefrau spielte, verließ am Nachmittag das Haus, und ihr entfremdeter Ehemann schlich sich hinein und ging in das Arbeitszimmer, wo sie jeden Abend fernsah. Er erklärte, dass die Lampe, vor der er stand, jeden Abend um elf Uhr als Sicherheitslicht automatisch anging. Er schraubte die Glühbirne aus der Lampe, steckte sie aus und ersetzte sie durch eine mit einer deutlich höheren Wattzahl. Der Erzähler erklärte, dass die Lampe für maximal 100 Watt ausgelegt war und der Ehemann sie durch eine 200-Watt-Glühbirne ersetzt hatte.

Nachdem die Glühbirne ausgetauscht war, nahm der Ehemann ein paar Papiertücher aus dem Badezimmer und legte sie über die neue Birne, um sicherzustellen, dass, falls die unpassende Glühbirne kein Feuer verursachen würde, die Hitze die Tücher entzünden würde, während seine Frau schlief. Ich konnte es kaum glauben, als der Erzähler erwähnte, dass jährlich fast dreißigtausend Häuser durch elektrische Brände beschädigt wurden. Zehntausende von Bränden würden eine Menge Deckung bieten.

Als der Ehemann das Haus verließ, schnitt die Sendung zu einem Interview mit einem Forensiker, der spekulierte, dass die Papiertücher Feuer gefangen hatten, und bezweifelte, dass die Überlastung für den Brand verantwortlich war, der die Frau tötete. Der Experte sagte, die Hitze habe es unmöglich gemacht, die Ursache zu bestimmen, und hätte der Ehemann nicht gestanden, wäre es als Unfall durch Feuer eingestuft worden. In diesem Moment schoss mir das Blut in den Kopf. Ich holte ein paarmal tief Luft und setzte mich.

Ich schloss die Augen und rief mir die Beleuchtung im Serenity House gegen Mitternacht ins Gedächtnis. Die Verandalichter leuchteten von der Dämmerung bis zum

Morgengrauen, aber das waren LEDs, da war ich mir sicher. Da Marilyn die Farbe von LEDs hasste, wusste ich, dass alle Lampen und die Kunstbeleuchtung Glühlampen waren. Verdammt, die Kunst! Ich konnte all diese wundervollen Stücke nicht zu Aschehaufen verbrennen. Selbst mit einer Versicherung konnte man sie einfach nicht ersetzen. Das konnte ich nicht tun. Ein elektrischer Brand kam nicht infrage. Ich musste einen anderen Weg finden.

Nach dem Duschen suchte ich auf Netflix nach *American Crime Story* und begann, die erste Staffel durchzugehen. Es gab keine Morde an Ehepartnern, und in den meisten Fällen ging es darum, den Mörder vom Verdacht reinzuwaschen, indem man die Leiche verschwinden ließ. Einen Tipp habe ich jedoch mitgenommen, und zwar, es so aussehen zu lassen, als hätte es eine bestimmte Person getan.

Ich ging zum Gästehaus, wo ich seit über zwei Jahren wohnte, um mir etwas zum Abendessen zu machen. Die Luftfeuchtigkeit war hoch, während die Abendsonne die Überreste des Regens aufsog. Die meisten Menschen können die Luftfeuchtigkeit nicht ausstehen, aber mir hat sie nie etwas ausgemacht. Ich mochte die Art, wie sie mich lockerte. Als ich am Pool vorbeikam, bemerkte ich, dass der Wasserstand durch den Wolkenbruch hoch war. Die Idee, Marilyn zu ertränken, schoss mir durch den Kopf.

Das im Pool zu tun wäre schwierig – tagsüber sind zu viele Leute auf dem Grundstück. Nachts ging sie selten in den Pool, aber ab und zu ging sie in den Golf und machte ihr Yoga auf einem Wakeboard. Die Boards waren hart genug, um einen k. o. zu schlagen, wenn man sie richtig traf, aber der Golf war ruhig. Es müsste so aussehen, als wäre sie heruntergefallen und mit dem Kopf auf einen Felsen oder so etwas aufgeschlagen, damit es glaubwürdig wäre. Ich würde das am Morgen noch einmal überprüfen, aber ich wüsste nicht, dass es vor dem Strand irgendetwas gäbe, was logisch passen würde.

Der Stress, zu entscheiden, wie ich sie umbringen könnte, ohne mich selbst zu belasten, machte mir zu schaffen. Ich wollte, dass Marilyn wusste, dass ich derjenige war, der sie tötete. Die Ideen kreisten in meinem Kopf und ich musste abschalten. Ich sollte eigentlich keinen Alkohol mit meinen Medikamenten mischen, aber ich brauchte etwas und schenkte mir einen Tumbler Cognac ein. Er brannte in der Kehle, aber die sich ausbreitende Wärme war entspannend. Ich schnappte mir die Flasche, setzte mich in einen Sessel und schaltete den Fernseher ein, um Marilyn aus meinem Kopf zu zwingen.

»Sir, Sir, ist alles in Ordnung?«

Ich kämpfte darum, meine Augen zu öffnen. Shell, die Haushälterin, rüttelte an meiner Schulter. »Äh, ja, ich muss wohl eingeschlafen sein.«

Shell half mir, mich aufzusetzen. »Sind Sie sicher, Sir?«

»Mir geht es gut.«

»Ich weiß, es geht mich nichts an, Sir, aber Sie können nicht weitertrinken, mit den Medikamenten, die Sie nehmen.«

Shell stand auf und ich traute meinen Augen nicht. Der Couchtisch war umgeworfen und überall war Glas. Eine John-Richard-Lampe lag in Stücken neben den Schiebetüren. Mit angehaltenem Atem überprüfte ich die Wände und atmete aus, als es schien, dass alle Kunstwerke unbeschädigt waren, anders als beim letzten Mal. Der Geruch von

Cognac lenkte meinen Blick auf die zerbrochene Courvoisier-Flasche, deren Scherben über dem Kaminsims verstreut lagen.

»Bleiben Sie sitzen, Mr. Brighthouse. Warten Sie, bis ich Ihnen Schuhe geholt habe.«

Was war passiert? Das war das dritte Mal in zwei Monaten, dass ich einen Filmriss hatte und eine Spur der Zerstörung und keine Erinnerung an mein gewalttätiges Verhalten hinterließ.

5

Barnet saß an seinem Schreibtisch und beobachtete die Kamerabilder von der Verkaufsfläche seines Ladens. Die spärliche, nur tröpfchenweise eintreffende Laufkundschaft machte ihm Sorgen. Er hievte sich aus seinem Stuhl, verließ sein Büro und begann, durch den leeren Laden zu streifen. Er zwang sich zu einem Lächeln für die vier plaudernden Verkaufsmitarbeiter und nahm sich vor, das Personal auf zwei zu reduzieren, wenn der Sommer näher rückte.

Die Realität einer weiteren Verlangsamung zum Ende der Saison hin zwang Barnet, sich wieder in sein Büro zurückzuziehen. Vielleicht war es an der Zeit, sich auf den Online-Verkauf zu konzentrieren. Online-Konkurrenten nagten an seinen Umsätzen, und in die Offensive zu gehen würde neue Bestellungen einbringen. Er fand, die Idee, eine Kampagne zu starten, die seinen ungewöhnlichen Laden hervorhob, hätte durchaus Potenzial.

Er loggte sich bei Winesearch.com ein und überflog reihenweise Angebote. Wie zum Teufel machten diese Leute überhaupt noch Geld? Die Margen, die er sah, waren winzig. Barnet war der Meinung, dass es im Geschäft um Empfehlungen ging, darum, Kunden neue Regionen und Rebsorten nahezubringen und sie davon zu überzeugen, diese zu probieren. Sich von der Massenware fernzuhalten, die von den großen Anbietern in riesigen Mengen verkauft wurde, war nicht nur weitaus interessanter, es bot auch die Chance, mit jeder Flasche eine anständige Rendite zu erzielen.

Er ging zum Kühlschrank und holte sich eine Flasche Red Juice Press. Als er den Schraubverschluss aufdrehte, fiel sein Blick auf eine leere Flasche Chateau Margaux aus dem Jahr 2000. Während er sich an die dunklen Blau- und Rotfrüchtenoten dieses Trophäenweins erinnerte, traf es ihn wie ein Blitz. Er nahm einen großen Schluck Saft und drückte den Knopf der Gegensprechanlage.

»Bridgette, kannst du mal kurz reinkommen?«

Noch bevor er einen weiteren Schluck des tiefroten Getränks hinunterschlucken konnte, trat die Geschäftsführerin des Ladens ein.

»Was gibt's?«

Barnet betrachtete angewidert die Speckrolle um ihre Taille. »Setz dich. Ich würde gerne einen richtigen Vorstoß ins Subskriptionsgeschäft wagen.«

»Bordeaux, oder?«

»Natürlich. Das wird uns helfen, den Sommer zu überbrücken.«

»Das ist eine gute Idee. Es gibt hier unten eine Menge Sammler, und wenn wir es richtig anstellen, sichern wir uns ein gutes Stück vom Kuchen.«

»Soweit ich weiß, hat Jacques von Bleu Provence das stärkste Subskriptionsprogramm, aber du bist schon viel länger hier unten als ich.«

Sie nickte. »Ja, Bleu Cellar ist schon eine Weile dabei, und sie haben die meisten Käufer aus Port Royal.«

»Hab ich mir gedacht. Hör zu, du kennst mich, ich will nie etwas verschenken, aber hierbei sollten wir unsere Preise unter denen aller großen Anbieter positionieren. Im Moment geht es darum, uns in den Sammlermarkt einzuarbeiten, und der Cashflow kann auch nicht schaden.«

»Wir haben eine anständige E-Mail-Liste, die wir für das Marketing nutzen können.«

»Das ist ein großartiges Werkzeug. Wir sollten ein paar Banner für den Laden anfertigen lassen, und ich möchte ein paar Facebook-Anzeigen schalten, die sich an Weintrinker und besonders an Frankophile richten. Außerdem schalten wir ein paar Anzeigen in den *Daily News*.«

»Das ist eine gute Idee, aber werden wir überhaupt Margaux, Haut-Brion und Petrus bekommen können?«

Barnet nickte. »Warum sollten wir nicht?«

»Wir hatten da letztes Jahr … äh … ein Problem, falls du dich erinnerst.«

»Es wurde alles geklärt, aber wenn sie nicht mitspielen wollen, scheiß auf sie. Wir brauchen sie sowieso nicht.«

»Da bin ich mir nicht so sicher, John. Wir müssen vorsichtig sein. Viele Käufer geben ihre gesamten Subskriptionen bei ein und demselben Händler auf.«

Barnet wusste, dass das Fehlen dieser Weingüter eine große Gruppe potenzieller Käufer ausschließen würde, sagte aber: »Wie schnell kannst du eine Kampagne auf die Beine stellen?«

»Schnell. Die Grafiken sind kein Problem. Sagen wir, innerhalb einer Woche. Aber wir müssen die Produzenten und unsere Preisgestaltung festlegen.«

»Finde heraus, zu welchen Preisen Bleu Cellar, ABC und

Total Wine verkaufen, und unterbiete den niedrigsten von ihnen um fünf Prozent.«

»Das wird definitiv für Aufmerksamkeit sorgen, aber ich muss wirklich wissen, wie es mit Margaux, Brion und Petrus aussieht. Wirst du nachfragen, ob sie diese Saison an uns verkaufen?«

»Geh davon aus, dass sie es tun werden. Wenn sie irgendwelche Schwierigkeiten machen, werde ich ihnen mit dem Stapel an Bestellungen, den wir bekommen, unter der Nase herumwedeln.«

»Bist du dir da sicher?«

»Hundertprozentig. Und jetzt ran an die Arbeit.«

Barnet wusste, dass die berühmten Weingüter niemals an ihn verkaufen würden, aber er brauchte den Cashflow, den die Subskriptionen bringen würden. Die achtzehn Monate, bis der Wein ankommen würde, gäben ihm Zeit, andere Wege zu finden, um den Umsatz zu steigern und die Kosten zu senken. Was verärgerte Subskriptionskäufer anging, so würde er sich um sie kümmern, wenn es so weit war.

Nachdem er seinen Laden verlassen hatte, bog Barnet links ab, vorbei an den tanzenden Springbrunnen und Lululemon, in den Gang, der die Büros der Forbes Company beherbergte. Er wusste, dass das Treffen mit den Eigentümern der Waterside Shops schwierig werden würde. Bevor er die Tür mit den goldenen Buchstaben öffnete, ermahnte er sich, seinen Stolz zu zügeln.

Die Verwaltungsbüros waren zweckmäßig eingerichtet und standen in krassem Gegensatz zur opulenten Anmutung des Freiluft-Einkaufszentrums. Er wartete stehend, bis Albert Chesny, der Geschäftsführer, für ihn bereit war.

Um so viel Verkaufsfläche wie möglich zu erhalten, war Chesnys Büro kleiner als die meisten Kücheninseln in Port Royal.

Sie schüttelten sich über einen mit Akten beladenen Stahlschreibtisch die Hände.

»Schön, dich zu sehen, John.«

»Gleichfalls, Al.«

»Hey, danke für die Empfehlung, die du mir für diesen Cabernet gegeben hast.«

»Gern geschehen, freut mich, dass er dir geschmeckt hat. Wir haben ein paar nette neue aus Washington State, die du probieren solltest.«

»Meine Frau schmeißt nächste Woche eine Dinnerparty. Ich komme vorbei und hole ein paar Flaschen.«

»Ich kann das für dich erledigen. Das ist unser Service bei Barnet's.«

»Danke, aber wir halten es im kleinen Rahmen, also nichts Besonderes. Was kann ich für dich tun?«

Barnet rutschte auf seinem Stuhl herum. »Dieses Jahr lässt es wirklich früh nach. Ich bin sicher, jeder hier spürt den Rückgang.«

»Tatsächlich ist die Kundenfrequenz diesen Monat um fast sechseinhalb Prozent gestiegen.«

»Wirklich? Jeder in der Stadt scheint sich zu beschweren.«

»Wir konzentrieren uns nicht auf den Rest der Stadt, John. Waterside ist ein einzigartiges Einkaufserlebnis.«

»Es ist etwas Besonderes, deshalb habe ich das Risiko auf mich genommen, meinen Laden hier anzusiedeln.«

»Und wir wissen diesen Vertrauensbeweis zu schätzen. Du hast die richtige Entscheidung getroffen.«

»Das hoffe ich. Es ist ein ungewöhnlicher Standort für ein Getränkegeschäft.«

Chesny sagte: »Barnet's ist mehr als ein Getränkegeschäft. Du verkaufst ein Erlebnis. Deshalb waren wir begeistert, dich als Teil der Waterside-Familie zu haben.«

»Ich glaube immer noch, dass Waterside die richtige Kundenfrequenz und das Prestige hat, das wir brauchen, aber ich werde nicht um den heißen Brei herumreden, Al; die Betriebskosten sind exorbitant hoch.«

»Wir sind der Meinung, dass unsere Preisstruktur der Präsenz und dem Kundenverkehr, die unsere Mieter bekommen, entspricht. Du weißt, wir sind hier die Nummer eins, John.«

»Ich bestreite die Einzigartigkeit von Waterside ja gar nicht, aber wir brauchen länger, um unser Geschäft aufzubauen. Ich würde dich bitten, über eine Mietreduzierung nachzudenken. Es wäre nur vorübergehend, nur um uns über den Berg zu helfen.«

Chesny schüttelte den Kopf. »Tut mir leid, aber wir können deiner Bitte nicht nachkommen, John.«

Barnet beugte sich vor. »Wir könnten hier wirklich ein wenig Hilfe gebrauchen, Al. Du weißt doch, wie der Sommer ist.«

»Du verstehst sicher, dass es nicht so einfach ist, Mietverträge anzupassen. Ich verstehe deine Lage und habe eine Idee, bei der ich wahrscheinlich alle ins Boot holen kann.«

Barnet rutschte auf seinem Stuhl nach vorn. »Ich weiß deine Hilfe hier wirklich zu schätzen.«

»Gegenwärtig belegt ihr drei Ladenlokale an der Südseite. Warum ziehst du nicht in Erwägung, uns ein oder sogar zwei davon zurückzugeben? Ich bin sicher, dass wir eine Ausnahmeregelung für die Änderung des Mietvertrags ausarbeiten könnten, und du könntest deine Kosten um ein Drittel oder sogar zwei Drittel senken.«

Barnet ließ sich in seinen Stuhl zurückfallen. »Das kann ich nicht machen. Das wäre der Todesstoß.«

»Eine Verkleinerung ist klug, John. Ich denke, du solltest darüber nachdenken.«

6

GIDEON BRIGHTHOUSE

Ich kniff die Augen fest zusammen und massierte sanft meine Augäpfel und Brauen, bevor ich mich wieder dem Bildschirm zuwandte. Während der dreistündigen Suche waren ein paar interessante Ideen aufgetaucht, die mir reichlich Stoff zum Nachdenken gaben. Das faszinierendste Konzept drehte sich um einen giftigen Fisch. Es war verrückt, dass Leute auch nur in Erwägung zogen, einen Kugelfisch zu essen, aber für die Japaner war er eine Delikatesse. Marilyn mochte Sushi, also würde sie ihn plausiblerweise probieren, zumal er so teuer war und man damit angeben konnte.

Jedes Jahr gab es einen Haufen Todesfälle durch das Gift des Kugelfischs, hauptsächlich in Japan. Das klang perfekt, denn wenn man keinen hochqualifizierten Koch hatte, der wusste, wie man einen Kugelfisch richtig filetiert, starb man. Es war nur eine winzige Menge des Giftes nötig, um einen Menschen zu töten, und es gab kein bekanntes Gegenmittel. Der Tod tritt schnell durch Atemversagen ein.

Ich verscheuchte das Bild einer keuchenden Marilyn aus meinem Kopf und setzte meine Recherche fort.

Eine Google-Suche nach japanischen Restaurants ergab eine kleine Liste. Die meisten waren die Thai-Sushi-Läden, von denen es in Naples wimmelte, aber keiner von ihnen bot Kugelfisch an. Weder in Collier noch in Lee County gab es ein Restaurant, das dies tat. Das nächste war in Miami und das würde nicht funktionieren. Vielleicht gab es eine Möglichkeit der Kreuzkontamination. Mann, das würde die Polizei aber auf die falsche Fährte locken.

Ich notierte mir, dass das Gift im Kugelfisch Tetrodotoxin war, recherchierte weiter und fand heraus, dass es auch in blaugeringelten Kraken enthalten war. Marilyn aß ständig gegrillten Oktopus; sie sagte, er sei super kalorienarm und hätte viele Nährstoffe. Wäre das nicht eine Ironie des Schicksals?

Ich tippte »tödliches Gift« in die Suchleiste und war überrascht von der langen Liste, die erschien. Polonium? Was zum Teufel ist das? Es ist 250.000-mal tödlicher als Blausäure? Ich nahm die Hände von der Tastatur. Es ist irgendeine radioaktive Substanz. Die nächsten beiden waren Gase, die man einatmen musste, was sie unbrauchbar machte. Was ist mit dieser Blausäure? Oh, das ist auch ein Gas.

Hier ist wieder das Kugelfischgift. Es war gut zu sehen, dass es auf Platz sechs der Liste stand, aber ich wusste bereits, dass es eine gute Wahl war. Dann gab es Amatoxin, ein Gift, das in Pilzen vorkommt. Das klang perfekt und ich stellte mir vor, wie ich die Pilze in ihren Entsafter schmuggelte. Nach der Einnahme würde Marilyn schwindelig werden, kurzatmig sein und Kopfschmerzen bekommen. Dann würden ihre Leber und ihre Nieren versagen, sie würde ins Koma fallen und ein paar Tage später sterben. Ursprünglich hatte ich geglaubt, nach etwas Unmittelbarem zu suchen. Aber je mehr ich darüber nachdachte – die paar Tage, das Koma, das Organversagen –, desto klarer wurde mir, dass es für eine gewisse Tarnung sorgte.

Wenn jemand unerwartet stirbt, fangen alle an, Fragen zu stellen, und das ist gefährlich. Wenn Marilyn Symptome zeigte und ein paar Tage dahinsiechte, würden die Dinge unklarer werden. Es wäre interessant herauszufinden, ob sich das Gift auflösen würde, während sie im Koma lag. Normalerweise war das doch so, oder? Ihr Körper würde noch funktionieren und das Gift verarbeiten. Das würde im Falle einer Autopsie für ein gewisses Maß an Tarnung sorgen. Ich lehnte mich zurück – das könnte es sein.

ICH LAS ES NOCH EINMAL. Wie konnte das so einfach sein? Alles, was man wissen musste, um jemanden zu töten, war mit einer Google-Suche verfügbar. Das war gefährlich. Und es gab alle möglichen Informationen darüber, wie man die Tat vertuschen konnte. Ich startete eine weitere Suche und starrte fassungslos auf den Bildschirm. Ich zählte nach: Es gab elf Quellen, um die giftigen Pilze zu kaufen.

Der erste Eintrag war Xiamen Enterprises und die hatten eine basarähnliche Webseite, die ein ebayähnliches Sortiment an Krimskrams zum Verkauf anbot. Das Letzte, was ich brauchte, war ein gefälschtes Gift, also verließ ich die Seite und scrollte zur Mitte hinunter zu einem Link für die harmlos klingende Firma Beatrice Solutions. Eine karge Webseite auf Russisch erschien. Ich klickte auf das britische Flaggensymbol und der Text wurde ins Englische übersetzt.

Die Überschrift pries ihre Vertraulichkeit und zeigte ein Bild von Edward Snowden. Sie boten eine lange Liste von Chemikalien zum Verkauf an und ich suchte sie durch.

Bingo. Sie boten Amatoxin pro Zehntelmilligramm für fünfhundert Dollar an. Das schien teuer zu sein. Ich öffnete ein weiteres Fenster und überprüfte die tödliche Menge, die ich benötigte: 0,7 Milligramm. Das ist winzig – die kleinste Pille, die ich gegen meine Angstzustände nahm, war 10 mg schwer und dies war fünfzehnmal weniger. Konnte das alles sein, was man brauchte?

7

GIDEON BRIGHTHOUSE

Es war etwas nach fünf, als ich zu einem Strandspaziergang aufbrach. Es war eine meiner liebsten Tageszeiten; die Sonne stand schon tief und ihre Intensität hatte nachgelassen. Ich beobachtete ein Pelikanpärchen, das dicht vor der Küste dahinglitt und das glitzernde Wasser nach einer Gelegenheit für sein Abendessen absuchte. Einer von ihnen stieß plötzlich herab und tauchte unter die Wasseroberfläche. Nachdem er wieder aufgetaucht war, ließ ich mir die ganze Situation durch den Kopf gehen.

Ich musste mir felsenfest sicher sein, dass es keinen anderen Weg gab. So sehr ich Marilyn auch verabscheute, sie zu töten, war doch erheblich außerhalb der Norm. Sie brauchen einen Rat zu zeitgenössischer Kunst? Ich bin Ihr Mann. Politische Beratung? Tja, Floridas Demokratische Partei nannte mich früher ihren besten Mann, aber das war, bevor Senator White von einem praktisch Unbekannten besiegt wurde.

Aber das war nicht meine Schuld, und die Medien hatten nicht kapiert, dass gerade eine Revolution stattfand.

Die Leute hatten die immer gleichen alten Gesichter satt, die große Pläne ankündigten, aber so auf ihren eigenen Vorteil bedacht waren, dass nie etwas zustande kam. White hatte nie eine Chance, nicht dass er sie verdient hätte. Nach zwei Amtszeiten konnte er nicht einmal ein einziges Gesetz sein Eigen nennen. Zwölf Jahre sogenannter Dienst an der Öffentlichkeit, und er hatte nicht einmal eine Parkverordnung auf den Weg gebracht. Dann kamen die Bestechungsvorwürfe, und unsere beiden Karrieren waren am Ende.

Ehrlich gesagt vermisste ich es nicht, aber Marilyn ganz sicher. Sie genoss es, den Mächtigen nahe zu sein, und wenn es ein Machtzentrum in Amerika gab, dann war es Washington, D.C. Das Ansehen ihrer Familie war bereits hoch, sodass die Kombination, die wir als Paar darstellten, uns viele Türen öffnete, und wir wurden zu zahlreichen Veranstaltungen im Weißen Haus eingeladen. Die Familie streute ihr Geld großzügig, was Marilyn eine Weile in der Gesellschaftsszene hielt, nachdem White verloren hatte, aber der Wind hatte sich gegen die Finanzindustrie gedreht und Politiker mieden ihre Spender in der Öffentlichkeit.

Es war schwer zu akzeptieren, dass sie so oberflächlich gewesen war, aber im Rückblick schien es daran keinen Zweifel zu geben. Als ich eine Woche nach der Vereidigung des neuen Senators den Herzinfarkt erlitt, raffte Marilyn sich auf und blieb über Nacht bei mir im NCH. Ich hatte vier schwere Blockaden und Marilyn verlangte, dass der Leiter der Kardiologie für die Angioplastie hinzugezogen wurde.

Die körperliche Genesung verlief schnell, aber psychisch war ich ein Wrack. Die Ärzte sagten, dass Depressionen bei Herzinfarkten häufig seien. Ich war nicht nur niedergeschlagen, sondern hatte auch eine Heidenangst. Ich weiß nicht, warum, aber plötzlich hatte ich Angst davor, unter Menschen zu sein, besonders an überfüllten Orten. Besuch im Krankenhaus und dann im Haus in Port Royal zu empfangen, ließ mich schwitzen. Es war unmöglich zu reden, außer nachzuplappern, dass es mir gut gehe.

Die Angst, die ich erlebte, ließ dramatisch nach, als wir nach Keewaydin Island übersiedelten. Als ich Marilyn erklärte, dass ich mich wegen Keewaydin friedlich fühlte, tat sie es ab und sagte, es seien die Medikamente, die mich entspannt machten. Ihre Theorie wurde weniger als zwei Wochen später auf die Probe gestellt, als wir zu einer Aktionärsversammlung nach Boston flogen.

Die Teilnahme an der Jahresversammlung war eine weitere Forderung, die ihr Vater in der Treuhandurkunde festgelegt hatte, also stiegen wir ins Boot. Auf dem Festland angekommen, stiegen wir in ein Auto mit stark getönten Scheiben, und sobald sich die Tür schloss, spürte ich das Bedürfnis, ein Fenster zu öffnen.

»Mach das Fenster zu, Gideon«, sagte Marilyn.

»Ich brauche etwas Luft.«

»Die Klimaanlage ist an. Mach es zu, bevor der Wind meine Frisur ruiniert.«

Ich fuhr das Fenster mit einer Hand hoch und verstellte mit der anderen den Lüftungsschlitz, um den Luftstrom auf mein Gesicht zu lenken. Als ich mich vorbeugte, sagte Marilyn: »Was ist denn jetzt los?«

»Ich weiß nicht. Habe nur kurz was gespürt; vielleicht ist mir nur ein bisschen heiß.«

Ich schloss meine Augen und flehte mich innerlich an, mich zu beruhigen.

Zehn Minuten später bogen wir in den Naples Airport ein und machten uns auf den Weg zum Hangar, wo unser

Flexjet-Flugzeug wartete. Die Treppe des silbernen Learjets war heruntergelassen, und als wir hinübergingen, um an Bord zu gehen, sagte ich: »Dieser Jet scheint kleiner zu sein als sonst.«

»Ich nehme an, Robert hat das arrangiert, da wir nur zu zweit sind.«

Ich musste mich bücken, um durch die Tür zu kommen, und sobald ich es tat, raste mein Herz und ich erstarrte für eine Sekunde, bevor ich wieder auf die Treppe zurückwich. Ich versuchte, mein Keuchen unter Kontrolle zu bringen, als Marilyn sagte: »Gideon! Was zum Teufel ist los?«

»Äh, warte eine Minute.«

»Steig ein! Wir starten gleich.«

»Gib mir eine Minute.«

»Beeil dich, verdammt! Wir sind ohnehin schon knapp dran.«

Ich holte dreimal tief Luft und schlurfte mit den Augen auf meine Füße gerichtet an Bord. Ich kramte in meiner Tasche nach Kopfhörern, während ich mich in einen Sitz gleiten ließ.

»Ist alles in Ordnung mit dir?«

»Ja, nur ein bisschen klaustrophobisch.«

»Was? Jetzt bist du klaustrophobisch?«

»Ich weiß nicht, was los ist, Marilyn. Es kam einfach so, aus heiterem Himmel.«

»Du bist erbärmlich.«

Wie konnte sie so etwas sagen? »Du bist grausam, weißt du das?«

Marilyn seufzte schwer und widmete sich wieder ihrer *Cosmopolitan,* als die Kabinentür geschlossen wurde. Mit geschlossenen Augen konzentrierte ich mich darauf, jede einzelne Geige in Vivaldis *Vier Jahreszeiten* herauszuhören, aber während wir auf die Startfreigabe warteten, kroch mir die Angst vom Bauch in die Kehle. Ich wollte mir gerade den Sicherheitsgurt aufreißen, als der Jet vorwärts ruckte und wir auf die Startbahn zurollten. Meine Angst ließ nach, als das Dröhnen der Triebwerke lauter wurde. Erst als ich durch die G-Kräfte in meinen Sitz gedrückt wurde, öffnete ich die Augen.

Nach der Landung machte sich eine Enge in meiner Brust breit, als wir die Treppe zum Gate-Bereich hinaufstiegen. Meine »Entschuldigung« wurden schroffer, während wir uns unseren Weg zum Abholbereich von Logan bahnten. Obwohl es dunkel und deprimierend war, tat es gut, nach draußen in ein wartendes Auto zu kommen. Zwei Minuten später stieg Marilyn ins Auto und sagte: »Ich weiß nicht, was mit dir los ist, Gideon, aber du musst dich beruhigen.«

»Mir geht's gut.«

»Wirklich? Du bist durch den Terminal gerannt, als würde er brennen.«

»Ich … ich brauchte etwas Luft.«

»Du musst das in den Griff bekommen, und zwar schnell. Blamier mich heute Abend bloß nicht.«

»Keine Sorge, heute Abend und morgen werde ich klarkommen.«

»Morgen kannst du im Hotel bleiben. Sag, du bist krank oder was auch immer, aber du weißt, dass der heutige Abend wichtig ist.«

Vielleicht würde ich sie beim Wort nehmen. Morgen wäre die reinste Hölle, mit Hunderten von Aktionären und haufenweise Medien, den ganzen Tag lang. Und Mann, war das ein langer Tag. Die heutige Soiree im Intercontinental war für die Familie, ein paar Großaktionäre und die

Treuhänder, die den Boggs-Trust verwalteten, der einen guten Batzen der Firmenaktien kontrollierte. Es war im Grunde eine Gelegenheit für die Familie, sich gegenseitig auf den Puls zu fühlen, und eine weitere Methode des alten Mannes, vom Friedhof aus die Dinge im Auge zu behalten.

Ich verstand, was er damit bezweckte, und vielleicht hätte ich es genauso gemacht, wenn da nicht ein paar Dinge gewesen wären. Zum Beispiel, dass meine Frau nicht meinen Nachnamen annehmen durfte, was ich albern fand. Sogar die allgemein anerkannte Kombination Boggs-Brighthouse war verboten, es sei denn, man wollte auf einen Teil des Einkommens verzichten, und Marilyn meinte, es sei albern, dafür bestraft zu werden. Ich hätte dagegen und gegen eine Menge anderer sogenannter Richtlinien ankämpfen sollen, und vielleicht wären wir dann heute nicht da, wo wir waren.

Anfangs schob ich es auf Reichtum und eine gewisse Exzentrik, bis ich einen guten Freund verlor.

Ich war in meinem Büro, als Mark Simone hereinkam, und ich sprang auf.

»Hey, Mark. Was für eine angenehme Überraschung.« Ich trat hinter meinem Schreibtisch hervor und streckte ihm die Hand hin, die jedoch in der Luft hängen blieb.

Mark Simone, der für den *Sentinel* arbeitete, ließ sich in einen Stuhl fallen. »Das sind verdammte Monster.«

»Wer? Was ist los, Mark?«

»Als ob du es nicht wüsstest.«

»Ich habe keine Ahnung, wovon du sprichst.«

»Ich wurde wegen der verdammten Familie deiner Frau gefeuert.«

Mir drehte sich der Magen um. »Was ist passiert?«

»Du weißt doch, dass ich diese Serie über die Investmentfondsbranche geschrieben habe.«

»Klar.«

»Tja, Gott bewahre, dass ich diese Auseinandersetzung mit der SEC erwähnt habe.«

»Wegen des Werbematerials?«

»Ja.«

»Aber das wurde doch ohne Geldstrafe oder irgendwelche Konsequenzen beigelegt.«

»Ich weiß, es war eine Nichtigkeit. Ich wollte damit nur zeigen, wie reguliert alles ist, das ist alles. Ich wollte die Boggs nicht angreifen.«

»Natürlich, aber was ist passiert?«

»Und ehe ich mich versah, machte mein Redakteur mir die Hölle heiß, obwohl er derjenige war, der den Artikel genehmigt hatte. Er hat versucht, seinen eigenen Arsch zu retten, und kurz darauf rief mich die Personalabteilung an und ich bekam den Laufpass.«

»Bist du sicher, dass es deswegen war?«

»Wir kennen uns schon lange. Vertrau mir, genau das ist passiert.«

»Lass mich sehen, was ich tun kann.«

»Mann, weißt du eigentlich, wie ahnungslos du klingst? Glaubst du wirklich, du bringst sie dazu, das zurückzunehmen?«

»Aber wenn sie es deshalb getan haben, ist es unfair und grundlos.«

Mark schüttelte den Kopf. »*Wenn* sie es getan haben? Mann, du bist echt blind, Kumpel.«

Sobald Mark gegangen war, rief ich im Familienbüro an. Ich höre immer noch, wie Peter Gerey mir sagte, es sei eine Familienangelegenheit und stehe nicht zur Diskussion. Ich brauchte zwei Wochen, um den Mut aufzubringen, Mark zu sagen, dass ich die Situation nicht beeinflussen konnte. Er legte auf und hat sich seitdem geweigert, meine Anrufe entgegenzunehmen.

Die Boggs waren Presbyterianer, fühlten sich aber eher wie Mormonen an. Ein festgelegter Prozentsatz wurde für wohltätige Zwecke gespendet und sie verlangten von ihren Kindern, zwei Jahre lang gemeinnützige Arbeit zu leisten, bevor sie für die Firma arbeiten durften. Marilyn leistete ihren Dienst im St. Matthew's House in Naples, arbeitete aber nie wirklich für die Familienfirma. Sie sagte, sie interessiere sich nicht für das Geschäft und helfe lieber anderen, aber kurz nachdem wir uns kennengelernt hatten, wurde mir klar, dass sie sich nicht für klug genug hielt. Ihre Brüder hatten MBAs aus Harvard und waren scharfsinnig, wenn auch herablassend. Als wir uns das erste Mal trafen, machten sie deutlich, dass sie mich nicht respektierten, aber ich konnte das Blatt vorübergehend wenden, als die Kunst, deren Kauf ich ihnen empfohlen hatte, im Wert stieg.

Letztendlich waren sie alle falsch. Ich fragte mich oft, ob Marilyn schlimmer als ihre Brüder war oder ob sie alle gleich waren, aber ich kannte Marilyn besser und hasste sie mehr. Ich war mir sicher, dass sie in der Familie kein Wort über unsere Beziehungsschwierigkeiten verlor, und ebenso sicher, dass ich zur Persona non grata erklärt und auch von der Insel geworfen würde, wenn die Nachricht durchsickerte.

NACHDEM ICH EINE zusätzliche Valium genommen hatte, glaubte ich, ein weiterer Versuch, die Dinge mit Marilyn zu besprechen, hätte gute Aussichten. Sie saß mit ihrem Morgenkaffee auf der Terrasse und zuckte zusammen, als ich die Schiebetür öffnete.

»Entschuldigung.«

»Verdammt, Gideon. Ich hätte fast meinen Kaffee verschüttet. Was willst du jetzt schon wieder?«

»Ich hatte gehofft, wir könnten eine einvernehmliche Art und Weise besprechen, unsere Ehe zu beenden.«

»Das ist nicht nötig, der Ehevertrag regelt alles.«

»Das verstehe ich, aber ich weiß, dass dieser Weg negative finanzielle Konsequenzen für dich hätte. Können wir nicht eine andere Lösung finden?«

Sie stellte ihre Tasse ab und lächelte. »Es gibt eine andere Lösung.«

Ich zog einen Stuhl hervor und wollte mich gerade setzen. »Das ist großartig. Welche?«

»Das willst du nicht wissen.«

»Natürlich will ich das.«

Sie sah mir direkt in die Augen. »John hat vorgeschlagen, er könnte dich verschwinden lassen. Das würde die Sache doch erledigen, oder?«

Ich packte die Stuhllehne. »Was? Was soll das heißen?«

»Sieh es, wie du willst. Aber da du ein Invalide bist, entscheide ich, was passiert.«

Genau in diesem Moment beschloss ich, dass Marilyn verschwinden musste, bevor sie mich umbrachten. Sobald ich wieder im Haus war, würde ich das Pilzgift bestellen.

8

Ein Klopfen an seiner Bürotür veranlasste Barnet, auf den Videomonitor zu sehen. Er lächelte, als die Kameraübertragung zeigte, dass es Marilyn war. Er hatte ihre Anrufe drei Tage lang ignoriert und dass sie nun auftauchte, spielte ihm direkt in die Hände. Er ließ sie herein und stand auf, um sie zu begrüßen.

»Marilyn. Ich habe dich nicht erwartet.«

»Du hast mich nicht zurückgerufen. Ich habe mir langsam Sorgen um dich gemacht.«

Barnet küsste sie, vermied es aber, sie zu umarmen.

»Mir geht es gut, ich arbeite nur rund um die Uhr und versuche, den Laden hier zusammenzuhalten.«

»Wieso? Was ist denn los?«

»Ach, vergiss es. Das willst du gar nicht wissen.«

»Natürlich will ich das wissen. Was ist los?«

»Mach dir keine Sorgen. Ich kriege das schon hin.«

»Was hinkriegen? Sag mir, was los ist, John.«

Barnet ließ sich in seinen Stuhl fallen. »Die Nebensaison

macht uns fertig. Ich weiß nicht, warum es diesmal so schlimm ist, aber es ist so.«

»Das wird schon wieder, das war doch immer so.«

Barnet zuckte mit den Schultern. »Vielleicht.«

»Warum bist du so niedergeschlagen?«

»Ich will dich da nicht mit reinziehen.«

»Das macht nichts, wirklich. Ich will dir beistehen. Vielleicht kann ich ja irgendwie helfen.«

»Also, du weißt, wir haben die Subskriptionen stark vorangetrieben und wir bekommen auch Verkäufe, aber ich muss für all diese Bestellungen die Hälfte des Geldes vorschießen, und obendrein habe ich einen Haufen Geld in den Catering-Bereich gesteckt, und das ist nicht gerade so gelaufen, wie ich es geplant hatte.«

»Ich fand deine Catering-Idee gut. Du musst dem Ganzen nur Zeit geben.«

Barnet atmete resigniert aus. »Zeit ist das, was ich nicht habe. Diese Bastarde hier hatten die Frechheit, mir eine Kündigungsandrohung wegen Zahlungsverzugs zu schicken. Kannst du dir das vorstellen?«

»Kündigungsandrohung? Können sie das einfach so machen?«

Barnet warf die Hände in die Luft. »Und wir sind nur zwei Wochen mit der Miete im Rückstand. Das ist doch verrückt.«

»Wie viel ist fällig?«

»Vierzigtausend.«

»Wirklich? Vierzigtausend? Das ist teuer.«

»Wem sagst du das.«

»Ich könnte ein wenig helfen.«

»Wirklich? Ich will dich nicht mit hineinziehen, Marilyn, aber ich weiß wirklich nicht, was ich tun soll. Wenn du helfen könntest, wäre das unglaublich großzügig von dir.«

»Du weißt, dass ich dir gerne helfe, John. Ich leihe dir zehntausend.«

»Oh, das hilft ein wenig.«

Bevor er sich hinter seinen Schreibtisch setzte, stürzte Barnet zwei Flaschen Wasser hinunter, um einen leichten Kater zu bekämpfen. Er stellte eine weitere Flasche auf seinen Schreibtisch und sah sich die Einnahmen vom Vortag an. Er warf die Abrechnung zur Seite und öffnete eine rote Akte mit der Aufschrift »Subskriptionen«.

Nachdem er die beiden Seiten darin überflogen hatte, stand Barnet auf und riss die Tür zu seinem Büro auf.

»Bridgette! Wo ist Bridgette? Ich brauche sie. Sofort!«

Er schlug die Tür zu und ging eine Minute lang im Zimmer auf und ab, bis es an der Tür klopfte.

»Herein!«

»Hey, John, brauchst du etwas?«

»Was zum Teufel ist mit den Subskriptionen los?«

»Was meinst du?«

Er schnappte sich die Akte und wedelte damit.

»Das hier. Das hier meine ich. Das ist doch ein Witz.«

Bridgette warf einen Blick auf die Akte. »Tut mir leid, aber ich verstehe nicht.«

»Sind das alle Bestellungen?«

»Ja. Es sei denn, heute Morgen ist noch etwas hereingekommen.«

»Willst du mir damit sagen, dass zwanzig mickrige Bestellungen alles sind, was wir haben?«

»Es gibt da draußen eine Menge Konkurrenz, John. Außerdem sind viele Leute um diese Jahreszeit verreist.«

»Hast du schon mal was vom Telefon gehört? Wir können verdammt noch mal eine Bestellung am Telefon aufnehmen!«

»Wir haben unsere Zielkunden angerufen und ihnen E-Mails geschickt. Wir stehen wirklich nicht so schlecht da, John.«

»Willst du mich verarschen? Weißt du, wie viel mich die Werbung kostet? Was zum Teufel soll das Ganze dann?«

»Ich… ich…«

»Geh wieder da raus und verkauf verdammt noch mal Wein! Ich habe eine Menge zu tun.«

Barnet ließ sich auf sein Sofa fallen und hatte gerade die Augen geschlossen, als sein Handy klingelte. Er zog es aus der Tasche. Es war Marilyn. Er wischte den Anruf weg, legte die Füße auf den Couchtisch und begann, eine Sammlung von Ideen durchzugehen, die er angehäuft hatte, um den Laden über Wasser zu halten. Nach zwanzig Minuten der Selbstprüfung stand er auf, klappte seinen Laptop auf, ging auf die Amazon-Seite und begann zu stöbern.

9

Vier Tage später schloss Marilyn die Tür zu Barnets Büro und sagte: »Wie konntest du mir das antun?«

»Es war ein Fehler, das ist alles.«

»Es ist mir so peinlich, ich weiß gar nicht, was ich tun soll.«

»Das sollte es dir nicht. Es war nichts, nur eine einfache Fehlkalkulation.«

Marilyn stemmte die Hände in die Hüften. »Mein Ruf steht auf dem Spiel, John.«

»Das ist doch verrückt. Was glauben die denn bei deinem Geld, dass du stiehlst?«

»Natürlich nicht. Aber sie werden denken, ich sei inkompetent, und das ist schlimmer als stehlen. Die philanthropische Gemeinschaft baut auf Vertrauen. Unsere Spender verlassen sich darauf, dass wir gute Hirten ihres Geldes sind. Schon bei Gerüchten oder dem leisesten Anschein von Unregelmäßigkeiten, ob beabsichtigt oder nicht, suchen sie das Weite.«

»Hörst du jetzt mal auf, so schwarzumalen?«

»Du hast leicht reden, aber das ist mein Leben, John.«

»Was? Willst du damit sagen, dass du mir egal bist? Das ist doch verrückt.«

»Ich weiß, aber John, das lässt mich wirklich schlecht dastehen. Es geht um eine Menge Geld, und ich bin sicher, die Leute reden darüber.«

»Ich sorge dafür, dass Bridgette noch heute einen Scheck ausstellt.«

»Ich habe St. Vincent de Paul bereits entschädigt.«

»Wirklich? Wenn du mich fragst, hättest du warten sollen.«

»Ich musste die Sache sofort klären.«

»Ich verstehe, aber mir gefällt nicht, wie das aussieht.«

»Was meinst du damit?«

»Sieh es mal so: Du hast die Überzahlung erstattet, bevor du zum Lieferanten gegangen bist. Das könnte etwas zwielichtig wirken.«

»Oh nein, meinst du?«

»Dreh nicht durch, Marilyn. Ich denke nur laut nach.«

»Siehst du, siehst du, wie das alles falsch interpretiert werden könnte?«

»Wird es nicht. Sie haben ihr Geld zurück, und du hast deine Geschichte von einer Überbezahlung zu erzählen.«

»Geschichte?«

»Ach, komm schon, Marilyn, du weißt, was ich meine.« Barnet stand auf und ging zum Weinkühler. »Reg dich ab. Alles wird gut. Lass uns ein Glas weißen Burgunder trinken. Ich habe gerade diesen köstlichen Burgunder von der Domaine Leroy reinbekommen. Du wirst ihn lieben.«

Am nächsten Morgen genoss Barnet auf einer Bank vor seinem Laden die Sonne. Er grüßte den UPS-Fahrer, der gerade einen Stapel Kisten in seinen Laden rollte. Ein paar Minuten später trat der Geschäftsführer mit einer kleinen Schachtel nach draußen.

»Hier steht Ihr Name drauf, John. Ist das für den Laden?«

Barnet nahm das Amazon-Paket. »Nein, das ist für mich. Ich habe eine neue externe Festplatte bestellt.«

»Gute Idee. Ich muss meinen Laptop sichern. Ich traue diesem Cloud-Zeug nicht.«

»Ich auch nicht. Die Typen werden genauso gehackt wie alle anderen auch.«

»Nur eine Frage der Zeit. Ich muss los. Hinten ist der Lkw von Southern Wine mit einer Lieferung.«

Barnet genoss noch zehn Minuten die Sonne, bevor er wieder in den Laden ging. Er ging direkt in sein Büro und schloss die Tür ab. Er ließ seinen großen Körper in einen Stuhl gleiten und öffnete das Paket. Während Barnet das winzige Gerät in den Fingern drehte, staunte er, wie viel kleiner es war als das, das er zuvor benutzt hatte. Er steckte das daumengroße Teil und das Ladekabel in seine Brusttasche und warf das Verpackungsmaterial, nachdem er es in kleine Stücke zerrissen hatte, in den Müll.

Barnet strich sich über seinen Van-Dyck-Bart und ging seine Idee, Zeit zu gewinnen, noch einmal durch. Zufrieden, dass es keine Lücken gab, beschloss er, je früher, desto besser. Es war Freitag, und er würde Marilyn wie üblich später sehen. Heute Abend sollte es so weit sein.

10

Marilyn schmiegte sich an John Barnet und ließ ihre Hand seinen Oberschenkel hinabgleiten. Als Barnet nicht reagierte, richtete sie sich auf.

»Was ist los, John?«

»Ich weiß nicht, ich bin wohl nicht in Stimmung.«

»Hast du schon wieder zu viel getrunken?«

»Nein, es ist die erste Flasche.«

Sie stand von der Couch auf. »Na ja, vielleicht müssen wir dann einfach noch eine aufmachen.«

»Oder vielleicht brauchen wir einfach ein bisschen Aufregung, um in die Gänge zu kommen, weißt du, eine kleine Starthilfe.«

»Ich hoffe doch sehr, dass du jetzt nicht von irgendwelchen Drogen redest, John. Du weißt, dass ich bei solchen Sachen nicht mitmache.«

»Auf keinen Fall. Du weißt doch, meine einzige Droge ist Wein.«

»Wovon redest du dann?«

»Es ist nichts, weswegen du ausflippen müsstest. Also, werd nicht gleich sauer oder so.«

Marilyn verschränkte die Arme. »Das gefällt mir ganz und gar nicht, John.«

»Dann vergiss es.«

»Nachdem du es jetzt angesprochen hast, musst du es mir auch sagen.«

»Also, ich dachte nur, weißt du, etwas, das einen kleinen Funken zündet, um mich in Schwung zu bringen.«

»Ich bin beleidigt, dass du mehr als mich brauchst, um in Schwung zu kommen, John. Ehrlich gesagt, das ist verletzend.«

»Das ist ja der Punkt, es ist nichts anderes als du.«

Marilyn setzte sich neben John und fuhr ihm durch sein lockiges Haar. »Das ist so süß von dir. Also, auf welche, sagen wir mal, Inspiration beziehst du dich?«

John griff in seine Gesäßtasche und zog sein Handy heraus. Er hielt es quer, drückte auf Play und ein Video erwachte zum Leben. Als Marilyn sich nackt mit den Knöcheln in der Luft sah, schrie sie: »Oh mein Gott! Was hast du getan?«

»Das ist nichts, nur …«

Marilyn sprang von der Couch auf. »Nichts? Das bin ich! Wir … wir … das ist privat. Wie konntest du mir das antun?«

»Ich wollte nur …«

»Nur was? Du hast mich ohne meine Erlaubnis gefilmt!«

Barnet zuckte mit den Schultern. »Ich wusste, du würdest Nein sagen.«

»Also hast du es trotzdem gemacht? Und ich soll das einfach so hinnehmen?«

»Ich dachte, du würdest dich darüber freuen, sozusagen

als Andenken. Ich finde, unsere gemeinsame Zeit ist etwas Besonderes.«

»Das war sie. Jetzt bin ich mir da nicht mehr so sicher.«

»Komm schon, Marilyn, du machst eine zu große Sache daraus. Das macht doch jeder.«

»Ich dachte, du wüsstest, dass Marilyn Boggs nicht einfach irgendjemand ist.«

»Das weiß ich. Du bist etwas ganz Besonderes für mich.«

»Ich will dieses Video haben, John, und zwar sofort. Es muss gelöscht werden. Wenn das jemals in die falschen Hände gerät, wäre ich ruiniert und die Familie wäre blamiert.«

»Okay, okay, ich hab's verstanden. Schau, ich lösche es sofort, wenn du dich dann besser fühlst.«

»Ja, das würde ich.«

»Bist du sicher, dass du es nicht ganz sehen willst? Etwas weiter kommt eine richtig gute Stelle.«

»Was ist los mit dir, John Barnet? Zerstöre das verdammte Ding sofort, oder es ist aus zwischen uns.«

»Ja, ist ja gut. Ich dachte nur … aber vergiss es. Es war wohl doch keine so gute Idee.«

»Es ist absolut beleidigend. Ich kann nicht glauben, dass du das getan hast.«

»Es tut mir leid, wirklich. Ich wollte nur, ich weiß nicht, ich dachte, es könnte lustig sein.«

»Lustig? Wirst du wahnsinnig, John?«

Er ließ den Kopf hängen. »Glaub mir, ich wollte dich nicht verärgern, Marilyn. Es war ein Fehler. Das sehe ich jetzt ein und ich entschuldige mich dafür.« Barnet nahm das Handy und drückte auf »Löschen«. »Es ist jetzt weg. Kannst du mir verzeihen?«

11

GIDEON BRIGHTHOUSE

Ich kam von einem langen Strandspaziergang zurück. Es war so friedlich, dass ich die Hitze ganz vergessen hatte. Ein Bad im Pool wäre jetzt perfekt. Ich beschloss, mir ein Handtuch zu schnappen und ins Wasser zu springen.

Als ich eine Tür aufschob, sah ich ein Paket auf meinem Schreibtisch und wurde hellhörig. Die Notizbücher von Jasper Johns, die ich bei der Sotheby's-Auktion ersteigert hatte, waren angekommen. Es war wunderbar, dass man seine Gebote online abgeben konnte und nicht persönlich hinfahren musste.

Als ich mich dem Schreibtisch näherte, erkannte ich das Paket von Sotheby's, aber was war das andere Päckchen? Ich hob es auf, es fühlte sich leer an. Ich griff zu einer Schere und schnitt den Plastikumschlag oben auf. Darin befand sich eine härtere Plastikhülle. Als ich die russischen Schriftzeichen sah, ließ ich das Paket fallen und suchte die Umgebung ab.

Als mir klar wurde, dass die Pilze angekommen waren, überlief es mich eiskalt und ich begann, im Zimmer auf und ab zu gehen. Es im Schrank aufzubewahren, wie ich es geplant hatte, fühlte sich nicht mehr richtig an. Könnte es giftig sein, wenn man nur in seiner Nähe atmete? Konnte man den Russen überhaupt zutrauen, es richtig zu verpacken? Wahrscheinlich war es ihnen egal. Ich würde googeln müssen, ob diese Pilze schädliche Dämpfe ausstießen. War es überhaupt sicher, sie ohne Handschuhe anzufassen?

Worauf hatte ich mich da nur eingelassen? Ich sollte sie einfach entsorgen, bevor es zu spät ist. Oh Mann, was hatte ich mir nur dabei gedacht? Auf keinen Fall kann ich das durchziehen. Ich atmete tief ein und sagte mir, ich solle mich beruhigen. Ich wollte mich gerade aufs Sofa fallen lassen, als ich merkte, dass ich verschwitzt war, und ging nach oben, um zu duschen.

Auf halber Höhe der Treppe machte ich kehrt und ging wieder nach unten. Ich schnappte mir ein Geschirrtuch aus der Küche und wickelte das Pilzpaket darin ein. Nachdem ich es in den Schrank unter dem Kochfeld geschoben hatte, ging ich wieder die Treppe hinauf.

Unter der Dusche ging ich eine ganze Reihe von Verstecken durch. Ich brauchte einen Ort, an dem die Haushälterinnen es nicht finden würden. Es außerhalb des Hauses aufzubewahren, erschien sinnvoll, aber ich konnte nicht riskieren, dass das Wartungsteam es entdeckte.

Jeder Ort, den ich in Betracht zog, hatte seine Tücken. Während ich mich abtrocknete, ging ich gedanklich eine Idee nach der anderen durch und verwarf sie alle, während ich mich anzog und nach unten ging.

Als ich am Küchentisch saß, fiel mir diese Fernsehsendung ein, in der ein Mörder Gift in seinem Gewürzregal in der Küche aufbewahrt hatte. Das war riskant, aber es gefiel mir, und ich entschied mich dafür, es offen sichtbar aufzubewahren, als ein Lieferant anklopfte und eine Tür aufschob. Er trug das wöchentliche Blumenarrangement für das Poolhaus.

Er stellte eine große dreieckige Vase ab, die mit riesigen Strelitzienstängeln überquoll, und ging. Während ich bewunderte, wie die orangefarbenen Blumen mit der schwarzen Vase kontrastierten, kam mir eine Idee, und ich ging zum Kunsthaus.

Ich knipste die Lichter an und das Gebäude erwachte zum Leben, wodurch seine spezielle Beleuchtung zur Geltung kam. Ich liebte diesen Ort. Wie viele Nächte hatte ich hier geschlafen, bevor die richtige Mischung aus Medikamenten meine Angstzustände in den Griff bekam? Selbst nachdem sich die Lage beruhigt hatte, hatte ich erwogen, hier einzuziehen, aber es war nicht praktikabel. Mit nur einem Gäste-WC und keiner Küche würde es das Leben unnötig verkomplizieren, etwas, das ich weniger gebrauchen konnte als die meisten Menschen.

Es gab jede Menge Stellen, um das schmale Päckchen zu verstecken. Man könnte es unter eine der Sitzbänke kleben, hinter einem Gemälde befestigen oder sogar in einer Skulptur verschwinden lassen. Außer dem gelegentlichen Gutachter oder Versicherungsvertreter kam niemand außer mir hier herein. Es war perfekt.

Ich ging im Raum umher und dachte, der beste Platz wäre, es an die Unterseite einer der Veloursbänke zu kleben, deren hellgrüner Stoff ein paar Zentimeter überhing. Die Putzfrauen würden es niemals sehen. Ich entschied mich für eine Bank, die einem Werk von Richard Prince mit dem Titel *Even Lower Manhattan* gegenüberstand. Sowohl in der Farbe Rot als auch in der Stimmung düster, hatte Prince am Rande des Gemäldes ein unleserliches

Stück Zeitungspapier eingefügt. Das Geheimnisvolle dieses Werks zog mich jedes Mal in seinen Bann. Ich wollte in das Gemälde greifen, die Zeitung herausziehen und lesen, worum es darin ging.

Die Klimaanlage sprang an und unterbrach meine Konzentration. Ich musste warten, bis das Personal gegangen war, um es zu verstecken.

Wo IST DAS KLEBEBAND? Ich brauchte das starke. Tesafilm konnte ich hierfür nicht trauen, und die Handwerker konnte ich nicht fragen. Nachdem ich alle Küchenschubladen durchsucht hatte, ging ich zu meinem Schreibtisch. Obenauf lag ein Karton von Microsoft. Mein neuer Laptop war endlich da. Ich zerrte am Klebeband, um den Karton zu öffnen, riss aber eine Schicht Pappe mit ab. Ich erstarrte. Auf keinen Fall wollte ich, dass das mit der Pilzverpackung passierte; ich könnte mich selbst vergiften. Wenn ich sie in eine Plastiktüte steckte, würde der Kunststoff beim Abnehmen reißen, aber die Originalverpackung bliebe intakt.

Ich ließ den Laptop-Karton stehen, durchwühlte die unterste Schublade nach Klebeband und hielt inne, als ich ein altes Foto von Marilyn und mir fand. Es war im selben Jahr aufgenommen worden, in dem wir geheiratet hatten, bei einer Veranstaltung zum einjährigen Jubiläum der Wahl von Senator White.

Der große Ballsaal im Ritz war brechend voll. Ich sagte zu Marilyn: »Ich hätte die Mindestspende für den Einlass heute Abend höher ansetzen sollen.«

Sie lächelte. »Du hast das gut gemacht, Liebling. Es gibt

immer einen Weg, mehr aufzutreiben, wenn man es braucht.«

Ein Fotograf kniete vor uns nieder, als ein Reporter vom *Wall Street Journal*auf uns zukam. Ich legte meinen Arm um Marilyn und lächelte für das Foto. Der Reporter sagte: »Guten Abend, Mrs. Boggs. Würde es Ihnen etwas ausmachen, wenn ich mir Ihren Mann für ein kurzes Interview ausleihe?«

»Überhaupt nicht. Wir sehen uns später, Gideon.« Sie gab mir einen Kuss auf die Wange und steuerte geradewegs auf Pam Biondi, die Generalstaatsanwältin von Florida, zu.

»Das ist eine ziemliche Veranstaltung, die Sie da auf die Beine gestellt haben, Mr. Brighthouse.«

»Die Leute unterstützen den Senator gern.«

»Was können Sie uns über die Pläne des Senators erzählen?«

»Senator White arbeitet mit Senator Blalock an einem überparteilichen Plan, um die festgefahrene Situation in der Einwanderungsfrage zu lösen.«

»Das ist ein schwieriges Thema, aber mich interessiert, welche Pläne er für ein höheres Amt hat.«

Die Gerüchte, die zu kursieren begonnen hatten, ließen es in mir kribbeln, aber ich musste vorsichtig sein. »Der Senator konzentriert sich auf das zweite Jahr seiner sechsjährigen Amtszeit.«

»Das ist nobel, aber es gibt einen immer lauter werdenden Chor, der sagt, der Senator solle für die Präsidentschaft kandidieren.«

»Auch wenn das ein schmeichelhafter Vorschlag ist, der Senator ist verpflichtet, den guten Menschen in Florida zu dienen, und beabsichtigt, seine volle Amtszeit zu absolvieren.«

»Was, wenn die Bewegung wächst? Würde der Senator in Erwägung ziehen, für das Weiße Haus zu kandidieren?«

Marilyn tanzte mit dem alternden Patriarchen der Familie Collier und lächelte, als sie an mir vorbeischwebte.

»Das alles sorgt für interessante Spekulationen, aber ich würde gern wieder zu meiner Frau, bevor der alte Collier sie mir stiehlt.«

Ich ging zu Marilyn hinüber und plauderte mit Collier, bevor ich ihr ins Ohr flüsterte: »Es hat sich herumgesprochen. Das *Journal* wollte über nichts anderes reden, als dass White für das Weiße Haus kandidiert.«

Sie drückte mich. »Oh, Gideon, kannst du dir das vorstellen? Das wäre wundervoll.«

»Ich weiß, das wäre fantastisch, und wir würden dafür sorgen, dass es auch passiert.«

Ich warf das Bild zurück in die Schublade und fragte mich, wie wir an den Punkt gelangt waren, an dem sie Affären hatte und ich sie tot sehen wollte.

Wir erreichten vor drei Jahren im März einen Kipppunkt. Senator White hielt eine Kundgebung im Naples Grand Resort ab, die ich organisiert hatte, und Marilyn war nicht aufgetaucht. Ich rief sie mehrmals an, aber sie ging nie ran. Unsere Kampagne war ständig in der Defensive, seit ein Pay-for-Play-Skandal bekannt geworden war. White hatte ein Landwirtschaftsgesetz unterstützt, das seinem größten Spender unverhältnismäßige Vorteile verschaffen würde. Die Gegenreaktion war heftig. White konnte seine Argumente nicht mehr rüberbringen, was uns zwang, unsere

Anstrengungen zu verdoppeln, um seine Agenda voranzutreiben.

An diesem Abend herrschte im Ballsaal eine absolut energielose Stimmung. Es war die fünfte glanzlose Veranstaltung in einer langen Woche. Ich war müde und absolut nicht in der Stimmung, für eine Auswertung nach der Veranstaltung dazubleiben. Sobald White auf sein Zimmer gegangen war, verabschiedete ich mich, sagte allen, Marilyn fühle sich nicht gut, und fuhr nach Hause.

Ich sehe sie immer noch vor mir, wie sie lesend auf der Chaiselongue im Schlafzimmer saß. Als ich das Zimmer betrat, fragte ich: »Wo warst du? Ich habe dich dort gebraucht. Du lässt mich schlecht dastehen.«

Sie schüttelte den Kopf. »Du kapierst es einfach nicht, oder?«

»Was kapieren, Marilyn?«

Schweigend nahm sie ihr Buch wieder auf und begann zu lesen.

»Hör auf mit den Spielchen, ja?«

Ohne den Blick vom Buch zu heben, sagte sie: »Du verschwendest deine Zeit mit White. Er ist erledigt.«

Ich hasste ihre Herablassung. »Wovon redest du? Wir fangen mit der Kampagne doch gerade erst an.«

»Du redest wie ein Narr, Gideon. Die Leute laufen ihm weg.«

»Das stimmt nicht.«

Sie legte das Buch auf ihren Schoß und sagte: »Wirklich? Wie voll war denn deine Veranstaltung?«

Da hatte sie einen Punkt. Der Ballsaal war nur zu etwa einem Drittel gefüllt. »Sie war okay, die Leute werden schon wiederkommen.«

Sie lachte. »Warte mal den morgigen Leitartikel ab.«

Was wusste sie? Wie konnte sie es mir nicht sagen? »Wovon redest du?«

»Sagen wir einfach, man kann mit Sicherheit davon ausgehen, dass er nicht mehr viele Freunde hat.«

»Tja, wenn sie ihn beim ersten Anzeichen von Schwierigkeiten verlassen, waren sie von Anfang an keine Freunde. Wo bleibt da ihre Loyalität?«

»Und genau da liegst du wieder falsch. Man muss beim ersten Anzeichen von Fäulnis das Weite suchen.«

»So arbeite ich aber nicht.«

»Das ist der Unterschied zwischen dir und mir, Gideon. Die Boggs lassen sich niemals mit Versagern ein.«

Es war ein verbaler Schlag in die Magengrube, eine schreckliche Offenbarung, die den Unterschied in unserer DNA verdeutlichte. Ich hoffte, es wäre nicht von Dauer, aber als ich am nächsten Morgen auf der Couch aufwachte, verfolgte mich die Realität, dass sich die Dinge geändert hatten.

Ich versuchte, die Kluft zu überbrücken, aber die Beziehung zerfiel weiter, wenn auch langsamer. Dann kam mein Herzinfarkt, und was von der Beziehung übrig geblieben war, löste sich schnell in eine ausgewachsene Dysfunktion auf.

12

RAUL SANCHEZ

ALS ICH DIE TREPPE ZU ALEJANDROS WOHNUNG HOCHGING, fühlten sich meine Beine schwer an. Warum war ich so müde? Die Hitze hier war nicht schlimmer als in Mexiko. Mein Job auf Keewaydin war körperlich, aber nichts Extremes. Alle sagen, es ist der Stress wegen Mamas Krebs. Vielleicht. Aber was ist mit dem Stress, auf dem geraden Weg zu bleiben, bei so vielen Gelegenheiten, schnelles Geld zu machen?

Alejandros Wohnung war im dritten Stock. Er war noch so ein Trottel, der nachts Büros putzte und tagsüber Rasen mähte. Eine Katze lief vorbei. Ich versuchte, nach ihr zu treten, dann klopfte ich an die Tür.

»Hey, Raul.«

»Was hat der Arzt gesagt?«

Alejandro runzelte die Stirn. »Sie ist schwächer. Der Arzt sagt, deine Mama braucht mehr Dialyse.«

»Wann kriegt sie die?«

Er schüttelte den Kopf. »Sie haben gesagt, Medicare bezahlt nicht mehr.«

»Was?«

»Sie sagten, sie bekommt, was alle anderen auch bekommen.«

»Aber er hat gesagt, sie braucht mehr, oder?«

»Ja.«

»Und jetzt?«

Alejandro zuckte mit den Schultern. »Er sagte, du könntest es bezahlen, aber das sind um die sechstausend im Monat.«

»RAUL, hol mir noch eine Kiste.«

Ich holte die letzte Kiste Begonien vom Anhänger und brachte sie zu Pedro. »Wie viele Leute erwarten die denn?«, fragte ich.

»Keine Ahnung, Mann.«

Ich sagte: »Ich fasse es nicht, dass wir diese Stiefmütterchen rausreißen. Wer kommt denn, der verdammte Präsident?«

»Charlie meinte was von so einer Wohltätigkeitsveranstaltung.«

»Wohltätigkeit? Bei dem ganzen Scheiß, den die hier wegschmeißen?«

»Ich weiß, was du meinst, Mann. Aber die haben eben das Geld.«

»Es ist nicht richtig, vor allem, wenn sie Essen wegwerfen.«

Pedro pflanzte eine weitere Begonie und sagte: »Ich hab den Chef eines Tages gefragt, ob wir die Reste haben können, aber er hat nein gesagt.«

»Ich auch, mir hat er gesagt, ich soll mich um meinen eigenen Kram kümmern.« Ich wischte mir den Schweiß von der Stirn. »Pena hat keine Eier, Mann.«

»Dort, wo ich vorher war, haben sie uns immer was vom Essen gegeben, wenn sie Partys hatten.«

»Es ist eine verdammte Verschwendung.«

»So ist das nun mal, Mann.«

»Die reiben es uns unter die Nase.«

»Ich weiß. Hey, Amigo, hol mehr Blumen.«

Ich schob den Anhänger im Schneckentempo zum Dock. Wäre Mama nicht, hätte ich schon längst alles hingeschmissen. Hätte mir geholt, was ich kriegen kann. Sie brauchte mich, sie ist krank. Und jetzt brauchte sie das große Geld für die Dialyse. Mann, die einzige Art, wie ich an ernsthaftes Geld kommen konnte, war, genau das zu tun, was mich hinter Gitter gebracht hatte.

Wenn sie mich wieder erwischen würden, wusste ich, was passieren würde. Ich selbst kam im Knast klar, aber Mama würde es umbringen. Als ich in Mexiko einsaß, kam sie jede Woche, aber jedes Mal sah sie verdammt viel älter aus. Wenn ich wieder einfahren würde, würde es sie umbringen, noch bevor der Nierenkrebs es tat. Es musste einen Weg geben, an das Geld zu kommen, um ihr zu helfen.

Ich belud den Anhänger und dachte darüber nach, dass es nicht einfach war, ehrlich zu bleiben. Eine riesige Jacht, aus der laute Musik dröhnte, raste vorbei. Mann, manche Leute hatten es einfach, genau wie diese Boggs. Mit dem goldenen Löffel im Mund geboren, und die Schlampe denkt, sie hätte was gerissen. Sie hat mehr Geld als Gott. Weiß du, sie könnte diesen ganzen Scheiß ganz schnell regeln. Ich werde sie mir zur Brust nehmen. Wie kann sie da Nein sagen?

AUF DER TERRASSE standen mehr Stühle als in einem Hotel. Ich suchte nach Stellen zum Ausbessern und behielt dabei die Schiebetüren im Auge. Normalerweise verließ sie das Haus nach dem Mittagessen. Ich rückte einen Sessel zurecht und sah sie im Fenster an der Spüle. Ich schnappte mir die Farbdose und ging zum Fenster.

Boggs sah mich. Sie lächelte und ich hob einen Finger, um sie herbeizuwinken. Ihr Lächeln verschwand und sie trat einen Schritt zurück. Ich hielt meinen Pinsel hoch und sie entspannte sich und öffnete die Schiebetür. Ein Schwall kalter Luft schlug mir entgegen.

»Wie kann ich Ihnen helfen?«

»Entschuldigen Sie, Ma'am. Aber ich – ich muss Sie etwas fragen.«

Sie lehnte sich von der Tür weg, sagte aber nichts.

»Ähm, sehen Sie, es geht um meine Mama.«

»Sie sind Raul, richtig?«

Ich nickte. »Ich arbeite bei Señor Pena.«

Sie lächelte. »Erzählen Sie. Was ist mit Ihrer Mutter?«

»Wissen Sie, sie hat Krebs, in der Niere.«

Boggs runzelte die Stirn. »Das tut mir sehr leid.«

»Ich weiß, und es ist schlimm, richtig schlimm.«

»Das muss schwer für Sie sein.«

»Das ist es.«

»Wie kann ich helfen? Möchten Sie, dass Mr. Pena Ihnen freigibt, damit Sie bei Ihrer Mutter sein können?«

»Sie braucht Dialyse. Mehr Dialyse.«

»Raul, ich bin sicher, wenn der Arzt das verschreibt, ist das kein Grund zur Sorge.«

»Aber sie kann sie nicht bekommen.«

Sie hätte beinahe nach meiner Hand gegriffen. »Ich weiß, es ist beängstigend, seine Mutter so etwas durchmachen zu sehen, aber die Dialyse, so ernst sie auch ist, ist das, was sie braucht, und Sie sollten keine Angst davor haben.«

»Wir wollen sie ja, aber wir haben das Geld nicht.«

Ein Diamantohrring kam zum Vorschein, als Boggs den Kopf neigte. »Hat sie denn keine Versicherung?«

»Sie hat Medicare, aber die bezahlen nur einmal die Woche, und der Arzt sagt, Mama braucht mehr.«

»Ich verstehe. Es gibt ein Widerspruchsverfahren, wenn Leuten eine Behandlung verweigert wird.«

»Bis dahin ist sie tot.«

Sie spitzte die Lippen. »Ich verstehe. Vielleicht gibt es etwas, das wir für Ihre Mutter tun können. Lassen Sie mich mit dem Büro sprechen, um zu sehen, was sich arrangieren lässt.«

DAS BOOT SETZTE mich und den Rest der Wartungsmannschaft wieder auf dem Festland ab. Ich stieg in mein Auto und knallte die Tür zu. Ein paar Tage waren vergangen und diese Schlampe hatte mir nie geantwortet. Für wen zum Teufel halten sich diese Leute?

Als ich vom Parkplatz fuhr, ließ ich den Schotter spritzen und fuhr Richtung Osten. Ich brauchte ein Bier und hielt bei einem 7-Eleven. Ich kaufte ein Sixpack und stürzte die Hälfte einer Dose hinunter, bevor ich wieder ins Auto stieg. Ich fuhr herum und versuchte, einen klaren

Kopf zu bekommen. Aber bis auf dieses eine Mal war ich immer ehrlich geblieben, und was hatte es mir gebracht?

Als ich bei unserem Drecksloch ankam, lagen fünf zerdrückte Dosen auf dem Boden. Als ich den Ring vom letzten Bier riss, wurde ich das Gefühl niet los, dass Boggs mit mir spielte.

Sie hatte sogar die Frechheit, mir den Scheiß vorzuspielen, dass es ihr leidtue, dass Mama krank war. Ich hätte es ihr fast geglaubt, aber es war nur ein Spiel. Sie sollte sich nicht mit mir anlegen. Die Schlampe wusste nicht, mit wem sie sich, verdammt noch mal, anlegte. Ich leerte die letzte Dose und sah zu, wie Alejandro Mülltonnen an den Bordstein schleifte. Der Trottel brachte die vom ganzen Gebäude raus. Ich stieg aus dem Auto.

»Yo, Alejandro. Willst du meine auch mit rausbringen?«

»Hey, Raul. Wir müssen reden.«

»Worüber?«

»Deine Mama.«

»Was ist mit ihr?«

»Es ist nicht gut. Der Arzt macht sich Sorgen.«

»Worüber?«

»Irgendwas mit ihrem Blut. Man hat gesagt, sie braucht wirklich mehr Dialyse.«

»Dann sollen diese Wichser sie ihr doch einfach geben.«

Er zuckte mit den Schultern. »Ich weiß.«

»Die ganze Scheiße ist echt im Arsch, Mann.«

»Wir müssen was tun.«

»Ich regel das.«

»Was meinst du?«

»Später, Alejandro.«

Auf dem Weg nach Hause sagte ich mir, dass ich die Sache smart angehen musste. Es gab leicht verdientes Geld, das große Geld. Alles lag direkt vor mir und schrie geradezu danach, genommen zu werden, aber ich durfte nicht gierig werden. Ich würde es langsam angehen, mir ein paar Stücke nehmen und sehen, wie es läuft.

Ich zögerte, bevor ich die Fliegengittertür aufzog, und lauschte, ob Mama wach war. Dies war eine der Nächte, in denen ich hoffte, sie würde schlafen. Der Fernseher lief, aber Mama schlief in ihrem Fernsehsessel. Ich drehte die Lautstärke runter und sie regte sich.

»Raul?«

»Schlaf weiter, Mama.«

Sie versuchte aufzustehen. »Ich mach dir … etwas.«

Ich legte meine Hand auf ihre knochige Schulter. »Bleib liegen, Mama, ruh dich aus.«

Sie fiel zurück in den Sessel. »Ich bin so müde.«

»Ist schon gut, Mama. Alles wird gut.«

»Die Ärzte sagen … ich brauche mehr …«

»Ich weiß, Mama. Ich werde es für dich besorgen. Mach dir keine Sorgen.«

Ich gab ihr einen Kuss auf die Wange, rückte ihre Decke zurecht und sagte gute Nacht.

Ich ging in mein winziges Zimmer. Ich schnappte mir einen Rucksack und stopfte ein schwarzes T-Shirt und eine schwarze Chinohose hinein. Ich stellte mich aufs Bett, griff nach hinten ins Schrankregal und zog eine Sporttasche herunter. Nachdem ich mich vergewissert hatte, dass die Jalousien geschlossen waren, kippte ich ihren Inhalt auf mein Bett.

Der kleine Haufen glitzerte im Lampenlicht. Ich schnappte mir mein Lieblingsstück, eine tiefschwarze Colt 45, und zielte auf den gesprungenen Spiegel. Das war zu viel Feuerkraft für so einen leichten Job, aber man musste bereit sein. Durch meine Zeit bei den Latin Kings wusste ich, dass man nie zu viel Rückendeckung haben konnte.

Ich ließ die Waffe und ein Messer in den Rucksack gleiten und legte die anderen Waffen zurück in den Schrank.

13

GIDEON BRIGHTHOUSE

Ich hielt mich mittwochs für gewöhnlich vom Haupthaus fern. Das war der Tag, an dem Marilyn ihren Spielgefährten, zurzeit den aalglatten John Barnet, auf die Insel brachte. Ich konnte Barnet von Anfang an nicht ausstehen und versuchte anfangs, Marilyn davon abzuhalten, mit ihm Geschäfte zu machen. Er war ein echter Selbstdarsteller, und ich nehme an, deshalb fühlte sie sich zu ihm hingezogen. Wer eröffnet schon einen Schnapsladen in den Waterside Shops? Meiner Meinung nach kann er damit auf keinen Fall Geld machen.

Das Weingeschäft sei hart, wurde mir immer gesagt. Leute, die sich auskannten, meinten, mit Bier würde das Geld reinkommen, um die Rechnungen zu bezahlen, und glaub mir, kein Mensch fährt nach Waterside, um ein Sixpack zu holen, selbst wenn es Craft-Bier ist. Barnet hatte ein Vermögen für die Ausstattung seiner Ladenfläche ausgegeben. Woher hatte er das Geld? Als Marilyn anfing, mit ihm Geschäfte zu machen, ließ ich das Family Office diskrete Nachforschungen über seine Vergangenheit anstellen. Viel gab es da nicht. Er stammte aus Los Angeles, besaß ein paar Schnapsläden, in denen die Verkäufer hinter Plexiglas saßen und Flaschen von Jim Beam die Bestseller waren.

Barnet trug immer eine Anstecknadel, selbst wenn er kein Jackett anhatte, um zu zeigen, dass er Sommelier war. Das schrie geradezu nach Unsicherheit und machte mich misstrauisch. Das Büro bestätigte, dass er die National Wine School in L.A. besucht und die niedrigstmögliche Zertifizierung erlangt hatte. Es gab vier Zertifizierungsstufen, und man brauchte Stufe drei, um eine Nadel zu bekommen. Ich erwähnte es Marilyn gegenüber, aber sie warf mir vor, eifersüchtig zu sein. Teilweise hatte sie recht; ich beneidete ihn um sein Weinwissen. Ich wollte ihn damit mal auflaufen lassen, aber da fast jeder weniger wusste als er, geschah das nie.

Sich mit Wein auszukennen und damit Geld zu verdienen, waren zumindest in den Vierteln von Los Angeles, in denen er seine Geschäfte betrieb, zwei verschiedene Paar Schuhe. Es war ein Rätsel, für das ich Energie verschwendet hatte, weil ich sah, wie er meine Frau in seinen Bann zog, und ich glaubte, er hatte das Geld einer anderen reichen Frau aus der Tasche gezogen.

Ich war mit meinem Plan sehr zufrieden. Ein Nebeneffekt wäre, dass ich Barnet nie wiedersehen würde. Wenn die beiden wüssten, was auf sie zukam, würden sie nicht so herumturteln. Sie wussten, dass ich auf der Insel war, aber sie taten so, als wären sie allein. Ich hatte es satt, zum Narren gehalten zu werden. Sie würden ihr Verhalten ändern, wenn sie wüssten, dass ihre Affäre an diesem Wochenende ein jähes Ende finden würde.

Samstags gab es nur eine Haushälterin, und sie war immer zur Zeit von Marilyns Yoga-Stunde im Poolhaus. Ich würde den Pilz in ihren Entsafter geben, wenn sie die Kokosmilch holte, und das wär's dann.

Ein Rausch durchströmte meinen Körper und ich lächelte. So gut hatte ich mich seit dem Herzinfarkt nicht mehr gefühlt. In dem Glauben, ich hätte sie schon vor einem Jahr erledigen sollen, stand ich auf und ging zum Haupthaus. Aus irgendeinem Grund wollte ich sie zusammen sehen; vielleicht verlangte mein Gewissen nach Bestätigung.

In der Ferne waren die Tennisplätze zu sehen. Sie hatten blaue Har-Tru-Beläge, und das Bild von Marilyn und mir, wie wir dort in unseren weißen Tennissachen spielten, verwandelte sich in die Vorstellung von Krankenschwestern, die sich um sie kümmerten, wenn sie ins Koma fiel. Nichts, was ich gelesen hatte, legte die Zeitspanne fest, die sie im Koma liegen würde, bevor sie starb. Der Durchschnitt schien bei drei Tagen zu liegen. Ich hoffte, es würde schneller gehen, aber auf keinen Fall plötzlich.

Als ich die Treppe zwei Stufen auf einmal hinaufging, hörte ich Stimmen, die zu streiten schienen und aus dem Wohnzimmer kamen. Ich wurde langsamer. Kein Grund, meine Anwesenheit anzukündigen; ich wollte sie überraschen. Ich schlüpfte durch die Vordertür in das Foyer mit der getünchten Holzvertäfelung und blieb vor einem Spiegel von Ralph Lauren stehen, in dem sich das Paar spiegelte. Mit Weingläsern in der Hand saß Marilyn auf der beigen Chesterfield-Couch und ihr gegenüber saß Barnet auf der blauen Bank vor dem Flügel.

Barnet trug eine hellblaue Hose und ein weißes Leinenhemd, das seine tiefe Bräune zu dunkel erscheinen ließ. Ich kniff die Augen zusammen. Trug er orangefarbene Socken?

Ich wartete, bis er mitten in einem Schluck war, und betrat den Raum:

»Wow. Werde ich hier Zeuge eines Liebesstreits?«

Barnet verschluckte sich beinahe und stand auf. Er überragte Marilyn, die sagte: »Gideon. Du erinnerst dich an John.«

»Wie könnte ich ihn vergessen? Er ist der Kerl, der dich vögelt, seit wie lange, seit über einem Jahr?«

Barnet erstarrte. »Ich … ich sollte besser gehen.«

»Ach, komm schon, John, bleib. Ich will nicht derjenige sein, der die wöchentliche Fickerei unterbricht.«

Marilyn sagte: »Das reicht, Gideon!«

Barnet sagte: »Hören Sie, ich mache mich dann mal auf den Weg.«

Marilyn sagte: »Wag es ja nicht.«

Ich sagte: »Sag mal, John, deine Anstecknadel. Ich glaube, man braucht mehr als nur den Einsteigerkurs, um eine zu bekommen.«

Barnets Augen wanderten zu seiner Brust und er sagte: »Die Sommelier-Nadel? Technisch gesehen gibt es mehrere Zertifizierungsstufen. Als es zu stressig wurde, habe ich aufgehört, Kurse zu belegen, und bin irgendwo in der Mitte gelandet.«

»Wirklich? Soweit ich weiß, hast du nur die erste Stufe in L.A. bestanden, was dich nicht zu einer Nadel berechtigt.«

»Ich habe zusätzliche Kurse bei ihrer Pariser Tochtergesellschaft belegt.«

»Ganz schön aalglatt, was? Du hast auf alles eine Antwort.«

Marilyn sprang von der Couch auf. »Verdammt seist du, Gideon.«

Barnet sagte: »Es tut mir leid, Sie verärgert zu haben, Gideon.«

»Ich, verärgert? Warum sollte es mich verärgern, dass du hier in meinem Wohnzimmer mit meiner Frau bist? Das ist doch eure Mittwochsroutine, nicht wahr?«

Marilyn stand auf und sagte: »Beruhige dich, Gideon. Du machst dich lächerlich.«

Ich lachte. »Wirklich? Und die ganze Zeit dachte ich, ihr beide wärt es, die mich wie einen verdammten Idioten dastehen lassen. Wie dumm von mir.«

Barnet wandte sich an Marilyn. »Es ist besser, wenn ich gehe.«

Ich ging zur Tür. »Keine Ursache. Das Haus gehört ganz euch.«

Sie hatten es sich viel zu bequem gemacht und brauchten eine Gewissensprüfung. Es fühlte sich verdammt gut an, die beiden ein wenig zappeln zu lassen, bevor Marilyn für immer von der Bildfläche verschwand.

14

GIDEON BRIGHTHOUSE

Die Bilder davon, wie Marilyn und John Barnet an diesem Nachmittag Sex hatten, ließen mich nicht los. Die Ärzte hatten mir geraten, spazieren zu gehen, wenn ich aufgewühlt war, um mich zu beruhigen. Ich schob eine Tür auf, trat hinaus in eine regennasse Brise und zog mich wieder zurück.

Diese Schweinehunde hatten es wahrscheinlich in meinem alten Schlafzimmer getrieben, wobei die Aufregung über die Begegnung mit mir ihr sexuelles Vergnügen noch steigerte. Marilyn war heute Nachmittag so selbstgefällig, und dieser Barnet war ein hinterhältiger Blutsauger, wie er im Buche steht. Er spielte es aber richtig, so ungern ich das auch zugab. Er hatte sogar angeboten zu gehen, zwei- oder waren es dreimal? Barnet provozierte mich in dem Moment nicht und sah sogar aus, als hätte er ein wenig Angst. Wahrscheinlich war alles nur gespielt. Was sollte dieser Pariser Quatsch? Dem musste ich mal nachgehen; wahrscheinlich hatte er gelogen.

Warum zum Teufel scherte es mich, was die taten? In

weniger als drei Tagen würde ich eine frische Leinwand haben, auf der ich mein Leben neu malen konnte. Trotzdem, egal wie sehr ich es auch versuchte, bekam ich sie nicht aus dem Kopf, besonders Marilyn. Als die Wut in mir aufstieg, versuchte ich es mit den Atemübungen und dem neuen Dehnprogramm, aber nichts half.

ZWEI MEINER PILLENDOSEN und ein Glas Wasser standen auf dem Couchtisch. Es war kurz nach halb acht. Die Kombination aus Valium und Ativan hatte mich umgehauen. Ich hatte ein paar Stunden geschlafen. Ich setzte mich auf, trank den Rest des Wassers und wartete, bis sich der Nebel in meinem Kopf lichtete.

Als mein Kopf wieder klar war, schnappte ich mir die Contemporary Art Monthly vom Couchtisch und blätterte zu einem Artikel über Jasper Johns. Etwa auf halber Strecke erwähnte der Beitrag eine Reihe seiner weniger bekannten Werke, und ich war mir sicher, dass der Autor den Titel eines kleinen Gemäldes falsch angegeben hatte. Ich legte die Zeitschrift weg, fuhr den Sessel in die aufrechte Position und machte mich auf den Weg zum Serenity House. Die Bibliothek im Haupthaus beherbergte jedes Kunstbuch, das ich je besessen hatte, und zwischen den wandhohen Regalen wartete eine Retrospektive von Johns darauf, dass ich den Titel klärte.

Als ich mich näherte, bemerkte ich, dass außer den automatischen Lichtern kein Licht brannte. Alle sechs Doppelfensterpaare über der Veranda waren ebenholzfarbene Spiegel. Sofern sie nicht gegangen war, während ich geschlafen hatte, war Marilyn zu Hause. Vielleicht war sie nach ihrer Session mit Barnet eingeschlafen. Ich überlegte, ihren Namen zu rufen, um sie zu wecken, als ich in die Bibliothek abbog.

Der Raum war ein weiteres Refugium für mich. Jeder Zentimeter der Bibliothek war mit raumhohen Regalen aus hellem Holz ausgekleidet. Leitern an jeder Wand, die auf Schienen aus gebürstetem Nickel glitten, unterbrachen die Unmengen von Büchern. Die gewaltige Größe des Raumes wurde durch drei gemütliche Sitzgruppen aufgelockert. Ich griff nach der Retrospektive, die ich suchte, und wollte mich gerade in meinen Lieblingssessel fallen lassen, als ich bemerkte, dass das leise Geräusch, das ich hörte, fließendes Wasser war.

Ich ging in die Küche. Und tatsächlich, das Wasser lief im Spülbecken der Kücheninsel. Als ich um die Insel herumkam, flogen meine Hände nach oben, und während das Buch auf den Boden fiel, schrie ich: »Oh mein Gott!«

Ich stieg über einen Blutstrom, kniete nieder und tastete Marilyns Hals nach einem Puls ab. Sie war steif und kalt. Ich sprang auf und sah mich um. Ein blutiges Küchenmesser lag ein paar Meter entfernt auf dem Boden. Ich stieg über ihre Leiche, drehte das Wasser ab und starrte Marilyn an, während mein Herz zu hämmern begann. Ich wandte mich von ihr ab und rannte los, wobei ich gegen das Buch trat, als ich die Küche verließ. Als ich im Poolhaus ankam, schnappte ich mir meine Pillen und würgte, als ich versuchte, zwei ohne Wasser hinunterzubekommen. Mir wurde schwindelig, und ich versuchte, mit meinen Atemübungen dagegen anzukämpfen, wurde aber von Schwärze überwältigt.

Als ich aufwachte, lag ich auf dem Boden. Mein Kopf hämmerte und mein Handgelenk war verstaucht. Ich rappelte mich auf. War das alles nur ein Traum? Das musste es sein. Das Gewissen kann grausam sein, das wusste ich. Es ist das Einzige, was die Welt davor bewahrt, im totalen Chaos zu versinken. Das musste eine Warnung sein. Oder nicht? Mein Verstand riet mir davon ab, Marilyn zu töten.

Ich verließ das Poolhaus und schlich auf Zehenspitzen nach Serenity. Die Haustür stand sperrangelweit offen. Ich zog mein Handy heraus und ging hinein.

15

LUCA

Die Scheinwerfer leuchteten den Weg voraus, als ein Polizeiboot vom Naples City Dock abstieß. Es navigierte langsam, bis es in die Bucht von Naples einfuhr, wo es deutlich an Fahrt aufnahm.

Als wir an den schwarzen Wasserarmen vorbeifuhren, die nach Port Royal führten, wurden die Lichter der Enklave sichtbar, die als Keewaydin Island bekannt ist. Ich trat an den Bug und sagte: »Wenn das mal nicht privilegiert ist. Das ist ja der Hammer.«

Vargas fragte: »Wie viele Leute leben darauf, Luca?«

»Ziemlich sicher nur Marilyn Boggs und ihr Mann.«

»Wirklich? Sieht aus, als wären da mindestens fünf, sechs Gebäude. Nur für die beiden?«

Ich nickte. »Laut Susan. Ihr und ihrem Mann gehört die ›Sweet Liberty‹. Bist du schon mal mit ihrem Katamaran gefahren?«

»Nein.«

»Solltest du mal. Ist wunderschön. Jedenfalls sagte sie, als die Boggs die Insel kauften, bauten sie drei Häuser für sich selbst. Und es gibt ein Gästehaus, ein Poolhaus und, halt dich fest, ein Gebäude für ihre ganze Kunst.«

»Das ist ja völlig übertrieben. Es sieht so friedlich aus. Ich war noch nie auf der Insel.«

»Na, dann hast du ja noch was vor. Weißt du, für jemanden aus Florida scheinst du weniger über die Gegend zu wissen als ich.«

»Du weißt doch, wie das ist. Leute, die in New York leben, gehen auch nie zur Freiheitsstatue, oder?«

Ich nickte. »Wie auch immer, fünfundsiebzig Prozent der Insel gehören dem Staat Florida. Ich habe vor etwa einem Jahr eine Bootstour dorthin gemacht. Es ist total friedlich, unzählige Wildtiere. An dem Tag, als ich dort war, habe ich mindestens ein halbes Dutzend Weißkopfseeadler gesehen. Keewaydin hat einen sehr muschelreichen Strand, also bring deine Turnschuhe mit, wenn du hinfährst.«

Ein paar Jachten mit Schaulustigen trieben etwa fünfzig Meter vor der Küste der Insel. Unser Boot verlangsamte seine Fahrt, als es sich dem Steg näherte, und manövrierte in eine Lücke zwischen vier festgemachten Motorbooten. Zwei davon waren Polizeiboote, deren Rundumleuchten eingeschaltet waren.

Vargas fragte: »Der Ehemann hat die Leiche gefunden?«

»Ja, er hat es gemeldet. Sein Name ist Gideon Brighthouse.«

»Brighthouse? Ich dachte, der Familienname wäre Boggs.«

»Ist er auch. Offenbar hat die Frau nie seinen Namen angenommen. Der Chief sagte, Brighthouse war vor einer Weile politisch aktiv und hat für einen der Senatoren von Florida gearbeitet.«

»Und dann ist er auf den Geldzug aufgesprungen?«

»Vielleicht. Wir werden herausfinden, ob es das Geld war oder dieses schwer fassbare Ding, das wir Liebe nennen.«

»Apropos Romantik, wie läuft es mit Kayla? Ich dachte, du hättest gesagt, sie kommt in die Stadt.«

»Ja, sie wollte eigentlich für ein paar Tage herkommen, aber es kam etwas dazwischen und sie musste absagen.« Ich konnte Vargas nicht sagen, dass ich dachte, Kayla würde mich abwimmeln; es wäre peinlich, wenn man bedenkt, wie sehr ich den Eindruck erweckt hatte, dass alles großartig liefe.

»Ach so.«

Das Letzte, worüber ich jetzt nachdenken musste, war Kayla. Ich schob das trübe Gefühl beiseite und konzentrierte mich auf den neuen Fall.

»Mal sehen, was wir hier haben.«

Ich half Vargas aus dem Boot auf einen langen, grauen Steg aus Trex-Verbundmaterial. Dreißig Fuß entfernt verhinderte ein schmiedeeisernes Tor mit Spitzen, die über das Wasser ragten, dass jemand vom Steg auf die Insel gelangte. Es war eine Sicherheitsmaßnahme, aber das bedeutete nicht, dass nicht jemand von einem Boot aus hätte herüberschwimmen können.

Nachdem ich den Bereich um den Steg herum untersucht hatte, nahm ich das Haus in Augenschein. Ein Dutzend wunderschön beleuchteter Königspalmen säumten einen breiten, steinernen Weg zu dem Haus im Key-West-Stil. Mann, ich konnte mir nicht einmal eine Zahl ausdenken, was dieser Ort wert war. Ich wünschte, es wäre Tag. Wir müssten am Morgen wiederkommen, dann würde ich einen besseren Eindruck davon bekommen, wie dieser Ort aussah.

Zwei Männer kamen uns auf dem beleuchteten Weg entgegen. An dem Anzug und dem selbstsicheren Gang erkannte ich, dass einer von ihnen ein Anwalt war. Er nickte uns kaum zu und ging an uns vorbei, direkt auf die Polizeiboote zu.

Ich stellte uns Frank Flynn vor. Mit weißen Bootsschuhen, Shorts und einem T-Shirt bekleidet, war Flynn ein Freund der Familie, der vierzig Pfund zu viel auf den Rippen hatte. Nachdem er mir gesagt hatte, ich sähe aus wie George Clooney, verriet er, dass er auf der anderen Seite der Meerenge in Port Royal lebte und vom Anwalt der Familie herbeigerufen worden sei. Flynn sagte, Gideon, der Ehemann, sei außer sich und im Poolhaus. Auf dem Weg zum Haupthaus erzählte er uns, dass er als Erster angekommen war und Gideon am Steg getroffen, die Leiche aber nicht gesehen hatte.

Es war der erste Tatort, dem ich mich näherte, ohne dass mir ein Mikrofon ins Gesicht gehalten wurde. Doch das war nicht der einzige Unterschied zu anderen Fällen. Normalerweise gab es jede Menge Streifenwagen, eine Absperrung um den eigentlichen Tatort und eine weitere, um ein größeres Gebiet abzuriegeln und die Medien und die Öffentlichkeit am Einmischen zu hindern. Hier waren wir von einem Golf umgeben, der kaum an die Küste schwappte, unter einem schwarzen Himmel, der mit Diamanten übersät war. Es war ruhig, und wären da nicht die Lichter der Polizeiboote, wäre es der perfekte Ort für die Flitterwochen gewesen.

Peter Gerey holte uns ein, nachdem er die Polizeiboote davon überzeugt hatte, ihre Lichter zu dämpfen. Ernst wie der Tod selbst war Gerey der Anwalt, der die Interessen der Familie im Staat Florida quarterbackte. Als Partner einer kleinen Kanzlei half er dem obersten Zehntelprozent bei Fragen zu Geld, Privatsphäre und diesem guten alten, ungreifbaren Ding namens Reputation.

Schmallippig sprach Gerey im gedämpften Ton eines Bestatters.

»Detective, die Familie würde Diskretion im Hinblick auf die Presse zu schätzen wissen. Wir möchten es vermeiden, haltlose Gerüchte bekämpfen zu müssen. Ich nehme an, Sie wissen, dass die Boggs eine prominente Familie sind, eine, die Hunderte von Menschen beschäftigt. Trotz ihres öffentlichen Profils legt die Familie Boggs großen Wert auf ihre Privatsphäre.«

Ich hob eine Hand. »Anwalt, ich bin hier, um eine Untersuchung durchzuführen. Mit der Presse zu reden, gehört nicht zu meiner Jobbeschreibung. Ich bin sicher, Sie kennen eine Menge Leute im Sheriffbüro, und ich würde vorschlagen, dass Sie sich dort mit Ihrem Anliegen melden. Und das ist so weit, wie Sie gehen können.«

»Aber-«

»Kein ›Aber‹. Das ist ein Tatort.«

Wir stiegen die Treppe zur Veranda hinauf, und über der Tür hing ein handgeschnitztes Schild mit silbernen Buchstaben: *Serenity House*. Ich dachte über den bevorstehenden Widerspruch nach, als wir uns bei dem Beamten, der den Tatort bewachte, anmeldeten.

16

LUCA

Ich stand im Foyer. Es war ein prächtiges Haus, das schönste, in dem ich je gewesen war. An den Wänden hingen viele interessante Bilder, über denen kleine Lichter angebracht waren. Aber es war nicht so, dass der Ort wie ein Museum wirkte. Es war schwer zu erklären; man wusste einfach, dass es teuer war, aber es war nicht protzig. Es war, fiel mir ein, friedlich.

Nun, dieser ganze Frieden wurde, wie üblich, durch menschliches Verhalten, das aus dem Ruder gelaufen war, zerstört. Das Klicken und Surren einer Kamera veranlasste mich, Überschuhe und Handschuhe anzuziehen und mich an die Arbeit zu machen.

Der Beamte, der am Eingang zur Küche stand, sagte, der Gerichtsmediziner werde innerhalb der nächsten Stunde erwartet. Er trat zur Seite und wir betraten die Küche. Sie sah aus wie eine dieser Küchen, die man in Wohnzeitschriften sieht.

Weiße Quarzplatten krönten die grauen Schränke an den Wänden, und bei der Kücheninsel war es umgekehrt:

weiße Schränke und eine graue Platte darauf. Die Leiche war nicht zu sehen, und wären da nicht die Uniformen gewesen, hätte es auch das Aufräumen nach einem eleganten Abendessen sein können. Ein leichter Kaffeegeruch hing in der Luft, und mein Blick wanderte zu dem Schrank, in dem eine eingebaute Espresso- und eine Keurig-Maschine untergebracht waren.

Der Fotograf, ein guter Junge namens Giancarlo, stand auf. Er war fertig. Ich bat ihn, herauszufinden, wie man die gesamte Außenbeleuchtung einschaltet, und nachzusehen, ob er irgendwelche Fußspuren dokumentieren könne, für den Fall, dass ein Regenschauer aufziehen sollte.

Vargas und ich stiegen über einen Kunstband, und da war die Leiche.

Marilyn Boggs, eine kleine Frau mit Pixie-Schnitt, sah fast zehn Jahre jünger aus als die fünfzig, die sie angeblich war. Sie lag auf dem Rücken, der Kopf nach links geneigt, und trug Schmuck, der mehr wog als sie selbst. Einer ihrer Stilettos hing ihr nur noch halb am Fuß, und ihr Rock war hochgerutscht, sodass ein schmaler Oberschenkel zu sehen war. Sie war nicht mein Typ.

Ich stieg über eine Blutlache und ging in die Hocke. Durch die Schwerkraft hatte sich ihr Blut bereits angesammelt. Sie war seit mehr als ein paar Stunden tot. Ihr perfektes Make-up wurde von verschmiertem Lippenstift und einem leichten Abdruck auf ihrer rechten Wange beeinträchtigt. Der Oberkörper der Frau ruhte in einer purpurroten Lache, die langsam klebrig wurde. Eine einzelne Stichwunde in ihrer Brust, von der ich annahm, dass sie ihren zierlichen Körper komplett durchdrungen hatte, war die Quelle der Lache.

Ich stand auf. »Sie ist höchstens eins fünfundfünfzig

groß. Anhand der Wunde werden wir eine gute Vorstellung davon bekommen, wie groß der Mörder war.«

Ein langes Messer mit Wellenschliff und einem Griff aus Ebenholz lag einen knappen Meter rechts von der Leiche. Es war rot verfärbt und schien die Tatwaffe zu sein. Wie war diese reiche Dame zu Tode gekommen? Das Messer, ungewöhnlich in den wohlhabenden Kreisen des Verbrechens, war rätselhaft. Messerstechereien waren selten; dies könnte ein schiefgegangener Einbruch sein.

Ich warf zwei Beamten, die sich unterhielten, als stünden sie an der Theke, einen bösen Blick zu.

»Na los, Leute!«

Vargas sagte: »Warum wartet ihr beide nicht auf dem Flur?«

Die Beamten zogen sich aus der Küche zurück, und Vargas sagte: »Verrückt, all dieses Geld, und sie wird erstochen wie eine Hure in einer Gasse.«

»Geld? Das ist kein Geld, Vargas. Das nennt man Reichtum.«

Sie schüttelte den Kopf. »Geld, Reichtum, was auch immer. Man kann sich davon kein Glück kaufen oder, anscheinend, keine Sicherheit.«

Ich ging auf die andere Seite der Küche und stellte mir vor, wie sich ein Kampf abgespielt haben könnte. Sie lag auf dem Boden in der Nähe eines dieser Doppelspülbecken im Landhausstil. Die Frau könnte am Spülbecken gestanden haben und von jemandem überrascht worden sein. Vielleicht war er durch eine der riesigen Schiebetüren gekommen, die die linke Wand bildeten und auf einen Essbereich im Freien mit einem Brunnen blickten.

Ein einzelnes Weinglas, hauchdünn und leer, stand auf der Kücheninsel. Ich sah mir das Glas genauer an. Der Rand schien sauber zu sein, und das Glas wies keine Rückstände auf. Ein paar Fuß links davon stand eine zu drei Vierteln leere Flasche Rotwein auf einer weißen Marmorplatte.

Links neben dem Glas stand, in seine Einzelteile zerlegt, ein teuer aussehender Entsafter. Ich überprüfte ihn auf Wasserspuren, um einen Hinweis darauf zu bekommen, wann er gereinigt worden war.

In dem Messerblock aus gebleichtem Holz, der zwei Fuß von der ebenfalls leeren Spüle auf der Arbeitsfläche stand, gab es einen leeren Schlitz. Ein Blick auf die Griffe machte klar, dass die Mordwaffe von dort stammte. Wie war der Mörder darangekommen, wenn sie in der Küche war?

»Was denkst du, Luca?«

»War das Opfer in der Küche oder war sie nicht im Zimmer und ein Dieb kam herein? Dann hat sie ihn überrascht und er hat nach dem Messer gegriffen?«

»Ich weiß nicht, das hier ist nicht der einfachste Ort, um ihn auszurauben.«

»Einverstanden, aber es könnte jemand vom Personal oder ein Arbeiter gewesen sein, wer weiß? So oder so haben wir einen Haufen Befragungen durchzuführen. Als Erstes: herausfinden, wer auf der Insel war, wer kam und ging und ob jemand ein Boot in der Nähe gesehen oder gehört hat.«

»Hast du nicht gesagt, die Insel gehört größtenteils dem Staat?«

»Ja, das stimmt.«

»Ist es möglich, dass jemand von dieser Seite auf die Insel gelangt ist?«

»Absolut.«

Vargas seufzte. »Ich dachte, die Abgeschiedenheit dieses Ortes würde die Ermittlungen einfach machen.«

»Einfach? Der letzte einfache Fall, den ich hatte, war …

ach ja, den gab es nie, es sei denn, du zählst den einen Einbruch dazu, bei dem dieser Kerl eingebrochen ist, sich betrunken und dann eingeschlafen hat. Der Ehemann hat ihn gefunden und uns gerufen.«

»Davon hast du mir nie erzählt.«

»Der Wahnsinn in diesem Geschäft nimmt einfach kein Ende.«

»Willst du den Ehemann jetzt befragen? Er ist im Poolhaus.«

»Lass uns zuerst einen Blick ins Hauptschlafzimmer werfen. Wir sehen uns den Rest des Hauses an, nachdem wir mit ihm gesprochen haben.«

Eine Treppe aus Glas und Eisen, die für eine schöne Portion Modernität sorgte, mündete in ein loftartiges Familienzimmer, das zu einer Reihe von Schlafzimmern auf der rechten Seite führte. Eine Sitzecke, wo sich der Flur teilte, führte zu Doppeltüren, die auf die Hauptschlafzimmersuite hindeuteten.

Ich hatte ein Schlafzimmer von der Größe eines Konzertsaals erwartet und war überrascht von der Gemütlichkeit des Raumes, dessen Mittelpunkt ein modernes Kingsize-Bett war. Ein großes Bild eines bunten Dreiecks, das mich an das Albumcover von *Dark Side of the Moon* erinnerte, hing gegenüber dem Bett.

Es sah so aus, als ob auf einer Seite des Bettes geschlafen und das Bettzeug einfach nur glattgestrichen worden war.

Ich sagte: »Sieht aus, als hätte letzte Nacht jemand allein geschlafen.«

»Vielleicht haben sie sich gestritten und die Sache ist heute eskaliert.«

»Das werden wir bald genug herausfinden.«

Ich überprüfte beide grauen Nachttische, bevor ein Paar

Fenstertüren mich zu einer nach hinten gelegenen Terrasse lockten. Ich steckte den Kopf nach draußen und fragte mich, wie schön es sein musste, mit einem solchen Panoramablick aufzuwachen. Die Terrassenmöbel gaben keinen Hinweis auf Aktivitäten, also schloss ich die Tür.

»Nichts da draußen. Lass uns den Rest überprüfen.«

Wir betraten ihr Ankleidezimmer, das mehr Quadratmeter hatte als das Schlafzimmer. Von der Decke hingen drei moderne Interpretationen von Kronleuchtern und ein verspiegelter Schminktisch erstreckte sich über mindestens viereinhalb Meter. Das Ankleidezimmer war in vier Bereiche unterteilt, jeder durch ein kleines, modernes Bild abgetrennt: Make-up, hängende Kleidung, Schuhaufbewahrung und Kommoden.

Vargas sagte: »So was nennen die meisten Frauen wohl den Himmel auf Erden.«

Ich ging an endlosen Reihen von maßgefertigten Schuhregalen vorbei. »Hier müssen zweihundert Paar oder mehr stehen. Das ist doch verrückt.«

»Nicht, wenn man es sich leisten kann.«

Im Bereich für lange Kleidung hingen mehr Abendkleider als in den meisten Brautmodengeschäften, aber die Farbauswahl war nicht sehr groß. Es war offensichtlich, dass Mrs. Boggs ein Fan von Weiß, Schwarz und Grau war, besonders bei formeller Garderobe. Die Bereiche für mittellange und kurze Kleidung boten eine farbenfrohere Palette, aber keine Hinweise.

Wir brauchten eine halbe Stunde, um alle Schubladen zu durchsuchen, fanden aber nichts und gingen weiter zum Kleiderschrank des Ehemanns, der wesentlich kleiner, aber mehr als ausreichend war.

»Der Kerl zieht mal wieder den Kürzeren.«

»Was?«

»Na ja, der Schrank hat nicht mal halb so viel Platz.«

Vargas deutete auf ein paar große Lücken im Bereich der Hängeware. »Er nutzt ja nicht einmal den Platz, den er hat.«

»Ich wette, er wohnt woanders. Vielleicht in einem der anderen Häuser.«

»Wie viele haben sie denn?«

»Keine Ahnung, aber du kannst Gift darauf nehmen, dass sie bei diesem Reichtum mehr als ein Haus haben.«

Vargas zog Schubladen auf. »Du hast recht, nur eine Handvoll Sachen.«

Das palastartige Badezimmer verfügte über eine begehbare Dusche, in der man hätte Handball spielen können, und eine freistehende, eiförmige Badewanne. Auf dem Rand der weißen Wanne lag ein Holztablett, das dafür ausgelegt war, zwei Sektgläser zu halten.

»So was muss ich mir auch zulegen.«

Auf ihrem Schminktisch stand ein Tablett mit einer Auswahl an Bürsten und einer elektrischen Zahnbürste in ihrer Ladestation. Ich zog die durchsichtige Plastikkappe vom Bürstenkopf und strich über die Borsten. Ich bemerkte die Wassertröpfchen, die dabei entstanden, und ging weiter.

Die Ablage des männlichen Waschtischs war leer. Ich zog die oberste Schublade auf und drückte auf die Zahnpastatube. Sie war hart geworden.

»Komm, lass uns mit Mr. Boggs reden.«

Wir verließen das Haupthaus, als die Spurensicherung eintraf.

17

LUCA

Während wir den Beamten, die den Tatort bewachten, Anweisungen gaben, ging Peter Gerey in einiger Entfernung auf und ab und telefonierte. Er bemerkte uns und eilte herüber, als wir die Beamten gerade baten, uns zu verständigen, sobald der Gerichtsmediziner einträfe.

»Haben Sie etwas gefunden, Detective?«

»Nun, Herr Anwalt, Sie wissen doch, dass wir diese Informationen nicht weitergeben können. Dies ist eine laufende Ermittlung.«

»Das war kein Versuch, an Insiderinformationen zu kommen, Detective. Ich kenne die Spielregeln. Meine Sorge und somit meine Nachfrage gilt der Familie, ihrer Privatsphäre und ihrem Ruf.«

Klar. Es konnte ja nicht um die fünfhundert pro Stunde gehen, die Leute wie Sie abrechnen, dachte Luca.

»Zur Kenntnis genommen. Wir würden gern mit Gideon Brighthouse sprechen.«

»Selbstverständlich. Mr. Brighthouse ist im Poolhaus.« Gerey zeigte auf ein zweistöckiges Gebäude, das links von einem rechteckigen Pool stand, dessen Lichter von Blau zu Lila wechselten.

Ich genoss das Gefühl der Brise in meinem Gesicht, während wir uns auf den Weg machten. Das Poolhaus lag zwischen dem Haupthaus und dem Gästehaus, jeweils großzügig durch Bepflanzung und Abstände voneinander getrennt. Da die gesamte private Seite der Insel technisch gesehen ein Tatort war, blieb uns viel Grundstück, das wir durchkämmen mussten. Ich glaubte es zwar nicht, aber wer wusste das schon? Vielleicht musste sogar das Wasser, das diesen Ort umgab, durchsucht werden.

Während sich der Steinpfad zum Pool schlängelte, beleuchteten Lichter einen schmalen Streifen des Strandes und hoben gleichmäßige Linien hervor, die verrieten, dass der Strand geharkt worden war. Ich war nicht gerade ein Nachtschwimmer, aber der Pool, der jetzt in einem rötlichen Ton leuchtete, begann mir zuzuflüstern, als wir seine Umrandung erreichten.

Das gesamte Erdgeschoss des Gebäudes bestand aus einer Reihe von drei Meter hohen Glasschiebetüren, die den Eindruck erweckten, das zweite Stockwerk würde darüber schweben. Als wir durch eine offene Schiebetür eintraten, erfüllte das Rauschen von Palmen die Luft. Frank Flynn, der Gideon Brighthouse gegenübersaß, mühte sich von einem weißen Ledersofa hoch.

Brighthouse wartete, bis Flynn mindestens fünf Schritte auf uns zugegangen war, bevor er aufstand. War das strategisch oder einfach nur Überlegenheit? Gerey trat vor, flüsterte seinem Klienten etwas zu und stellte ihn vor:

»Detectives, das ist Gideon Brighthouse.«

Gideon hatte feine Gesichtszüge und dunstigblaue Augen. Sein welliges, etwas längeres Haar schien vorzeitig ergraut zu sein, es sei denn, er hatte wie seine Frau nachhelfen lassen. Er war groß, sicher über eins achtzig, und seine langen Beine ragten weit aus seinen rosa Shorts heraus. Er bot uns nicht die Hand an. Die Entscheidung zwischen Überheblichkeit und Keimphobie war einfach, aber er sah nicht wie einer dieser hochnäsigen Typen aus, die meinen, ihre Scheiße stinke nicht.

Vargas sagte: »Unser Beileid zu Ihrem Verlust, Mr. Brighthouse.«

Während er nickte, sagte Gerey: »Wenn Sie sich danach fühlen, Gideon, würden sie gern mit Ihnen sprechen, aber nur, wenn Sie sich danach fühlen.«

Gideon flüsterte: »Ich denke schon.«

Flynn dirigierte uns um einen Glastisch herum, bevor Gerey ihn bat zu gehen. Auf der rechten Seite verströmte ein länglicher Kamin genau die richtige Menge an Wärme, um die Brise auszugleichen, die durch das Haus zog.

Vargas sagte: »Noch einmal, bitte nehmen Sie unser Beileid entgegen, aber wir müssen Ihnen einige Fragen stellen.«

Gideon warf Gerey einen Blick zu, der nickte.

»Können Sie uns erzählen, was passiert ist?«

Gideon zog den Kopf zurück. »Passiert? Nichts ist passiert. Ich habe sie nur gefunden, sie lag da, sie war … tot. Ich habe nachgesehen, ob sie einen Puls hat oder so, aber … da war keiner.«

»Um wie viel Uhr war das?«

»Äh, so gegen halb acht.«

»Sind Sie sicher?«

Gideon nickte.

»Wo waren Sie, bevor Sie die Leiche gefunden haben?«

»In der Bibliothek. Ich war hereingekommen, um eines

meiner Kunstbücher zu holen und … ich hörte das Geräusch von fließendem Wasser. Ich dachte, jemand hätte das Wasser laufen lassen, und wir müssen auf der Insel alles Wasser sparen, was wir können, also ging ich in die Küche und … oh mein Gott, da lag sie.«

»Lief das Wasser?«

»Das Wasser?«

»Sie sagten, Sie hörten Wasser laufen.«

»Ja, das tat ich, glaube ich. Ja, es lief.«

»Welche Spüle?«

»Äh, die in der Kücheninsel.«

»Haben Sie das Wasser abgestellt?«

Gideon sah Gerey an. »Was macht das alles für einen Unterschied?«

Ich sagte: »Mr. Brighthouse, es mag irrelevant erscheinen, aber wir müssen die Ereignisse zusammensetzen, und es ist ein Detail, das hilfreich sein könnte. Haben Sie das Wasser abgestellt?«

Gideon zögerte. »Ich kann mich ehrlich nicht erinnern. Wirklich nicht.«

Ich fragte mich, ob er gerade den Unterschied abwog, als Gerey sagte: »Das ist vollkommen normal, Gideon. Sie wurden durch eine brutale, unvorstellbare Gewalttat traumatisiert.«

Vargas sagte: »Okay. Sie sehen Ihre Frau blutend auf dem Boden liegen und überprüfen ihre Lebenszeichen.«

Gideon nickte.

Vargas sagte: »Was haben Sie als Nächstes getan?«

Seine Schultern sackten ein wenig ab. »Ich, äh, bin aus dem Haus gerannt.«

»Sie haben nicht um Hilfe gerufen?«

»Sie war tot.«

»Woher wollten Sie das so sicher wissen?«

Gideon wand sich in seinem Stuhl. »Ich wusste nicht, was ich tun sollte. Ich … mein Herz fing an zu rasen. Ich hatte schon einen Herzinfarkt, und ich – ich musste da einfach raus.«

Gerey sagte: »Bei Mr. Brighthouse wurde eine Angststörung diagnostiziert und er befindet sich in ärztlicher Behandlung.«

»Ich verstehe.«

Vielleicht weil mein Pinkel-Alarm vibrierte, sagte ich: »Wohin sind Sie denn abgehauen?«

Gerey starrte mich wütend an. »Es gibt keinen Grund, das so auszudrücken, Detective.«

»Glauben Sie mir, da steckte keine Absicht dahinter. Wohin sind Sie gegangen, als Sie die Küche verlassen haben?«

»Ich bin direkt zu meinem Haus gegangen.«

»Ihrem Haus?«

Er schien nach Luft zu schnappen. »Hierher, ich meinte das Poolhaus.«

Zwischen dem Bett und der Erwähnung des Hauses musste er mir nichts mehr buchstabieren. Das sah nach einem weiteren Fall von häuslicher Gewalt aus. Ich wollte mich noch nicht auf ihn konzentrieren, also fragte ich: »Haben Sie heute zu irgendeinem Zeitpunkt etwas Ungewöhnliches gesehen?«

Er begann in seinem Stuhl zu schwanken. »Nicht, dass ich mich erinnere.«

Durch die offenen Türen sah ich einen Beamten näherkommen. Der Gerichtsmediziner musste angekommen sein. Ich fragte: »Wie sieht es mit Geräuschen aus? Vielleicht ein Boot? Irgendwelche Schreie?«

Er zuckte mit den Schultern. »An Booten mangelt es hier nicht, aber heute waren es sicher nicht mehr als sonst. Ich kann mich an nichts erinnern, was herausstach.«

»Denken Sie noch einmal darüber nach und lassen Sie es uns wissen.«

Er nickte. »Das werde ich.«

Ich sagte: »Wir werden uns wieder unterhalten. Der Gerichtsmediziner ist eingetroffen, und ich bin immer gern am Tatort, wenn er kommt.«

Bevor ich zum Haupthaus hinüberging, ging ich noch auf die Toilette. Sitzen und darauf warten zu müssen, zu pinkeln, machte mir nichts aus; dies war ein wirklich schönes Badezimmer, in dem es viel zu sehen gab.

18

LUCA

»Was zum Teufel machen die da?«

Ich rannte auf die Beamten zu, die sich am Strand unterhielten. »He, he! Runter vom Sand!«

Die Beamten erstarrten wie Rehe im Scheinwerferlicht.

»Das ist eine Privatinsel mit sehr wenig Verkehr. Ich will nicht, dass ihr den Sand mit euren Fußspuren versaut, falls der Mörder vom Strand gekommen ist.«

Ich ging zurück zu Vargas, während die Beamten auf Zehenspitzen aufs Gras schlichen.

»Nicht zu fassen. Weißt du, man sollte eine Spezialeinheit für die Reaktion am Tatort eines Tötungsdelikts einrichten. Man sollte meinen, sie lernen es irgendwann oder benutzen wenigstens mal ihren verdammten Menschenverstand. Aber nein, nein, die machen uns die Arbeit nur schwerer.«

»Okay, Frank, immer mit der Ruhe.«

»Unser neuer Sheriff, wenn er doch die Weisheit mit Löffeln gefressen hat, warum hat er dann kein Einsatzteam beordert?«

»Du überreagierst.«

»Wahrscheinlich ist es eh egal. Es sieht so aus, als ob Herr ‚Meine-Kacke-stinkt-nicht' es war.«

»Findest du nicht, dass es dafür noch ein bisschen früh ist?«

»Ich weiß. Hast du gehört, was er über sein Haus gesagt hat? Die schlafen nicht miteinander. Ich weiß, es gibt Paare, die getrennte Betten oder sogar Schlafzimmer haben, aber der feine Pinkel wohnt in einem komplett anderen Haus.«

»Ich weiß nicht, warum du denkst, dass dieser Kerl so ein Snob ist. Er schien mir ziemlich normal zu sein.«

»Ach, komm schon, Vargas, willst du mich auf den Arm nehmen?«

»Was hat er denn getan, das dir einen solchen Eindruck vermittelt hat?«

»Meine Güte, fangen wir doch mal mit seinem Namen an, Gideon. Ich meine, wie viele Klempner heißen schon Gideon? Und er hatte so eine Art englischen Akzent, einen von der Oberschicht.«

»Englischen Akzent? Weißt du, Frank, manchmal glaube ich wirklich, du spinnst.«

Sie hatte recht; es war kein Akzent. Es war nur die Art, wie er sprach, so überdeutlich oder so.

»Spinnen? Nö, ich sehe mich lieber als interessant.«

Als wir dem Travertinpfad zum Haupthaus folgten, sagte ich: »Überprüf mal die Telefongesellschaften, sowohl Festnetz als auch ihr Handy. Finde heraus, wann die letzten Anrufe getätigt wurden und an wen. Das könnte uns bei der Bestimmung des Todeszeitpunkts helfen.«

»Bin schon dran. Wäre auch eine gute Idee, die Nutzung der Kreditkarten zu überprüfen, man weiß ja nie.«

»Sicher, und ich brauche dich, um die Dienstmädchen

ausfindig zu machen, die hier arbeiten, und sie morgen früh hierher zu bringen. Das Haus muss gründlich durchsucht werden, um zu sehen, ob etwas fehlt. Wir werden auch Herrn Elite-Uni einen Blick darauf werfen lassen müssen.«

»Du hast dich also doch noch nicht entschieden?«

»Ich decke wie immer alle Eventualitäten ab. Wir müssen erst ausschließen, um uns dann konzentrieren zu können.«

George Shields war über die Leiche gebeugt und fuhr mit seinem Daumen langsam durch Marilyns kurzes Haar.

Der Gerichtsmediziner von Collier County hasste Unterbrechungen und ich musste mir auf die Zunge beißen, um ihn nicht mit Fragen zu löchern. Doktor Shields knöpfte den obersten Knopf von Marilyns Bluse auf. Ich trat nach links und sah eine mit Blut verkrustete Wunde.

Shields nahm jede ihrer Hände, untersuchte sie genau und legte sie dann an ihre Seite. Als er sich aufrichtete, sagte ich: »Haben Sie was gefunden, Doc?«

»Es sieht nicht so aus, als hätte es einen großen Kampf gegeben. Sie wurde einmal mit einem Messer niedergestochen, wahrscheinlich mit dem hier, und ist verblutet. Ihr Kopf hat eine erhebliche Prellung, aber ich glaube, das ist die Folge eines Sturzes, nachdem sie bei dem Angriff das Bewusstsein verloren hat.«

»Können Sie die Größe des Mörders schätzen?«

»Im Moment würde ich sagen, er oder sie war groß, über 1,80 Meter.«

»Rechtshänder oder Linkshänder?«

»Das kann ich zum jetzigen Zeitpunkt nicht sagen. Ich muss das Opfer erst auf den Tisch bekommen.«

»Wie sieht es mit dem Todeszeitpunkt aus?«

»Ich schätze, der Tod trat vor etwa vier Stunden ein. Es ist jetzt einundzwanzig Uhr zwanzig, also ungefähr zwischen sechzehn und achtzehn Uhr.«

Vargas und ich wechselten einen Blick.

Shields zog seine Handschuhe aus. »Der Transport der Leiche auf einem Boot erfordert zusätzliche Vorsichtsmaßnahmen. Ich will nicht, dass die Leiche unterwegs durchgeschüttelt wird. Die Rückfahrt muss langsam und ruhig sein.«

»Kein Problem, Doc. Ich komme mit Ihnen. Mary Ann, nehmen Sie doch die von uns gesammelten Beweismittel in Verwahrung und wir treffen uns im Büro des Sheriffs.«

Bevor ich zum Dock ging, gab ich die Anweisung, dass niemand, einschließlich des Ehemanns, in die Nähe des Haupthauses gelassen werden durfte.

WIR HATTEN einen neuen Sheriff in der Stadt und er machte mir das Leben schwer. Frank Morgan war das genaue Gegenteil von Joe Liberi, der vorzeitig in den Ruhestand gegangen war, als bei ihm ein Lymphom diagnostiziert wurde. Liberi wusste, dass ich meinen Partner verloren hatte, und gab sich alle Mühe, mir den Übergang von Jersey so einfach wie möglich zu machen. Er schätzte die Erfahrung, die ich mitbrachte, und ernannte mich zu einer Art Mentor für die weniger erfahrenen Kollegen.

Ich war gerade erst nach meinem Kampf gegen den Krebs wieder zur Arbeit zurückgekehrt, als bei Liberi die

Diagnose gestellt wurde. Man versicherte ihm, die Behandlung würde erfolgreich sein und ihm erlauben, weiterzuarbeiten, aber mit zweiundsechzig sagte er, es sei an der Zeit, weiterzuziehen, und entschied sich für den Ruhestand. Mit dem großen K, das mir im Nacken saß, war ich mehr als erfreut, dass Liberi nun in Remission war. Vielleicht war diese dringend benötigte Beruhigung der Preis, den ich in Form von Frank Morgan zahlen musste.

Morgan hatte es auf jeden abgesehen, der nicht aus dem Süden kam, und besonders auf jeden aus dem Großraum New York. Ich traf ihn zum ersten Mal bei einem Grillfest bei Liberi zu Hause. Bevor er seine Ruhestandspläne öffentlich machte, hatte Liberi eine kleine Runde von Leuten, die er als Schlüsselpersonen betrachtete, organisiert, um seinen Nachfolger kennenzulernen. Es war mir eine Ehre, einer von sechs Leuten zu sein, die Liberi eingeladen hatte, aber ich konnte mich des Gedankens nicht erwehren, dass es an der Krebsverbindung lag.

Morgan hatte die letzten zweiundzwanzig Jahre als Polizeichef der Stadt Naples gedient. Als eigenständige Gemeinde hatte die Stadt Naples etwa zwanzigtausend Einwohner und ihre eigene Polizei. Ich kannte ein paar Beamte, die für Morgan arbeiteten. Sie sagten, er führe eine straffe Truppe und ärgere sich über das Wachstum, das die Stadt von einem verschlafenen Nest in ein nobles Touristenziel verwandelt hatte.

Morgan war das Aushängeschild für einen Jungen vom Land. Er trug Cowboystiefel und diese Westernkrawatten, die wie Schnürsenkel aussahen. Als er sagte, er sei in Naples geboren, fragte ich ihn scherzhaft, ob er einer der zehn Leute sei, die tatsächlich hier geboren wurden. Er sagte: »Findest du das witzig, Junge? Ihr Nordstaatler kommt hier runter und versucht, meine Stadt in eine Art Times Square zu verwandeln. Nun, ich verspreche dir, das wird nicht unter meiner Aufsicht passieren.« Ich wusste nicht, was ich sagen sollte. Ich meine, wie reagiert man auf so etwas?

Dadurch, dass ich Stewart eine Woche vor Morgans Amtsantritt für den Mord an Gabelli dingfest gemacht hatte, war ich ungefähr halbwegs aus dem Schlamassel raus, den ich mir beim Grillfest eingebrockt hatte. Ich hörte von einem Detective, dass Morgan ihm aufgetragen hatte, sich an mich zu wenden, wenn er bei einem Fall in einer Sackgasse stecke. Das tat gut, verbesserte aber die Stimmung zwischen uns keineswegs. Das Einzige, was für mich sprach, war die Zeit. Morgan selbst ging in den Ruhestand und würde nur bis zur nächsten Wahl bleiben, bei der das Volk einen neuen Sheriff wählen würde.

Es war fast elf Uhr, als Vargas und ich uns an einer Handvoll Reportern vorbeidrängten und zu den Büros des Sheriffs im zweiten Stock gingen. Die Tür zu seinem Büro stand weit offen. Morgan, der telefonierend dastand, winkte uns herein und trat hinter seinen Schreibtisch.

Es war ein gutes Gefühl, den Raum in Augenschein zu nehmen. Der einzige Unterschied zu Liberis Zeiten waren der Zehn-Gallonen-Hut und das Halfter, die an der Garderobe hingen. Wir warteten, bis er sein Gespräch beendet hatte, bevor wir uns setzten.

»Ich muss Ihnen wohl nicht sagen, wie heikel dieser Fall ist, oder?«

Wir sagten wie aus einem Munde: »Nein, Sir.«

Morgan nickte. »Womit habe ich es hier zu tun?«

Ich sagte: »Das Opfer wurde –«

»Denken Sie an Ihre Manieren, junger Mann. Das hier

ist der Süden, wo die Damen immer noch den Vortritt haben.«

Vargas sagte: »Danke, Sheriff, aber Detective Luca und ich haben uns darauf geeinigt, dass er diese Ermittlung leitet.«

»Dann legen Sie mal los.«

Ich sagte: »Das Opfer wurde einmal erstochen und ist in der Küche des Haupthauses verblutet. Wir glauben, die Tatwaffe sichergestellt zu haben. Es gab keine offensichtlichen Einbruchsspuren, aber wir haben vor, das Anwesen noch einmal gründlich zu untersuchen. Der Ehemann sagte, er habe die Leiche entdeckt.«

»Sagte? Haben Sie Grund zu der Annahme, dass er lügt?«

»Nicht direkt. Keewaydin Island stellt einen einzigartigen Schauplatz für einen Mord dar. Die Insel ist sehr abgelegen, was den Kreis der möglichen Verdächtigen stark einschränkt.«

Er schüttelte den Kopf. »Mein Großvater und ich haben früher direkt vor Key Island geangelt. Ja, damals haben wir eine ganze Menge Fische gefangen, als die einzigen Boote vor den Häusern in Port Royal zum Fischen da waren. Davon wissen Sie natürlich nichts, was, Luca?«

Mir fiel auf, dass Morgan den alten Namen der Insel benutzte. »Ich fürchte nicht, Sir.«

»War außer Mr. Brighthouse noch jemand auf der Insel?«

»Ihm zufolge nicht. Er sagte, seine Frau gebe dem Personal mittwochs frei. Im Moment ist er jemand, der uns sehr interessiert.«

»Gehen Sie behutsam vor. Die Familie Boggs ist seit der Gründung des Staates ein wichtiger Teil dieser Gemeinschaft. Wir können nicht mit dem Finger auf Leute zeigen und ihren Ruf beschmutzen, haben Sie mich verstanden?«

»Verstanden, Sir. Dies ist ein schweres Verbrechen und wir werden eine umfassende und gründliche Untersuchung durchführen.«

»Gut, aber Sie müssen diskret sein. Ihr Jungs aus New York wisst doch, was das Wort bedeutet, oder?«

Vargas sagte: »Wir verstehen, Sir.«

»Ich will, dass keiner von Ihnen mit der Presse spricht. Die schlagen da draußen wegen dieser Geschichte schon Purzelbäume. Ich werde mich von nun an um diese Halunken kümmern. Ist das klar?«

Vargas und ich nickten.

»Ich möchte über die Entwicklungen in diesem Fall vollumfänglich auf dem Laufenden gehalten werden. Und jetzt raus hier und zeigen Sie mir, dass Sie ein so guter Detective sind, wie Sie von sich glauben.«

19

GIDEON BRIGHTHOUSE

NACH DEM AUFWACHEN BEGANN ICH NOCH IM BETT LIEGEND mit meinen üblichen fünfzehn Minuten transzendentaler Meditation. Es war schwer, zur Ruhe zu kommen, aber der Maharishi hatte recht, das Wiederholen eines Mantras wirkt ein bisschen wie Magie.

Ich sprach mein letztes »Om« und fühlte mich so ausgeglichen und friedlich, wie es unter den Umständen eben möglich war, und ging dann nach unten zum Frühstück. Ich hatte gehofft, Shell hätte mir zu meinem Kaffee und Saft eine Schale ballaststoffreiches Müsli hingestellt, da mein Körper komplett dichtgemacht hatte.

Kein Müsli, dafür aber eine randvolle Schale mit Beeren, und der Saft war Pflaumensaft. Ich goss mir eine Tasse Kaffee ein, rührte meine Magermilch unter und nahm einen Schluck. Sobald ich die Zeitung aufschlug, begann das Blut in meinen Ohren zu pochen. Ich stand auf, riss eine Schiebetür auf und schritt auf der Poolterrasse auf und ab, wobei ich die Luft und den Anblick des Golfs tief in mich einsog.

Das Pochen ließ nach und ich winkte Matthew zu, der den Strand harkte.

Wenn ich darüber nachgedacht hätte, hätte mich die Schlagzeile in der *Naples Daily News*, die da schrie: »Society-Dame Marilyn Boggs zu Hause ermordet«, nicht überraschen dürfen. Vielleicht waren es die Helikopteraufnahmen von Keewaydin mit den Pfeilen, die die Gebäude auf der Insel benannten und uns damit ein weiteres Stück Privatsphäre entrissen, die mich aus dem Gleichgewicht brachten. Ich musste über all das reden, also rief ich meinen Therapeuten an und hinterließ eine Nachricht, bevor ich wieder hineinging.

Ich schob die Zeitung an den äußersten Rand des Tisches und frühstückte. Nachdem ich mir eine weitere Tasse Kaffee eingeschenkt hatte, zog ich die Zeitung wieder zu mir herüber und las den Leitartikel.

Society-Dame Marilyn Boggs zu Hause ermordet

Die Philanthropin Marilyn Boggs wurde gestern Abend erstochen in ihrem Haus auf Keewaydin Island aufgefunden. Marilyn Boggs ist die Tochter von Martin Boggs, dem verstorbenen Gründer von American Investments. Frau Boggs war Vorstandsmitglied zahlreicher wohltätiger Organisationen in Collier County und hatte derzeit Führungspositionen bei der Juvenile Diabetes Foundation und der St.-Vincent-de-Paul-Gesellschaft inne.

Das Sheriff's Department von Collier County reagierte gestern Abend gegen 21 Uhr auf einen 911-Notruf und fand die Leiche von Frau Boggs in der Küche des Haupthauses.

Als prominente Persönlichkeit des gesellschaftlichen Lebens lebte Frau Boggs auf der privaten Seite der Insel mit ihrem Ehemann, Gideon Brighthouse, der Berater des ehemaligen Senators Robert White war. Es wird angenommen, dass Herr Brighthouse zum Zeitpunkt des tödlichen Angriffs auf der Insel war und keine Verletzungen erlitten hat.

Keewaydin Island ist eine Barriereinsel vor der Küste von Naples und 85 % der Insel sind öffentlich und werden vom Florida Coastal Office verwaltet. Die acht Meilen lange Insel ist autofrei und reich an Wildtieren.

Ein Sprecher von Sheriff Morgan nannte das Verbrechen schockierend und beunruhigend und sagte, der Sheriff habe die Aufklärung des Verbrechens zu einer Priorität für das Department gemacht.

Die in Naples geborene Marilyn Boggs war 50 Jahre alt und hatte keine Kinder. Sie hinterlässt ihre Brüder Paul und Wesley Boggs, die in Boston leben. Einzelheiten zur Beisetzung wurden noch nicht bekannt gegeben.»

20

LUCA

Immer wiederkehrende Schmerzen im Unterleib überzeugten mich, nicht länger zu warten, und so saß ich in der Praxis meines Urologen, anstatt zu versuchen, den Fall Boggs zu lösen. Vor einem Jahr hätte ich eine Handvoll Tylenol geschluckt, aber nach meiner Blasenkrebsdiagnose konnte ich kein Risiko eingehen.

Vielleicht lag es am nervigen Moderator der Morgensendung oder an meinen Nerven, aber trotz des Schildes, das die Benutzung von Handys verbot, rief ich Vargas an. Das Kinn auf die Brust gesenkt, fragte ich: »Was gibt's Neues, Vargas?«

»Bist du nicht beim Arzt?«

»Doch, ich bin im Wartezimmer. Hast du was?«

»Ich bin mit dem Ehemann durchs Haus gegangen, aber ihm ist nichts aufgefallen. Er hat immer wieder behauptet, niemand könne den Überblick über all das Zeug behalten, das seine Frau gekauft hat.«

»Er hat ja sowieso nicht dort gewohnt. Was ist mit den Dienstmädchen?«

»Ich bin gerade dabei, alles mit einer Haushälterin namens Shell durchzugehen.«

»Halt mich auf dem Laufenden. Ich drehe hier noch durch vor lauter Warten.«

»Mach dir keine Sorgen, Frank. Kümmer dich erst mal um dich selbst. Der Fall läuft dir nicht weg.«

Als ich auflegte, wurde mein Name aufgerufen, und ich eilte zum Empfang in der Erwartung, dass meine Untersuchung nun begann. Die Frau hinter dem Fenster fragte mich: »Mr. Luca, haben Sie das Schild gesehen?« Sie zeigte auf das Handyverbot.

Ich nickte verlegen und sie sagte: »Aber Sie haben es nicht verstanden?«

Mit hängendem Kopf ging ich zurück zu meinem Stuhl. Nachdem eine halbe Stunde vergangen war, schwang die Tür auf und eine Krankenschwester mit einem Klemmbrett rief meinen Namen. Sie führte mich in ein Untersuchungszimmer, wog mich und ging wieder mit den Worten, der Arzt würde gleich kommen.

Während ich in einer *Men's Health* blätterte, bekam ich eine Nachricht von Vargas:

›Schmuck fehlt. Reden wir, wenn du rauskommst.‹

Während ich ihre Nummer wählte, schwang die Tür auf. Mit der Akte in der Hand stand Doktor Peters vor mir.

»Wie geht es Ihnen, Mr. Luca?«

»Mir geht's gut, Doc.«

Er schaute in meine Akte. »Sie haben Unterleibsschmerzen?«

Ich nickte.

»Machen Sie den Oberkörper frei und legen Sie sich hin.«

Während ich mein Hemd von oben nach unten

aufknöpfte, kroch die Angst in mir hoch. Würde dies ein Tag sein, der sich in mein Gedächtnis einbrennen würde, oder einer, der vergessen sein würde wie der Morgenkaffee von gestern?

Mein Rücken klebte am Papier der Liege, als Peters sich über mich beugte und seine Finger in meinen Bauch drückte. Er bewegte sie im Uhrzeigersinn in einer kreisenden Bewegung, bis er eine Stelle traf, die mir ein Stöhnen entlockte.

»Halten Sie einfach still, Mr. Luca.« Er massierte die Stelle und machte eine Art Zwickbewegung in dem Bereich, die mir unangenehm war.

»Das ist die Stelle. Was ist da los, Doc?«

»Setzen Sie sich auf.«

Aufsetzen? Überbrachte man schlechte Nachrichten nicht besser jemandem, der lag?

»Es scheint nichts weiter als etwas Narbengewebe zu sein, das Verwachsungen an Ihren Bauchmuskeln gebildet hat.«

Puh! »Das ist alles?«

»Ich glaube schon. Wir werden einen Ultraschall machen, um sicherzugehen.«

Ugh, jetzt musste ich auch noch wegen eines weiteren Tests bibbern? »Können Sie das hier machen?«

»Wir haben die Ausrüstung, aber Sie müssen einen Termin vereinbaren.«

Meine Schultern sackten in sich zusammen. »Ich hatte gehofft …«

»Ich kann Ihre Besorgnis nach allem, was Sie durchgemacht haben, verstehen, aber ich bin mir ziemlich sicher, dass Sie sich keine Sorgen machen müssen.«

Ich hörte mich selbst sagen: »Ja, das hat der erste Arzt auch gesagt.«

Peters musterte mich einen Moment lang, schaute auf seine Uhr und griff zum Telefon.

»Sue, ich muss einen Ultraschall dazwischenschieben. Ist Raum vier frei?«

Das war eines der wenigen Male, dass ich mit meiner großen Klappe etwas erreicht hatte, oder doch nicht? Vielleicht beschleunigte ich damit nur das Hören schlechter Nachrichten.

MEIN HEMD WAR NUR HALB ZUGEKNÖPFT, als ich auf dem Weg aus dem Wartezimmer Vargas anrief. Ich schritt auf dem Parkplatz auf und ab, während sie erklärte: »Das Dienstmädchen hat eine Halskette und drei Cocktailringe als fehlend identifiziert.«

»Ist sie sich sicher?«

»Absolut. Sie sagte, einer der fehlenden Ringe sei Marilyns Lieblingsstück gewesen, ein Geschenk von ihrem Vater.«

»Können wir den Wert schätzen?«

»Ich habe mehrere Bilder von Mrs. Boggs, auf denen sie die Stücke trägt, und ich werde sie Georgie zur Schätzung geben. Es bedeutet vielleicht nichts, aber wir haben auch fünfzigtausend in bar in ihrem Nachttisch gefunden.«

»Fünfzigtausend? Das klingt für mich nach viel, aber wir reden hier von den Superreichen. Wahrscheinlich ist das ihre Portokasse.«

»So was dachte ich mir auch.«

Ich sagte: »Hör zu, wir müssen alle bekannten Hehler und Pfandhäuser in Collier und Lee County alarmieren.«

»Ist schon in Arbeit, bis hoch nach Orlando.«

»Oh, frag Gideon, mit welchen Juwelieren die Familie Geschäfte gemacht hat.«

»Erledigt. Er hat uns gesagt, dass sie hauptsächlich mit Thalheimers zu tun hatten, aber im Laufe der Jahre auch bei Bigham kauften.«

Sie hatte an alles gedacht; das war gut, aber auch deprimierend.

»Frank, bist du noch dran?«

»Ja. Gute Arbeit. Wir sehen uns im Büro.«

»Wie ist es beim Arzt gelaufen?«

»Alles in Ordnung, nur etwas Narbengewebe.«

Als ich in mein Auto sprang, konnte ich nicht fassen, dass der Fall gerade sein Gesicht komplett verändert hatte. War das ein aus dem Ruder gelaufener Raubüberfall? Wie war ein Dieb, und jetzt Mörder, unbemerkt auf und von Keewaydin gekommen? Wir müssten jeden befragen. Jemand musste ein Boot gesehen haben, es sei denn, Gideon steckte mit drin. Könnte er jemanden auf die Insel gelassen haben, um seine Frau zu töten, und ihm als Bezahlung erlaubt haben, teuren Schmuck mitzunehmen? Das würde es wie einen Raubüberfall aussehen lassen und es gäbe keine Papierspur für die Bezahlung des Mörders.

Als ich auf die Pine Ridge abbog, holte mich ein Zwicken im Bauch zurück zu meinem Arztbesuch. Es waren gute Nachrichten gewesen, aber ich erkannte, dass die Erleichterung darüber, dass mit meinen neuen Leitungen nichts Ernstes los war, gerade mal eine Minute angehalten hatte. Ich versuchte zu verstehen, warum ich so undankbar war, obwohl ich solche Angst vor dem Termin gehabt hatte.

An der Ampel zur 41 zwang ich mich zu glauben, dass es am Fall lag, aber als die Ampel auf Grün schaltete, traf mich die Wahrheit. Ich hatte das Gefühl, dass das Schicksal mir nach allem, was ich durchgemacht hatte, mal eine Pause schuldig war. Das Auto hinter mir hupte, und ich trat endlich aufs Gas.

21

LUCA

DREI TAGE NACH DEM MORD STIEG ICH AM NAPLES PIER IN ein Polizeiboot für die Fahrt nach Keewaydin Island. Normalerweise würde ich einem Interview mit jemandem, den ich für einen Verdächtigen hielt, niemals auf dessen eigenem Terrain zustimmen. Doch der Anwalt der Boggs hatte uns gebeten, das Interview auf Keewaydin zu führen, und berief sich dabei auf Gideons Angststörungen und die öffentliche Aufmerksamkeit, die der Fall bereits erregt hatte. Ich wehrte mich nicht dagegen. Die Insel war faszinierend, und ich freute mich auf den Besuch, als wir langsam vom Dock ablegten.

Das Boot beschleunigte, als wir das Gebiet durchquerten, in dem das Wasser zwischen Brack- und Salzwasser schwankte. Es war ein perfekter Tag, um auf dem Wasser zu sein. Der Golf von Mexiko war spiegelglatt und es wehte nur ein Hauch von einer Brise. Das einzig Negative war das grelle Licht. Obwohl ich meine Maui Jims aufhatte, war es immer noch zu hell.

Ein ganz in Weiß gekleideter Hausmeister empfing mich

am Dock mit einem Golfwagen. Ich sagte, ich würde lieber zu Fuß gehen, und er folgte mir zum Poolhaus. Ich wusste, dass Gerey Gideon Brighthouse ohne Zweifel vorbereitet hatte. Es ergab absolut Sinn, dass der Anwalt einer prominenten Familie und ein politischer Akteur ihre Aussagen aufeinander abstimmten, aber das beunruhigte mich nicht.

Während der Hausmeister zwei Schritte hinter mir blieb, zog ich meine Jacke aus, sobald ich den Steinpfad betrat. Die Insel fühlte sich heute anders an und sah auch anders aus. Vielleicht lag es daran, dass keine anderen Beamten hier waren. Ich verlangsamte mein Tempo, denn dieser Ort hatte etwas an sich. Das Festland war sichtbar, aber die Insel war friedlich abgeschieden. Wenn dieser Typ mich nicht beaufsichtigen würde, hätte ich mich im Zickzackkurs zum Poolhaus vorgearbeitet. Als wir auf die Poolterrasse traten, schob Gerey eine Schiebetür auf und zwang sich zu einem Lächeln.

»Schön, Sie zu sehen, Detective.«

Reflexartig sagte ich: »Gleichfalls.«

Er senkte seine Stimme. »Ich weiß es zu schätzen, dass Sie allein gekommen sind. Gideon fühlt sich unwohl, wenn zu viele Leute da sind.«

»Da hat er Glück gehabt, mein Partner ist vor Gericht.«

Als wir eintraten, erhob sich Gideon Brighthouse aus einem blauen Sessel. Er trug keine Socken, dafür aber einen beigefarbenen Leinenanzug und ein rotes T-Shirt, das aussah, als wären Farbspritzer darauf. Wie die Insel sah auch Gideon heute anders aus, bot mir aber trotzdem nicht die Hand an. Stattdessen wies er mit einer ausladenden Geste auf einen Stuhl, der aussah, als sei er aus Seilen gefertigt, und setzte sich wieder.

In der Nacht, als die Leiche gefunden wurde, war es mir

nicht aufgefallen, aber es gab eine Reihe von Multimedia-Kunstwerken, die ein Band über den Schiebetüren bildeten. Es verstärkte den Eindruck, dass die Glastüren alle miteinander verbunden waren. Ich bin kein Designer, aber so etwas hatte ich noch nie gesehen. Es war nicht mein Stil, aber ich zollte demjenigen, der es gemacht hatte, Anerkennung für die Originalität.

»Mr. Brighthouse, ich weiß, dass dies schwierig sein mag, aber ich würde gerne den Tag und die Nacht durchgehen, an dem Sie Mrs. Boggs im Haupthaus gefunden haben.«

Gideon nickte, nahm eine Pellegrino-Wasserflasche und trank einen Schluck.

»Fangen wir kurz bevor Sie die Leiche fanden an. Wo waren Sie und was haben Sie getan?«

»Wie ich neulich Abend schon sagte, war ich hier und las einen Artikel über Jasper Johns. Ich konnte nicht glauben, dass ein Fehler darin war – im Namen eines seiner Gemälde. Es ist kein Hauptwerk, aber trotzdem.« Er schüttelte den Kopf und hielt inne. »Ich war mir sicher, dass sie falschlagen, aber bevor ich ihnen einen Brief schrieb, wollte ich sichergehen, dass ich im Recht war. Ich habe eine Retrospektive seiner Werke. Es ist ein wunderbares Buch und das maßgebliche Nachschlagewerk über Johns.«

Es bestand kein Zweifel, dass er seine Erinnerungen einstudiert hatte, aber seine Art zu sprechen ging mir langsam auf die Nerven. Ich sagte: »Ich verstehe, fahren Sie fort.«

»Ich ging in die Bibliothek, um den Johns-Artikel zu überprüfen.«

»Wollten Sie das Buch mit hierherbringen?«

»Auf keinen Fall. Ich nehme selten ein Buch mit, es sei

denn, es ist reiner Lesestoff. Die Bibliothek hat richtige Leseoberflächen. Einige der Bücher in meiner Sammlung … sind ziemlich groß.«

»Okay. Haben Sie auf dem Weg zum Haus etwas Ungewöhnliches gesehen oder gehört?«

Er schüttelte den Kopf. »Nein. Es war einfach … eine weitere wunderschöne Nacht.«

»Als Sie das Haus betraten, sind Sie direkt in die Bibliothek gegangen?«

»Ja.«

»Sie sind jetzt in der Bibliothek, was geschah als Nächstes?«

»Jedes Mal, wenn ich in die Bibliothek gehe, ist das Erste, was ich tue … meinen einzigen Pissarro zu genießen, den *Boulevard Montmartre bei Nacht* … Impressionismus in seiner schönsten Form.« Er schloss die Augen. »Es ist wunderbar.«

»Das glaube ich Ihnen gerne. Was haben Sie danach getan?«

»Ich nahm die Johns-Retrospektive aus dem Regal.«

»Sie sagten, Sie hätten laufendes Wasser gehört und seien deshalb in die Küche gegangen. Ist das richtig?«

»Ja, genau. Ich war kurz davor, *Art Monthly* zu widerlegen … aber bevor ich die Gelegenheit hatte, das Buch aufzuschlagen, hörte ich etwas, das ich für laufendes Wasser hielt, und ging nachsehen.«

»Haben Sie das Buch mitgenommen?«

»Ähm, ich glaube schon.«

»Als Sie die Küche betraten, was ist passiert?«

»Ich war fassungslos und begriff es erst nicht … dann sah ich das Blut. Ich versuchte zu sehen, ob Marilyn noch lebte …

aber sie hatte keinen Puls.« Er sah sich um. »Ich glaube, ich geriet ein wenig in Panik … meine Brust wurde eng, und mit meiner Vorgeschichte … kann ich keine Risiken eingehen.«

»Sie sagten, dass Sie hinausgerannt sind. Ist das korrekt?«

Er senkte das Kinn. »Ich fürchte, ja.«

»Waren alle Türen und Fenster geschlossen?«

Er zuckte mit den Schultern. »Ich kann mich nicht erinnern, dass etwas offen war.«

»Ich versuche, mir ein genaues Bild von Ihren Bewegungen in der Küche zu machen. Sie kamen durch das Foyer herein, aber die Kücheninsel blockierte Ihre Sicht. Als Sie das Wasser abstellen wollten, haben Sie da Ihre Frau auf dem Boden gesehen?«

»Ja.«

»Okay. Sie haben sich also über sie gebeugt und ihren Puls gefühlt.«

Er nickte.

»Haben Sie das Wasser abgestellt?«

»Ich glaube nicht.«

Gideons Wangen schienen sich einen Ton dunkler zu färben. *Log er? Und warum?* Ich sagte: »Das ist wichtig, da der erste Beamte vor Ort behauptet, dass keiner der Wasserhähne in der Küche lief.«

Gerey sagte: »Vielleicht war es Frank Flynn, der das Wasser abgestellt hat.«

»Nicht nach dem, was er Detective Vargas erzählt hat. Flynn behauptete, nicht einmal in der Küche gewesen zu sein.«

»Ich bin sicher, es gibt eine plausible Erklärung, Detective.«

»Kommen wir nun zum Personal und zu allen Besuchern an diesem Tag. Wer war auf der Insel?«

Gideon schlug seine langen Beine übereinander und sagte: »Kein Personal. Das Hauspersonal und die Handwerker haben jeden Mittwoch frei, aber Marilyn hatte an diesem Nachmittag ihren Freund John Barnet … zu Besuch.«

Diesmal wurde er unverkennbar rot.

»Ist dieser John Barnet ein gemeinsamer Freund?«

»Nein. Er ist der Inhaber von Barnet Wines in Waterside. Marilyn hat ihn … bei einer ihrer Benefizveranstaltungen kennengelernt.«

»Welchen Zweck hatte Mr. Barnets Besuch?«

»Möglicherweise stand er im Zusammenhang mit einer Veranstaltung.«

»Mr. Brighthouse, hatte Ihre Frau eine Affäre mit Mr. Barnet?«

Gerey sagte: »Detective, ich bitte Sie. Es gibt keinen Grund für Andeutungen über–«

»Ach, kommen Sie, Herr Anwalt. Mrs. Boggs wurde tot in ihrer eigenen Küche gefunden. Das ist für mich der einzige Grund, der zählt. Und nun, Mr. Brighthouse, beantworten Sie bitte die Frage.«

Gideon holte mehrmals tief Luft, während er seinen Schoß musterte. »Ja … das hatte sie.«

»Wie lange ging das schon?«

Gideon zuckte mit den Schultern und sagte: »Ein Jahr, anderthalb, vielleicht länger.«

»War das die erste Affäre, die Ihre Frau hatte?«

Gerey rieb sich die Hände an den Oberschenkeln, als sein Mandant sagte: »Nein … es gab ein paar … andere, aber keine, die so lange gedauert hat.«

»Haben Sie irgendeinen Grund zur Annahme, dass Mr. Barnet Mrs. Boggs etwas antun wollte?«

»John Barnet hält sich für weltgewandt und er ist ein Schmarotzer, aber ich bin nicht qualifiziert, ihn in Bezug auf Gewalt zu beurteilen.«

Das überraschte mich. Er schien weder auf Rache aus zu sein, noch zu glauben, dass Barnet es getan hatte. Bei all den Verfehlungen konnte ich verstehen, warum ihm seine Frau nichts mehr bedeutete. Die meisten Männer jedoch, und dieser hier war keine Ausnahme, hätten der Gelegenheit nicht widerstehen können, eine Retourkutsche zu fahren.

22

LUCA

»Das gefällt mir nicht, Vargas. Wie konnte er vergessen, uns zu sagen, dass dieser John Barnet an dem Tag, an dem seine Frau getötet wurde, auf der Insel war?«

»Ich weiß nicht, Frank. Vielleicht stand er in der Nacht unter Schock. Vergiss nicht, Gerey hat gesagt, dass Brighthouse eine Menge Ärzte aufsucht.«

»Du meinst also, er hat es uns nicht mit Absicht verschwiegen?«

»Nein, ich sage nur, dass der Kerl an normalen Tagen unter Angstzuständen leidet. Dass er seine Frau ermordet aufgefunden hat, könnte einen Schock oder eine Art mentalen Zusammenbruch ausgelöst haben.«

»Das wird Morgan freuen. Das Erste, was ich hätte tun sollen, war, den Kapitän des Bootes zu befragen. Oder die Besatzung. Um Himmels willen, was ist bloß los mit mir?«

»Schauen wir nach vorn, Frank.«

Ich senkte mein Kinn und meine Stimme. »Ich glaube, ich habe ein Chemo-Hirn.«

»Sei nicht so streng mit dir. Chemo-Hirn – das ist doch lächerlich.«

»Nein, ich meine das ernst.«

»Wirklich? Okay, was ist mit der Tatsache, dass ich auch nicht daran gedacht habe? Damit wären wir schon zu zweit.«

»Es ist nicht nur diese eine Sache, Mary Ann. Ich bin einfach nicht ich selbst.«

»Das bildest du dir nur ein, Frank. Du bist ein ausgezeichneter Detective, der beste, den wir hier unten je hatten.«

»Ich meine es ernst, Mary Ann. Ich habe das Gefühl, dass ich Dinge übersehe, die mir normalerweise auffallen müssten.«

»Frank, du hast eine Menge durchgemacht, und es ist normal, dass du das Gefühl hast, es hätte seinen Tribut gefordert. Aber ich bin deine Partnerin und ich weiß, dass dir nichts entgangen ist. Das bildest du dir alles nur ein.«

Sie war wirklich etwas Besonderes, mehr als nur eine Partnerin, aber ich glaubte ihr kein Wort. Ich schmollte, und Vargas sagte: »Was Morgan angeht, muss er nicht jedes kleine Detail wissen.« Sie kam um ihren Schreibtisch herum. »Ich sage ihm, dass wir möglicherweise einen weiteren Verdächtigen haben, mehr nicht. Bin in zehn Minuten zurück.«

»Danke. Während du weg bist, rufe ich Barnet an und vereinbare eine Befragung.«

Barnet war, wie erwartet, kooperativ und stimmte zu, am nächsten Morgen zu kommen. Er verzichtete sogar auf sein Recht, einen Anwalt hinzuzuziehen. Ob das nur Prahlerei war oder ob er wirklich nichts zu befürchten hatte, würde sich noch zeigen.

Ich sah wieder auf mein Handy. Immer noch keine Antwort von Kayla. Ich hatte ihr vor zwei Tagen eine Nachricht geschickt und sie hatte nie geantwortet. Was war da los? Nachdem ich überlegt hatte, ob ich sie noch einmal anschreiben sollte, tippte ich eine Nachricht und fragte sie, ob alles in Ordnung sei.

MEINE GEDANKEN und mein Auto rasten um die Wette. Ich war spät dran, um ein Haus zu besichtigen, das laut meinem Makler Potenzial hatte, und konnte nicht aufhören, über Strategien für die morgige Befragung von Barnet nachzudenken. Würde dieser Fall eine Wendung nehmen? Ich war immer der Meinung, dass es zwei Arten von Mordfällen gab: solche, bei denen der Mörder offensichtlich war und wir nur Beweise für die Staatsanwaltschaft sammeln mussten, und diese rätselhaften Fälle, die oft schwierig waren, bei denen man sich aber seine Sporen verdiente. Es war wirklich befriedigend, sich in einen komplexen Fall hineinzuknien, zu ermitteln und den Mörder zu verhaften. Eigentlich gab es drei Arten, aber wir Detectives reden nicht gern über die, die ungelöst bleiben.

Das Abbiegen vom Airport auf die Immokalee dauerte gut fünf Minuten und auf der Immokalee staute es sich bis zur I-75 zurück. Etwas an dieser Straße zu kaufen, könnte ein Fehler sein, dachte ich, als wir in Richtung Walmart krochen. Ich versuchte, nicht auf die Uhr zu schauen, eine Strategie, die mir half, mir keine Sorgen um meine Verspätung zu machen. Sobald ich am Target Superstore vorbeifuhr, wurde mir klar, dass ich einen Großteil des Verkehrs hätte vermeiden können, wenn ich den Logan Boulevard genommen hätte.

Die Einfahrt zu Saturnia Falls hatte große Felsbrocken, über die Tonnen von Wasser rauschten. Ich konnte mich nicht entscheiden, ob es übertrieben war oder nicht. Wie die meisten Orte in Naples hatte auch Saturnia seinen Namen aus Italien, in diesem Fall inspiriert von einer Gruppe natürlicher Thermalquellen in der Nähe der Stadt Saturnia.

Nachdem ich vom Wachmann eine Wegbeschreibung erhalten hatte, schlängelte ich mich zum Saturnia Grande Drive Nummer 4290. In der Sackgasse, ungefähr sechs Häuser entfernt, fuhr eine Horde Kinder auf ihren Fahrrädern, was bestätigte, dass Saturnia eine Wohngegend für Familien war, die das ganze Jahr über hier lebten. Der Makler kam die Einfahrt herunter. Ich konnte seine Überkämmfrisur sehen. Hatte er nicht mitbekommen, dass Bruce Willis es salonfähig gemacht hatte, eine Glatze zu haben?

Er reichte mir den Verkaufsprospekt und quasselte drauflos über die Annehmlichkeiten der Wohnanlage. Während er sprach, konnte ich eine Menge Straßenlärm hören, was mich stutzig machte. Ich fragte, woher der Lärm käme, und er sagte, der Logan Boulevard liege direkt hinter dem Haus, und fügte hinzu: »Da ist nur um diese Tageszeit so viel los.« Ich verkniff mir zu sagen, dass ich Detective war und dass diese Aussage zu dieser Uhrzeit bei mir die Alarmglocken schrillen ließ.

Da ich nun schon einmal hier war, sah ich mich kurz um. Es hatte einen schönen, offenen Grundriss mit hohen Decken. Es war etwas in die Jahre gekommen, aber sie hatten zumindest die Küche gemacht, obwohl ich keine so dunklen Fliesen gewählt hätte. Das Hauptbadezimmer musste renoviert werden, aber mit dem anderen Bad und dem Gäste-WC konnte man leben. Als ich auf die Lanai hinausging, machte das jede mögliche Rechtfertigung wegen des Verkehrs zunichte. Man konnte die Leute in den vorbeifahrenden Autos beinahe reden hören.

Der Preis für das Anwesen lag bei vierhunderttausend, aber ich würde es nicht kaufen, selbst wenn es nur hunderttausend wären. Wie ich Mr. Überkämmfrisur sagte, würde ich mich melden, falls ich Interesse hätte. Meine Gedanken wanderten zurück zum Fall Boggs.

23

Ich hatte John Barnet gut und gerne zwanzig Minuten warten lassen und war überrascht, dass er sich nicht hingesetzt hatte. Er war groß, gut eins neunzig, und tief gebräunt. Er trug einen Van-Dyck-Bart, war fit und um die fünfzig. Barnet war mit einer beigefarbenen Hose und einem Jackett bekleidet, dazu ein hellblaues Hemd. Ich fragte mich, ob er das Sakko extra für die Befragung angezogen hatte und ob er Linkshänder war.

»Mr. Barnet, Detective Luca. Entschuldigen Sie die Wartezeit, aber angesichts der Ermittlungen ist hier gerade ziemlich viel los.«

»Ich verstehe. Wenn Sie mehr Zeit brauchen, komme ich gerne wieder.«

Das glaube ich Ihnen gern. »Schon gut, bringen wir es hinter uns. Mein Büro ist gleich um die Ecke.«

Barnet strich mit der linken Hand über Sitz und Lehne des Stuhls, bevor er sich setzte. Eine silberne Nadel an seinem Revers reflektierte das Licht und ich fragte: »Ich will ja nicht neugierig sein, Mr. Barnet, aber was bedeutet die Nadel?«

Er blickte auf sein Revers. »Das ist eine Sommelier-Nadel. In meinem Geschäft gibt es eine Menge Möchtegerne, die nur die Weinbewertungen der Kritiker nachplappern. Ich hebe mich davon ab, gestalte das Erlebnis für unsere Kunden persönlicher und mit meinen Meinungen intimer.«

Ich schätze, ihm zu sagen, dass ich eine Flasche nach ihrem Etikett und dem Preis auswähle, würde seinen Ansatz über den Haufen werfen. »Klingt nach einer guten Strategie.«

»Finde ich auch.«

»Sie muss ja funktionieren, wenn Sie sich die Mieten im Waterside leisten können.«

Er schlug ein Bein über das andere und eine rote Socke blitzte hervor. »Sie machen es einem nicht leicht.«

»Das glaube ich. Sehen Sie, ich würde diese Befragung gerne aufzeichnen, wenn Sie nichts dagegen haben. Ehrlich gesagt macht es das für mich einfacher, da mein Gedächtnis auch nicht mehr das ist, was es mal war.«

Barnets Augen verengten sich. »Aufzeichnen?«

»Wenn es Ihnen nicht recht ist, lasse ich es.«

»Schon gut, machen Sie nur, wenn Sie wollen.«

Befragungen und Verhöre sind wie Schachpartien. Man macht einen Zug, um seinen Gegner zu einer Reaktion zu zwingen, die er sonst nicht gezeigt hätte. Barnet stimmte zu, weil er dachte, eine Ablehnung würde ihn schlecht dastehen lassen. Das klappt in etwa siebzig Prozent der Fälle. Sobald das Mikrofon scharf war, erledigte ich die Formalitäten und stürzte mich in die Befragung, bevor er es sich anders überlegen konnte.

»Sie haben Mrs. Boggs an dem Tag, an dem sie ermordet wurde, auf Keewaydin Island besucht.«

Barnet schüttelte den Kopf. »Ja, es ist kaum zu fassen, was passiert ist.«

»Soweit ich weiß, haben Sie Mrs. Boggs mit Weinen und Spirituosen für Wohltätigkeitsveranstaltungen beliefert. War das der Grund Ihres Besuchs?«

»Das ist richtig. Marilyn hatte den Vorsitz bei der Veranstaltung der katholischen Wohltätigkeitsorganisation und wir sind ein paar Punkte dafür durchgegangen.«

»Wie haben Sie Mrs. Boggs kennengelernt?«

»Meine Firma betreut eine ganze Reihe von Veranstaltungen in der Gegend, nicht nur wohltätige, und wenn ich mich recht erinnere, sind wir uns bei einer United-Way-Veranstaltung über den Weg gelaufen.«

»Und Sie beide haben sich auf Anhieb verstanden?«

Barnet strich sich über seinen Van-Dyck-Bart und grinste. »Das haben wir, und wie Sie sicher schon gehört haben, hatten wir eine Affäre.«

Er dachte, er würde Vertrauen aufbauen, indem er es zugab, aber er musste wissen, dass es selbst in Neapel nicht genug Wohltätigkeitsveranstaltungen gab, um ein Treffen mit Marilyn jeden Mittwoch zu rechtfertigen.

»Und wie lange lief diese Affäre schon?«

»Etwas über ein Jahr.«

»Wie würden Sie die, äh, Temperatur der Beziehung beschreiben?«

Barnet sah aus, als hätte er in eine Zitrone gebissen. »Temperatur? Meinen Sie den Sex?«

»Haben Sie sie ermutigt, ihren Mann zu verlassen?«

»Nein, das würde ich nie tun. Ich will keine zerbrochene Ehe auf dem Gewissen haben.«

Ich lächelte. »Sie sind ja ein wahrer Edelmann.«

»Sehr witzig, aber so ist es nicht. Ich komme aus einem zerrütteten Elternhaus und das ist kein Zuckerschlecken.«

»Sie waren damit zufrieden, nur eine Affäre zu haben?«

»Sehen Sie, wir kommen aus zwei grundverschiedenen Welten. Ich – ich meine, wir, wir hatten einfach eine gute Zeit zusammen. Das war alles.«

»Nur zwei erwachsene Menschen, die die Gesellschaft des anderen genossen, und mehr nicht.«

»So könnte man es sagen.«

»Die Familie Boggs ist unglaublich reich. Es wäre schon ein ziemlicher Glücksfall, in so einen Haufen Geld einzuheiraten, was?«

»Geld hatte damit nichts zu tun.«

»Sie waren nicht verärgert, dass Mrs. Boggs ihren Mann nicht verlassen und Sie heiraten wollte?«

Barnet schüttelte den Kopf. »Abgesehen vom Geld wäre das Letzte, was ich gebrauchen könnte, sie als Ehefrau. Ich war schon zweimal verheiratet und könnte mir nicht vorstellen, es noch einmal zu tun.«

»Nicht einmal in die Familie Boggs?«

»Nein.«

»Na gut. Da Sie die Verstorbene ja nun intim kannten«, ich konnte mir ein Lächeln nicht verkneifen, »kennen Sie jemanden, der ihr hätte schaden wollen?«

Barnet verzog das Gesicht. »Hören Sie, wie Sie sicher herausfinden werden, falls Sie es nicht schon wissen: Marilyn war ziemlich unsicher, trotz all des Geldes, das sie hatte. Und sie konnte arrogant und herrisch sein, aber sie tat nichts, was jemanden dazu bringen würde, so etwas zu tun. Sie war eine gute Frau. Meine Güte, sie hat sich wirklich den Arsch aufgerissen und so vielen Leuten geholfen, man kann es kaum zählen.«

»Marilyn Boggs war eine bekannte Persönlichkeit, was sie möglicherweise zu einem Ziel gemacht hat. Fällt Ihnen da wirklich niemand ein?«

»Ihr Mann, Gideon.«

»Möchten Sie das näher ausführen?«

»Zunächst einmal, an dem Tag, an dem sie … getötet wurde. Gideon kam ins Haus, während Marilyn und ich einen Drink hatten.«

»Kam er für gewöhnlich, wenn Sie, äh, zu Besuch waren?«

»Nie. Aber an dem Tag kam er und er schien aufgebracht zu sein.«

»Ist das nicht eine natürliche Reaktion, wenn man seine Frau mit ihrem Liebhaber sieht?«

Barnet zuckte mit den Schultern. »Etwas war anders. Ich kenne ihn ein wenig aus der Zeit, als er für Senator White arbeitete. Wir haben ein paar Veranstaltungen für sie gemacht. Er war immer, ich weiß nicht das richtige Wort, aber intellektuell kommt dem wohl am nächsten. Gideon wurde nie wütend, war immer besonnen. Ich schätze, deshalb mochten ihn die Politiker.«

»Und das war er am Mittwoch nicht?«

»Nein. Er war vulgär. Er sprach davon, dass wir, ich glaube, ein Fickfest hatten. Das passte überhaupt nicht zu seinem Charakter, und dann machte er noch einige spöttische Bemerkungen darüber, ob ich wirklich ein Sommelier sei. Es war unangenehm.«

»Das glaube ich gern. Wie löste sich die Situation auf?«

»Ich wollte gehen, aber Marilyn bestand darauf, dass ich blieb, und sie schrie Gideon an, woraufhin er ging.«

»Was sagte sie, als sie schrie?«

»Nichts Verrücktes, sie sagte ihm nur, er solle sich beruhigen und dass er sich zum Narren mache.«

»Nicht mehr? Irgendetwas, das ihn zu einem Rachefeldzug hätte veranlassen können?«

»Ich glaube nicht, dass es etwas war, was sie sagte, aber wie gesagt, er war an diesem Nachmittag nicht er selbst.«

»Gibt es noch etwas, das Sie mir sagen können?«

»Marilyn wollte sich von ihm scheiden lassen, aber sie wollte den finanziellen Verlust nicht in Kauf nehmen.«

»Hatten sie keinen Ehevertrag?«

»Doch, hatten sie, aber die Stiftung enthielt eine Klausel, die eine Strafe vorsah, wenn man sich scheiden ließ.«

Das Wort puritanisch schoss mir durch den Kopf. Es klang wahnsinnig. Ihr Vater musste so ein Kontrollfreak gewesen sein, und er zog selbst aus dem Grab heraus noch die Fäden. Das war eine interessante Wendung.

24

LUCA

Ich hasste den Parkservice, aber im Ritz-Carlton war man fehl am Platz, wenn man selbst parken wollte. Die Hoteleinfahrt war so voller Bentleys, dass sie wie der Parkplatz eines Autohauses aussah. Ich hatte gehört, dass die Mietwagen, die man am Hertz-Schalter des Hotels bekam, besser waren als an jedem anderen Standort, nur ein weiteres Beispiel für die Verwöhnung, mit der das Ritz seinen Gästen das Gefühl gab, etwas Besonderes zu sein.

Ein Wagenmeister lief herbei und riss meine Tür auf. Ich gab nie bei der Ankunft Trinkgeld; hoffentlich war dieser Kerl nicht auf eines aus.

»Guten Tag, mein Herr. Willkommen im Ritz-Carlton. Checken Sie ein?«

»Nein, ich treffe mich nur mit einem Freund zum Mittagessen.«

»Und Ihr Name?«

»Frank Luca.«

Er kritzelte auf einen Schein, riss ihn in der Mitte durch und reichte ihn mir.

»Genießen Sie Ihr Mittagessen, Mr. Luca.«

Ein Kerl, den ich aus dem *The Wine Loft* zu kennen glaubte, spielte »I've Got You Under My Skin« auf dem Flügel in der Lobby. Er legte richtig los. Ich sah auf die Uhr, denn ich musste zum Mittagsrestaurant des Spas. Gott bewahre, dass ich Wesley Boggs warten ließ.

Das H2O war ein informelles, caféähnliches Restaurant im zweiten Stock, direkt neben dem Weltklasse-Spa des Ritz. Vielleicht bildete ich es mir nur ein, oder es lag an den vielen Leuten, die in Bademänteln herumliefen, aber der ganze zweite Stock hatte eine Atmosphäre, in der ich mich unwohl fühlte. Wie lange war das her? Die letzte Massage, an die ich mich erinnerte, war auf einem Junggesellenabschiedswochenende für meinen alten Partner JJ Cremora. Es musste mindestens fünfzehn Jahre her sein, dass wir in Atlantic City waren. Mann, ich vermisste ihn immer noch wie verrückt, und der arme Kerl war schon seit drei Jahren tot.

Ich ging schnurstracks auf die Tür zu, die zu einer Terrasse mit einem überdachten Essbereich und ein paar Planschbecken mit Sonnenliegen führte. An zwei der Tische saßen zwei Paare. Während ich überlegte, welchen Tisch ich nehmen sollte, kam eine Kellnerin auf mich zu.

»Willkommen im H2O. Darf ich Ihnen einen Tisch zuweisen?«

»Ich treffe mich mit jemandem zum Mittagessen.«

»Oh, vielleicht ist er schon da. Wie ist der Name?«

»Wesley Boggs.«

Straffte sich dieses junge Ding gerade ein wenig?

»Mr. Wesley sitzt gleich hier drüben.«

Ich folgte dem Mädchen um eine Wand aus Topfsträuchern, die das Café vom Poolbereich trennte. Am Kopfende eines großen Tisches saß Wesley Boggs. Er telefonierte. Er hob eine Hand und schenkte mir ein hauchdünnes Lächeln. Er hatte sieben bis zehn Kilo zu viel auf den Rippen, und sein Gesicht war leicht aufgedunsen. Wesley teilte weder die Statur seiner Schwester noch deren Bewegungsdrang. Sein nasses Haar war ergraut und zurückgekämmt. Ich musterte ihn, während er sein Gespräch beendete; wenn ich nicht gewusst hätte, dass er steinreich war, hätte ich es nie vermutet.

Er stand auf und streckte mir die Hand entgegen. »Entschuldigen Sie. Nach dem, was mit Marilyn passiert ist, gibt es einfach so viel zu erledigen.«

»Ich verstehe vollkommen, Mr. Boggs. Bitte nehmen Sie mein Beileid entgegen.«

»Danke, Mr. Luca.«

Ich war auf der Suche nach Hintergrundinformationen und hatte mit Gerey, von dem ich halb erwartet hatte, dass er hier sein würde, vereinbart, es informell zu halten.

Mein Hintern hatte kaum den Stuhl berührt, als die Kellnerin erschien.

»Möchten Sie etwas trinken?«

Als ich die schmale Speisekarte aufhob, sagte sie: »Wir sind für unsere Saftgetränke bekannt. Sie sind gesund und nahrhaft.«

»Klingt gut, aber ich nehme einen Eistee. Ungesüßt.«

Wesley sagte: »Ich habe nie verstanden, warum es hier oben keinen Blick auf den Golf gibt. Das ist eine Schande.«

Der Blick auf die Poolbereiche sah für mich ziemlich gut aus. »Das wäre ein netter Bonus.«

Wesley überblickte den Bereich und senkte seine Stimme. »Ich habe gehört, Sie haben einige Fragen an mich.«

»Nur ein paar, aber lassen Sie mich mit der offensichtlichsten anfangen: Wissen Sie irgendeinen Grund, warum jemand das getan haben könnte?«

Er schüttelte den Kopf. »Überhaupt nicht. Ehrlich gesagt, es wirkt surreal. Zum Glück lebt Dad nicht mehr, um das durchmachen zu müssen. Es hätte ihn umgebracht. Marilyn war sein Liebling.«

»Es tut mir leid, dass Ihre Familie das alles durchmachen muss.«

»Danke.«

Mein Eistee wurde gebracht und ich sagte: »Ihre Familie ist sehr bekannt und könnte deshalb ins Visier genommen worden sein. Es ist möglich, dass es gar nichts mit Ihrer Schwester zu tun hatte. Sie könnten es irgendwie auf die Familie abgesehen haben.«

Wesley zog sein Kinn ein. »Wir sind wirklich keine Familie, die in der Öffentlichkeit steht, Mr. Luca. Wir führen ein ruhiges, privates Leben. Marilyn hat sich für viele wohltätige Zwecke eingesetzt und bei vielen davon auch eine aktive Rolle übernommen. Das ist jedoch nicht der Stil der Familie. Wir üben unsere philanthropischen Aktivitäten im Stillen aus. Wissen Sie, Paps hat uns immer gelehrt, unter dem Radar zu fliegen und unter unseren Verhältnissen zu leben.«

Ernsthaft? Auf einer Privatinsel zu leben, während man andere Häuser besitzt, die zehn Minuten voneinander entfernt sind, und mit Privatjets fliegt, gilt als unter dem Radar?

»Also, es fällt Ihnen niemand ein?«

»Absolut nicht.«

»Ich würde gerne über den Trust sprechen, der Ihre Schwester begünstigte.«

»Der Trust begünstigt alle Nachkommen der Boggs.«

»Ich habe gehört, dass er einige ungewöhnliche Klauseln enthält, die zum Beispiel jemanden bestrafen, wenn er sich scheiden lässt.«

»Wir halten sie nicht für ungewöhnlich. Paps war sehr darauf bedacht, die Familie zu schützen. Er wollte nicht, dass die Ehe eine lockere Angelegenheit ist, was ich auch so sehe. Er wollte sicher sein, dass man es sich reiflich überlegt, und wenn man herausfand, dass man einen Fehler gemacht hatte, würde es Konsequenzen geben.«

Diese Leute waren anders, kein Zweifel. »Ein Scheidungsverbot könnte Leute wie Marilyn in einer Ehe gefangen halten, in der sie lieber nicht wären.«

Wesley blinzelte zweimal. »Es ist nicht verboten. Sie können sich scheiden lassen, wenn Sie es wünschen. Sie erhalten dann nur eine Kürzung der Leistungen.«

»Darf ich fragen, wie hoch?«

»Der Trust ist ein privates Dokument. Ich glaube nicht, dass ich diese Information preisgeben sollte.«

»Fair genug. Wussten Sie, dass Ihre Schwester eine Affäre hatte?«

Er nickte. »Wir haben sie mehrmals gewarnt, diskret zu sein.«

»Was geschieht mit Gideon in einer Situation wie dieser, in der Marilyn verstorben ist?«

Er legte den Kopf schief.

»Profitiert er, wie Sie sagen, immer noch von dem Trust?«

»Es gibt Klauseln, die für fast jede Situation Vorsorge treffen, aber ja, er profitiert immer noch, wenn auch in reduziertem Umfang.«

»Glauben Sie, dass Ihr Schwager involviert war?«

»Ich habe über die Möglichkeit nachgedacht, aber Gideon ist nicht ehrgeizig, zumindest nicht, seit er Herzprobleme hat. Ich könnte es mir nicht vorstellen, schon gar nicht, dass er es persönlich getan hat.«

Ich nahm einen Schluck von meinem Eistee, dankte ihm für seine Zeit und ging.

Enttäuscht darüber, dass Wesley nicht mit dem Finger auf Gideon gezeigt hatte, ging ich zum Parkservice. Ich kramte gerade in meiner Tasche nach dem Parkschein, als der Junge hinter dem Pult fragte: »Mr. Luca, wie war Ihr Mittagessen?«

Wie zum Teufel merken sich diese Kerle das bloß?

25

LUCA

ICH KNÖPFTE MEIN SAKKO ZU, WÄHREND ICH DEN GANG ZUM Autopsiesaal entlangging. Was für eine schreckliche Bezeichnung für einen Raum, in dem sie Leichen aufschneiden. Warum nicht etwas Einfaches wie Autopsieraum? Ich schob die Hände in meine Hosentaschen. Es ist leicht zu verstehen, warum der Autopsieraum kalt sein muss, aber wie irgendjemand in diesem Gebäude ohne einen Parka arbeiten kann, ist mir ein Rätsel.

Das Licht über der Tür war aus und ein Blick durch das Fenster in der Tür bestätigte, dass der Raum leer war. War es die Tatsache, dass ich keine weitere Leichensektion sehen musste, oder dass ich nicht in einem Raum stehen musste, der zwanzig Grad kälter war als der Flur, die mich lächeln ließ?

Der Gerichtsmediziner, der eine graue Strickjacke und Kopfhörer trug, saß hinter seinem Schreibtisch und tippte auf einer Tastatur.

»Hey, Doc!«

Er sah zu mir auf und hielt seinen Player an.

»Haben Sie ein paar Minuten Zeit, um mich über die Autopsie von Marilyn Boggs auf den neuesten Stand zu bringen?«

Er legte die Kopfhörer beiseite und sagte: »Kommen Sie rein, Frank. Ich stelle gerade den Bericht fertig.«

»Ich wollte es eigentlich schaffen, wurde aber aufgehalten. Wie ist es gelaufen?«

»Keine Überraschungen. Eine tiefe Stichwunde im Thorax, die die Aorta verletzte, was zum Verbluten führte. Die Wunde wurde von einem Messer verursacht, das dem am Tatort gefundenen entsprach. Auf dem Messer wurden Blutspuren des Opfers gefunden.«

»Aber es wurde von Fingerabdrücken gereinigt, oder?«

»Soweit ich weiß, ja, aber da müssten Sie bei der Spurensicherung nachfragen.«

»Könnten Sie über die Körpergröße des Mörders spekulieren?«

»Der Winkel der Eintrittswunde deutet auf einen recht großen, linkshändigen Angreifer hin, ich schätze im Bereich von eins achtzig bis eins neunzig. Das hängt jedoch stark von der Armlänge ab und davon, ob sich das Opfer von seinem Angreifer weglehnte.«

»Ähm, irgendetwas unter den Fingernägeln?«

»Nichts. Sie hatte eine Prellung am Kopf, direkt unter der Schädeldecke, weil sie mit dem Kopf auf die Kante der Theke aufschlug, als sie das Bewusstsein verlor. Das rechte Handgelenk des Opfers ist geprellt, aber das ist wahrscheinlich passiert, als sie versuchte, ihren Sturz abzufangen.«

Ich nickte, während er fortfuhr.

»Der Mageninhalt hat nichts weiter als etwas Wein und ein cracker- oder brotähnliches Lebensmittel enthüllt. Blutalkoholspiegel ein klein wenig unter 0,09 Promille. Bei ihrem Gewicht hat das Opfer wahrscheinlich zwei Gläser Wein getrunken.«

»Wie stark wäre sie beeinträchtigt gewesen?«

»Das hängt von ihrer Toleranz ab, aber wahrscheinlich übermäßig entspannt, Tiefenwahrnehmung und peripheres Sehen leicht beeinträchtigt.«

»Könnte das zu ihrer Unfähigkeit beigetragen haben, einen Angriff zu bemerken?«

»Schwer mit Sicherheit zu sagen, aber eine verzögerte Reaktionszeit ist wahrscheinlich.«

»Können Sie mir sonst noch etwas sagen?«

»Das Opfer hatte vor etwa fünf bis sieben Jahren eine Hysterektomie.«

Das schien nichts zu bedeuten, veranlasste mich aber zu der Frage: »Irgendwelche Anzeichen für sexuelle Aktivität?«

»Keine. Ich würde schätzen, dass der letzte Geschlechtsverkehr etwa fünf Tage zurückliegt.«

Während ich auftaute und nach Norden fuhr, freute ich mich, dass die Goodlette-Frank Road leer war. Als ich die Golden Gate überquerte, rief Vargas zurück.

»Hi, Frank. Irgendwas von der Autopsie?«

»Nee, hab nichts Neues erfahren. Sie ist an der Messerwunde gestorben und es passt zu dem Messer vom Tatort. Die Spurensicherung sagte, das Messer wurde definitiv von Abdrücken gereinigt.«

»Wirklich?«

»Damit musstest du rechnen. Kein Mörder würde es zurücklassen, es sei denn, er hätte das getan.«

»Aber es überhaupt zurückzulassen, ist ein Risiko.«

»Ohne Zweifel.«

»Irgendwelche Hinweise, wie es abgelaufen ist?«

»Keine Anzeichen eines echten Kampfes. Sie scheint schnell überwältigt worden zu sein. Die Stichwunde deutet auf einen Linkshänder hin, einen großen, mindestens eins achtzig. Die Messerwunde hat ihre Aorta durchtrennt. Sie ist schnell verblutet, in ein oder zwei Minuten.«

»Schon ein toxikologischer Bericht?«

»Kein vollständiges Gutachten, aber die Bluttests deuten auf einen niedrigen Alkoholspiegel hin, der eine Frage aufwirft.«

»Inwiefern?«

»Doc sagte, ihr Alkoholspiegel entsprach etwa zwei Gläsern Wein.«

»Und?«

»Die Pinot-Flasche am Tatort war nur noch zu einem Viertel voll, es stand nur ein Glas da und das war sauber. Sie kann den Wein nicht allein getrunken haben. Wer auch immer da war, hat also sein Glas mitgenommen.«

»Oder sie hat aus einer Flasche getrunken, oder wollte daraus trinken, die bereits offen war.«

»Ich wette, Marilyn war nicht der Typ Frau, der Reste aufhebt.«

»Mag sein, aber du wärst überrascht; selbst die Reichen sparen gerne Geld.«

»Das bezweifle ich nicht, aber vergiss nicht, sie hatte was mit Barnet, einem Weinexperten. Das hätte auf sie abfärben müssen.«

»Du fährst doch zu ihm. Warum fragst du ihn nicht einfach?«

»Noch nicht. Wenn er irgendwie darin verwickelt ist, muss ich die eine oder andere Sache für mich behalten.«

»Noch so ein Luca-Spruch?«

»Ich würde die Lorbeeren gerne selbst einheimsen, aber das war der Spruch meines alten Partners. Wir sehen uns, wenn ich von Waterside zurückkomme.«

Ein Glas schwenkend, stand Barnet in der Grotte im hinteren Teil des Ladens. Zwei Frauen saßen mit ihm am Tisch. Ich schlich ein paar Schritte näher und nahm eine Flasche Barolo als Tarnung. Barnet kippte sein Glas auf die Seite und rollte es mit der Handfläche hin und her. Die Frauen am Tisch sahen sich an und begannen zu lächeln. Barnet nahm das Glas wieder hoch und steckte seine Nase tief hinein. Er schloss die Augen und sein Brustkorb hob sich. Er atmete aus, hob das Glas an die Lippen und nahm einen Schluck. Er bewegte seine Lippen und sein Adamsapfel wippte auf und ab.

Nickend stellte Barnet das Glas ab und schenkte den Frauen Wein ein. Die Frauen spielten mit den Gläsern, schoben sie hin und her und lachten, als ein Spritzer aus einem Glas schwappte. Barnet tupfte den Tisch mit einer Serviette trocken und sagte: »Ich finde ihn wunderbar, ein großartiges Mundgefühl, gute Säure. Er ist ein sehr ausgewogener Wein. Ich bin gespannt, was Sie davon halten.«

Die beiden Frauen nippten und nickten sich gegenseitig zu.

»Ich mag ihn. Er ist weich, wie Sie sagten.«

»Ja, keine harten Kanten. Welche Speisen empfehlen Sie dazu, John?«

»Das ist eine der Eigenschaften, die ich an diesem speziellen Wein so liebe. Er ist so vielseitig. Hähnchen, Kalb und Schwein passen hervorragend dazu.«

»Was kostet denn eine Kiste?«

»Er hat ein ausgezeichnetes Preis-Leistungs-Verhältnis. Ich glaube, der *Wine Spectator* hat ihn vor ein oder zwei Monaten als einen seiner besseren Käufe vorgestellt.«

»Oh, wow.«

»Er kostet neunundachtzig fünfundneunzig die Flasche und verkauft sich schneller, als ich erwartet habe. Ich glaube, wir haben nur noch drei Kisten übrig. Soll ich Bridgette für jede von Ihnen eine Kiste aufschreiben lassen?«

Hatte er gerade neunzig Dollar pro Flasche gesagt? Hatten diese Leute noch nie etwas von Costco gehört? Ich stellte den Barolo zurück ins Regal, als die Frauen jeweils einer Kiste zustimmten. War das nun eine sanfte oder eine harte Verkaufsmasche?

Barnet nahm die Flasche und füllte gerade ihre Gläser nach, als ich die Weinhöhle betrat.

Eine der Frauen sagte: »Oh, John, es sieht so aus, als wäre der Winzer aus Bordeaux hier.«

Barnet wirbelte herum und ihm wich alle Farbe aus dem Gesicht. »Oh, hallo. Ich bin gleich bei Ihnen.« Er wandte sich wieder seinen Gästen zu. »Es ist nicht François, aber ich muss los. Ich bin sicher, der Wein wird Ihnen schmecken, meine Damen. Danke, dass Sie vorbeigeschaut haben.«

Er stand vom Tisch auf und schüttelte mir die Hand. »Gehen wir in mein Büro.«

Barnet schloss die Tür und ließ sich hinter seinen Schreibtisch gleiten. Er schob eine große Flasche, die mit

Gold signiert war, in eine Ecke, als ich mich in einem Stuhl niederließ.

»Ich wusste nicht, dass Sie vorbeikommen, Detective.«

»Ich war in der Gegend und hatte ein paar Fragen an Sie. Ich dachte, das wäre einfacher, als wenn Sie extra hätten vorbeikommen müssen.«

»Oh. Danke, dass Sie mir den Weg ersparen.«

»Kein Problem. Ich muss schon sagen, Sie haben bei den Damen gute Verkaufsarbeit geleistet.«

Barnet strich sich über seinen Van-Dyke-Bart und hob mahnend einen Finger. »Ich betrachte das nicht als Verkaufen. Es geht eigentlich nur darum, etwas vorzustellen und zu erklären. Ich halte es für wichtig – nein, sogar für entscheidend –, die Wahrnehmung der Leute von Wein als reines Getränk zu einem Erlebnis zu wandeln. Man muss ihnen eine Geschichte von den Weinbergen, dem Weingut und dem Winzer malen, damit sie sich beim Trinken eines Weins wie auf eine Reise begeben. Das macht den Kostenfaktor irrelevant, so wie es sein sollte.«

Auf eine Reise begeben? Wenn er so weiterredet, wird er bald in eine Irrenanstalt eingeliefert.

»Verstehe. Wie gesagt, es gibt ein paar Fragen bezüglich Marilyn Boggs, also kommen wir zur Sache, ja?«

Barnet lehnte sich zurück und nickte.

»Als Sie sie am Nachmittag ihres Todes besuchten, haben Sie da Wein oder irgendwelche anderen alkoholischen Getränke getrunken?«

»Marilyn fing wirklich an, Wein zu verstehen und zu genießen. Besonders gern mochte sie nachmittags ein Glas französischen Viognier und jeden Mittwoch brachte ich eine Probe eines anderen Erzeugers mit. Das war lehrreich. Ich versuchte, ihr die unterschiedlichen Auswirkungen des

Bodens und der Mikroklimata der einzelnen Weinberge auf den Wein nahezubringen.«

Spaß? Für mich klang das nach Arbeit. »Wie viel hat sie an dem Tag getrunken?«

»Ich glaube, sie hatte vielleicht zwei Gläser.«

»Mochte sie auch andere Weinsorten?«

Barnet runzelte die Stirn. »Sie mochte Sauvignon Blanc aus dem Loiretal und französische Chardonnays.«

»Also nur Weißwein?«

»Größtenteils. Ich versuchte, sie an Barolo und die Weine aus Bordeaux heranzuführen, aber ich schätze, da hatte sie ihre Grenzen.«

»Mochte sie keinen Chianti oder Pinot Noir?«

Er schüttelte den Kopf. »Gelegentlich trank sie Pinot«, lachte er, »aber das lag vielleicht daran, dass ich ihr immer wieder sagte, dass die besten Weine der Welt meiner Meinung nach aus dem Burgund kommen.«

»Burgund?«

»Die Rotweine aus dem Burgund in Frankreich werden aus Pinot-Noir-Trauben hergestellt. Sie sind weniger fruchtbetont und komplexer als die aus Kalifornien.«

»Klingt interessant. Den muss ich mal probieren.«

»Ich werde Ihnen einen aussuchen, den Sie probieren können, wenn Sie gehen. Das geht auf mich.«

»Danke, aber ich kann kein Geschenk annehmen. Ich bezahle ihn, aber bleiben Sie unter dreißig Dollar.«

»Ich habe da ein paar im Kopf.«

»Okay. Wie würden Sie das Stadium Ihrer Beziehung zu Marilyn Boggs beschreiben?«

»Wie meinen Sie das?«

»Die Affäre lief ja schon eine ganze Weile. Brannte das Feuer noch?«

»Oh, am Anfang war es so etwas wie eine Highschool-Liebelei.« Er lächelte kurz auf. »Aber dann pendelte es sich in einer angenehmen Routine ein.«

»Routine? Klingt für mich langweilig.«

»Ich wollte nicht andeuten, dass es langweilig war. Nur, dass als wir anfingen, uns zu treffen, wir nach jeder nur erdenklichen Gelegenheit suchten. Deshalb sagte ich, es war wie in der Highschool. Aber dann haben wir uns auf einen Zeitplan eingespielt, so wie jeden Mittwochnachmittag und die meisten Freitagabende.«

»Wer war, sagen wir mal, enthusiastischer?«

»Wir haben uns beide darauf gefreut, uns zu sehen, aber Sie müssen bedenken, ich führe ein Geschäft, und das nimmt viel von meiner Zeit in Anspruch, während Marilyn, nun ja, sie hatte eine Menge Zeit.«

»Eine ihrer Freundinnen sagte, sie dachte, die Beziehung stünde vor dem Aus.«

»Nein, das stimmt nicht.«

»Aber sie hatte sich abgekühlt?«

»Wie ich sagte, die Dinge hatten sich eingespielt.«

»Haben Sie beide sich oft gestritten?«

»Ich würde nicht das Wort ‚streiten' verwenden, Detective. Waren wir manchmal anderer Meinung? Sicher, bei welchem Paar ist das nicht so?«

»Es scheint, dass Mrs. Boggs in den Wochen vor ihrer Ermordung etwas bedrückt hat. Haben Sie eine Ahnung, was sie beschäftigte?«

Barnet strich sich über seinen Van-Dyke-Bart. »Ich glaube, das könnte etwas mit der Situation mit ihrem Mann zu tun haben.«

»Sie meinen die Affäre, die Sie hatten?«

»Nein, nein. Die Ehe war vorbei. Das hatte nichts mit

mir zu tun. Sie wissen wahrscheinlich, dass sie vor unserer Begegnung schon die eine oder andere Affäre hatte. Sie wollte sich wirklich von ihm scheiden lassen, aber es gab einige Dinge in dem Treuhandfonds, von dem sie lebte, die sie benachteiligt hätten.«

Barnet wusste über die Details des Treuhandfonds Bescheid? *»Das ist interessant. Was wollte sie tun?«*

Er rutschte in seinem Stuhl hin und her. »Sie hat es wahrscheinlich im Scherz gesagt, aber sie erwähnte so etwas wie, ihn verschwinden zu lassen.«

»Sie meinen, indem sie ihn dafür bezahlt, zu verschwinden?«

»Könnte sein, aber ich habe es so verstanden, dass sie ihn, Sie wissen schon, umbringen lassen wollte.«

»Glauben Sie, Marilyn Boggs hätte die Ermordung ihres Mannes arrangiert?«

»Ich weiß, es klingt verrückt, aber ich sage Ihnen, das ist es, was sie gesagt hat.«

Während ich diesen Gedanken noch verarbeitete, fügte Barnet hinzu: »Sie dürfen nicht vergessen, die Boggs sind eine sehr mächtige Familie.«

26

LUCA

»Das gefällt mir nicht, Vargas. Warum zum Teufel hat er es uns nicht gesagt? Dieser Gideon-Typ, er ist im Moment unser Hauptverdächtiger.«

»Vielleicht hat er sich geschämt, Frank. Es ist nicht so einfach, jemandem zu erzählen, besonders einem Mann, dass die eigene Frau einen betrogen hat, und das auch noch im Haus des armen Kerls.«

»Ich bin froh, dich dabeizuhaben, Vargas. Ab und zu bringst du ein gutes Argument.«

Vargas knüllte ein Blatt Papier zu einer Kugel zusammen und warf es nach mir.

»Du bist vielleicht ein Typ. Wie lange willst du ihn noch schmoren lassen?«

»Noch zwanzig oder dreißig Minuten.«

»Bist du dir da sicher? Der Kerl wird schnell nervös und es hat keinen Sinn, Gerey gegen uns aufzubringen.«

»Wow.« Ich stand auf. »Zwei gute Argumente an einem Tag. Unterhalten wir uns mit Gideon.«

Bevor wir in den Vernehmungsraum Zwei gingen, überprüften wir die Videoübertragung aus dem Raum. Gideon drehte seinen Kopf hin und her, als würde er ein Tennismatch beobachten, und zupfte alle fünf Sekunden sein Hemd von der Brust weg.

»Es tut uns leid, dass wir Sie haben warten lassen, Mr. Brighthouse. Der Captain hat uns wegen eines anderen Falls zu sich gerufen.«

»Okay.« Er atmete tief durch. »Okay.«

»Erinnern Sie sich an meinen Partner, Detective Vargas?«

Er nickte und erhob sich halb von seinem Stuhl, als Mary Ann sagte: »Schon gut, setzen Sie sich. Möchten Sie etwas zu trinken?«

»Äh, nein. Mir geht es … gut.«

Nachdem ich die Formalitäten der Befragung diktiert hatte, sagte ich: »Wir haben Sie hierher gebeten, weil sowohl Ihre ursprüngliche Aussage in der Nacht des Mordes an Ihrer Frau als auch Ihre Aussage in einer späteren Befragung uns stutzig gemacht haben.«

Gideon rieb sich die Hände an seinen Oberschenkeln. »Wieso? Ich … ich wollte niemanden verwirren. Sie, Sie können sicher sein, das war ganz bestimmt keine Absicht.«

»Warum haben Sie uns nicht erzählt, dass Sie Ihre Frau und John Barnet genau an dem Nachmittag zur Rede gestellt haben, an dem sie tot aufgefunden wurde?«

Gideons Schultern sackten in sich zusammen. »Ich … ich weiß nicht.«

Vargas fragte: »Fanden Sie es peinlich, darüber zu sprechen?«

»Nein.«

Dieser Kerl war verrückt. »Nein? Ihre Frau hat eine Affäre und trifft sich mit ihrem Liebhaber in Ihrem Haus und das hat Sie nicht gestört?«

»Wenn Sie es unbedingt wissen müssen, es war nicht die erste. Könnte ich bitte ein Glas Wasser haben?«

Vargas drückte die Sprechanlage, während Gideon sich wand wie ein Sechsjähriger, der darauf wartet, in einen Vergnügungspark zu kommen.

»Es gibt keinen Grund, unruhig zu werden, Mr. Brighthouse, beantworten Sie einfach unsere Fragen ehrlich und alles wird gut.«

Gideons Kopf wippte auf und ab, als die Tür aufschwang und ihm eine Flasche Wasser gereicht wurde. Er nahm sie mit der linken Hand, hob die Flasche zu schnell an und Wassertropfen machten sein hellbraunes Hemd dunkler. Er tupfte sich den Mundwinkel ab und murmelte ein Dankeschön.

»Wie viele Affären hatte Ihre Frau?«

»Vier.«

»Wann hat das alles angefangen?«

»Ich … ich … es war irgendwann nach meinem Herzinfarkt.«

Vargas fragte: »Während Sie sich erholt haben?«

Gideon nickte.

Ich sagte: »Ich kann Ihnen sagen, das hätte mich aufgeregt, besonders, wenn ich mich gerade erholen würde. Mann, das ist für mich ein Schlag unter die Gürtellinie. Stocksauer wäre noch eine Untertreibung.«

Gideon nahm einen Schluck Wasser, schwieg aber.

Ich sagte: »John Barnet sagte, Sie seien an diesem Nachmittag wütend gewesen, dass Sie Bemerkungen gemacht haben und Marilyn Ihnen gesagt hat, Sie sollten sich beruhigen. Ist das so abgelaufen?«

»War ich glücklich? Nein, aber ich hatte gelernt, … mit der Situation zu leben. Mein Therapeut hat mir geholfen zu erkennen, wie wichtig mir die Kunst ist … sie macht mich glücklich … und auf Keewaydin bin ich im Einklang mit mir selbst. Äh, wie lange wird das noch dauern? Ich muss zurück.«

»Haben Sie sich mit Marilyn gestritten, als Barnet die Insel verließ?«

»Wir haben uns nie wirklich gestritten … Marilyn … sie war nicht der Typ dafür, sie hatte eine Menge Selbstbeherrschung.«

»Und wie ist das bei Ihnen?«

»Ich habe all die menschlichen Schwächen.«

Interessante Ausdrucksweise, das musste ich mir merken, wenn ich mal Mist baute.

Vargas sagte: »Angesichts der unangenehmen Umstände in Ihrer Ehe, wollten Sie sich da nicht scheiden lassen?«

»Ja, aber Marilyn widersetzte sich der …«

Ich sagte: »Also haben Sie sie umgebracht.«

»Nein, nein, das habe ich nicht … Ich hatte keinen Grund dazu.«

»Hören Sie, Gideon, wir wissen alles über den Treuhandfonds und wie Marilyn finanziell leiden würde, wenn sie sich scheiden ließe. Der einzige Ausweg für Sie war, sie zu töten.«

»Das ist vollkommen unwahr. Tatsächlich wollte sie sich scheiden lassen. Sie hat mich neulich damit überrascht.«

»Wirklich? Sie erwarten, dass wir das glauben?«

»Aber, aber es ist wahr … sie hat es gesagt … vor etwa zwei Wochen.«

»Das ist sehr praktisch.«

»Sie … verstehen nicht. Sie war rachsüch … rachsüchtig.

Sie wollte, dass ich gehe.« Gideon sprang von seinem Sitz auf. »Ich muss los. Ich kann nicht bleiben.«

Ich sah Vargas an, der sagte: »Lass ihn gehen, Frank. Es sieht so aus, als hätte er eine Panikattacke.«

»Was, wenn er sie nur vortäuscht?«

»Mag sein, aber wenn er noch einen Herzinfarkt kriegt, ist dieser Raum nicht groß genug für all seine Anwälte.«

Auf dem Weg zu einer Besichtigung eines neuen Angebots in Pelican Marsh hatte ich immer noch das Gefühl, dass Gideon seinen Anfall nur vorgetäuscht hatte. Die Enthüllung, dass wir wussten, dass er seine Frau und ihren Freund zur Rede gestellt hatte, zusammen mit unserem Wissen über die Konsequenzen, die beiden bei einer Scheidung drohten, hatte ihn in die Enge getrieben. Und dann behauptet er, seine Frau habe einer Scheidung zugestimmt? Solange sie die Scheidung nicht eingereicht hatte, gab es keine Möglichkeit, das zu überprüfen. Es war nichts weiter als Hörensagen, und das kaufte ich ihm nicht ab. Gerey sagte, er habe keine Kenntnis davon, würde aber bei ein paar Scheidungsanwälten im Bezirk nachfragen, die die Reichen bedienten.

Einen Blick auf die Treuhanddokumente und insbesondere den Ehevertrag zu werfen, könnte ein konkretes Motiv liefern. Das Problem war, dass der Staatsanwalt zögerte, einen Richter um eine richterliche Anordnung zu bitten. Er meinte, wir hätten nicht genug in der Hand, und er sei besorgt, in die Privatsphäre der Familie einzudringen. Selbst als ich eine Nachrichtensperre vorschlug und den

Zugang zu den Dokumenten auf ihn und mich beschränkte, änderte er seine Haltung nicht.

Ich hatte vergessen, wie schön der Brunnen am Eingang von Pelican Marsh war. Der runde Brunnen warf Berge aus dichtem, weißem Wasser in die Höhe und bildete einen Kontrast zum Wachhaus, das ich für eines der schöneren in der Stadt hielt.

Das angebotene Haus war in Grand Isles, einer Wohnanlage mit Innenhofhäusern. Ich war kein großer Fan von Häusern mit Innenhof, aber als ich mit der Haussuche anfing, hatte ich überlegt, mir einen Hund anzuschaffen, und da bot sich ein Innenhof an. Es war dumm und impulsiv, über ein Haustier nachzudenken, nur weil Kayla Hunde liebte. Ich hatte gedacht und geträumt wie ein Siebzehnjähriger. Wie zum Teufel konnte ich zulassen, dass etwas, das auf gerade mal zwei Dates mit Kayla hinauslief, mein Denken so beeinflusste? Sie war anders und ich hatte mir große Hoffnungen gemacht, aber in Wirklichkeit lag noch ein weiter Weg vor uns, wenn aus der Beziehung etwas werden sollte, und im Moment sah es nicht gut aus.

Das Haus hatte mehr Wohnfläche, als ich wollte, und es musste einiges daran gemacht werden, wobei ich mir nicht sicher war, ob ich dem gewachsen war. Die Maklerin sagte, es sei das beste Angebot in der Marsh, also war ich hier.

Auf beiden Seiten der Straße lagen Seen, aber dieses Haus war das erste auf der linken Seite nach dem Tor. Ich begann, die Lage und die Sache mit dem Haustier noch einmal zu überdenken, und beschloss, wieder zu fahren. Die Maklerin war noch nicht da, also machte ich kehrt und fuhr weg. Ich rief die Maklerin an und sagte ihr, ein Notfall im Büro des Sheriffs mache es mir unmöglich, zur Besichtigung zu kommen.

27

GIDEON BRIGHTHOUSE

Die Wand hinter den Detektiven kam immer näher und weiße Flecken tanzten vor meinen Augen. Ich konnte nicht hierbleiben; die Enge in meiner Brust wurde unerträglich, und ich dachte, ich bekäme einen Herzinfarkt. Ich versuchte aufzustehen, aber ich klebte an dem Stuhl fest. Mein peripheres Sichtfeld schrumpfte so schnell, dass ich die Tür nicht mehr finden würde. Ich musste hier raus. Sie können mich nicht zwingen, zu bleiben. Ich werde hier sterben.

Ich packte die Tischkante und stemmte mich aus dem Stuhl. »Ich muss weg. Ich kann nicht bleiben.«

Mit zitternden Händen umklammerte ich den Türknauf und floh in den Flur. Er war ein Labyrinth. Als eine Hitzewelle meine Wirbelsäule hinaufschoss, sah ich eine Glastür, die zum Parkplatz führte, und rannte los. Die Weite unter freiem Himmel verlangsamte meine Atmung, aber ein Feuerball explodierte in meiner Magengrube und zwang mich, mich vornüberzubeugen und zu erbrechen.

WIR NAVIGIERTEN durch den Gordon Pass Channel, durchquerten die Einfahrt zur Dollar Bay und dann kam Keewaydin in Sicht. Jede Pore meines Körpers schien sich zu öffnen und die Anspannung, die mich verknotet hatte, entwich. Als sich mein Atem wieder normalisierte, hatte ich Mühe, wach zu bleiben, und stand auf, um mein Gesicht in den Wind zu halten. Als das Boot in einen Liegeplatz manövrierte, sprang ich hinüber, noch bevor der Kapitän es ganz herangefahren hatte.

Ich joggte vom Steg und atmete ein paar Mal tief durch, sog die Gelassenheit der Insel in mich auf. Keewaydin verschaffte einem mehr Ruhe als ein Dutzend Valium. Mein Telefon klingelte. Gerey wollte wissen, wie die Befragung gelaufen war. Ich erzählte ihm, dass die Polizei andeutete, ich sei in Marilyns Ermordung verwickelt. Gerey versprach, mit ihnen zu sprechen und sie davor zu warnen, mich zu verleumden.

Seine Zusicherung tat gut, hielt aber nur etwa zehn Schritte lang an. Gerey vertrat die Familie Boggs. Ich war bestenfalls die entfernte Nummer zwei. Wahrscheinlich hatte Paul, der Bruder, der genauso herrschsüchtig war wie der alte Herr, ihn angewiesen, ein Auge auf mich zu haben. Ich gehörte nie zur Familie und sah sie nur selten, außer an Weihnachten und bei den jährlichen Aktionärsversammlungen.

Es gab eine interessante Phase, in der die Beziehung etwas aufzutauen schien. Marilyn hatte damit geprahlt, wie ich Tracey Emin quasi entdeckt hatte und dass die sechs Werke von ihr, die wir gekauft hatten, sich innerhalb eines Jahres im Wert verzwanzigfacht hatten. Die Brüder waren scharfsinnig skeptisch und sagten uns beiden, ich hätte

Glück gehabt, forderten aber beim Family Office unter dem Vorwand einer angemessenen Versicherung eine Schätzung an. Als die Schätzung fast das Dreißigfache dessen ergab, was wir bezahlt hatten, machten sie eine schwindelerregende Kehrtwende.

Sie waren so durchschaubar, als sie mich wegen der Kunst ansprachen, dass es lächerlich war, aber mir war es egal. Sie wollten leise und schnell eine Sammlung aufbauen. Ich verbrachte den größten Teil von achtzehn Monaten damit, neue, aufstrebende Künstler zu besuchen. Es war der größte Spaß, den ich seit den Anfängen des Sammelns gehabt hatte. Ich hatte sehr gute Arbeit für sie geleistet und acht Skulpturen von Matthew Barney und ein halbes Dutzend Gemälde von Elizabeth Peyton erworben, bevor irgendjemand wusste, wer diese Künstler waren.

Trotz der Hilfe, die ich geleistet hatte, blieben die Brüder distanziert und undankbar. Nachdem das Budget, das sie beiseitegelegt hatten, aufgebraucht war, wurde ich trotz der Wertsteigerung zur Persona non grata. Ich verfiel in eine depressive Stimmung. Marilyn dachte, ich sei beleidigt, aber was mich wirklich bedrückte, war, die von mir kuratierten Stücke nicht sehen zu können. Es war das ultimative Albtraumszenario. Die Brüder behandelten die Sammlung wie eine Investition und lagerten sie in einem Lagerhaus in Boston. Als ich Marilyn erzählte, wie ich mich fühlte, lachte sie mich aus, und als ich versuchte, ihr zu erklären, wie viel es mir bedeutete, machte sie die abfällige Bemerkung, dass es nur Dekorationsgegenstände seien.

Das Poolhaus war eiskalt. Ich drehte den Thermostat hoch und ließ mich auf die Couch sinken, wobei ich mich daran erinnerte, dass es für die Boggs nur um den Reichtum ging. Ich glitt in den Schlaf und fragte mich, ob die Familie ihren Einfluss nutzen würde, um mich für Marilyns Tod ins Gefängnis zu bringen.

28

LUCA

Auf der Wache herrschte reges Treiben. Mein Büro lag direkt neben dem Raum, in dem der Appell abgehalten wurde, und Sergeant Gessos Baritonstimme war kaum auszublenden. Da ich nachdenken musste, schloss ich meine Bürotür und ging meine Nachrichten durch. Ich musste das, was Barnet uns darüber erzählt hatte, dass Marilyn ihren Mann aus dem Weg räumen wollte, für bare Münze nehmen. Die Familie war mächtig und verfügte über unbegrenzte finanzielle Mittel. Diese Kombination, angereichert mit einer kräftigen Dosis arroganter Intelligenz, war schon unzähligen anderen zum Verhängnis geworden, die geglaubt hatten, sie könnten ein Verbrechen bis ins kleinste Detail planen und damit davonkommen.

Hatte Gideon einen Plan entdeckt, ihn loszuwerden, und daraufhin seine Frau umgebracht? Konnte der Fall so verzwickt sein? Es war eine irrationale Reaktion, aber die meisten Morde waren das. Wie hätte er davon erfahren können? Marilyn könnte es herausgerutscht sein oder vielleicht hat sie ihn mit der Drohung verhöhnt. Die Familie war verschwiegen und zugeknöpft, aber allem Anschein nach lagen Marilyns Affären weit außerhalb dessen, was im Rahmen des Familienverhaltens als akzeptabel galt. Sie schien keinerlei Diskretion zu wahren. Viele Leute, einschließlich Gideon, wussten von ihren Eskapaden. Es war möglich, dass sie ihm gedroht hatte und er darauf reagiert hatte.

Wenn er mit einer mündlichen Drohung zur Polizei gekommen wäre, hätten wir sie ernst genommen? Auf keinen Fall. Ohne handfeste Beweise wäre es als häusliches Geplänkel abgetan worden, besonders bei den beteiligten Personen.

Vargas öffnete die Tür. »Die Luft ist rein, der Appell ist vorbei.«

»Vielleicht sagt Morgan ihm, er soll einen Gang runterschalten.«

»Ich glaube, er ist lauter geworden, um ihn zu beeindrucken.«

»Barnets Enthüllung, dass Marilyn ihren Mann loswerden wollte, macht den Zugang zum Treuhandfonds noch wichtiger.«

»Wieso das? Ihr Bruder hat doch schon bestätigt, dass sie für eine Scheidung bestraft würde.«

»Ja, aber erstens wissen wir nicht, wie hoch die Strafe ausfällt, und zweitens wissen wir nicht, was wir nicht wissen. Wer weiß, was da sonst noch drinsteht? Selbst wenn es keinen Plan gab, Gideon zu töten, könnten wir aus den Dokumenten eine Menge lernen. Denk dran, Gier ist das stärkste Motiv für Mord. Wenn du mich fragst, dreht sich hier alles ums Geld.«

»Was ist das, zwei Luca-Gleichnisse heute?«

»Bist du anderer Meinung?«

»Du hast wahrscheinlich recht, aber ich gebe die Sache mit dem verschmähten Liebhaber noch nicht auf.«

»Ich denke, wir können eine gerichtliche Anordnung für Gideons Telefon- und Computerdaten beantragen. Das wird entweder durch das Geldmotiv oder durch das Motiv des verschmähten Liebhabers gestützt.«

VARGAS KAM aus dem zweiten Stock zurück und zeigte mit dem Daumen nach unten.

»Sag mir, dass du scherzt, Mary Ann.«

Sie schüttelte den Kopf.

»Das ist doch verrückt. Wie zum Teufel können die den Antrag ablehnen?«

»Vergisst du, über wen wir hier reden, Frank?«

»Glaubst du, Gerey hat den Staatsanwalt unter Druck gesetzt?«

»Nein, das müssen sie gar nicht. Allein der Name schüchtert ein. Die werden super vorsichtig sein. Das Letzte, was die brauchen, ist schlechte Publicity, weil sie hinter einem trauernden Ehemann her sind.«

»Es ist zu ihrem eigenen Besten, um Himmels willen.«

»Wenn es dich tröstet, er hat gesagt …«

Ich sprang von meinem Stuhl auf. »Wir haben es falsch herum angepackt. Wir müssen zuerst an den Treuhandfonds rankommen.«

»Wie sollen wir das anstellen? Hat ihr Bruder Wesley nicht Nein gesagt? Wenn wir nicht an Gideons Kommunikation rankommen, wie sollen wir sie dazu bringen, per Gerichtsbeschluss ein privates Dokument anzufordern?«

»Gerey wird uns Zugang dazu verschaffen.«

»Was? Bist du sicher?«

Ich griff zum Telefon und vereinbarte einen Termin mit dem Anwalt der Familie Boggs.

WHITE, Gerey and Blackburn residierten in einem zweistöckigen, weiß verputzten Gebäude nördlich von Golden Gate. Versteckt in der linken Ecke eines kleinen Parkplatzes, der noch zwei weitere Gebäude bediente, brauchte man ein Mikroskop, um ihr Schild zu sehen. Zwei neuere Mercedes-Modelle flankierten die einzelne Tür zu den Büros, die sich eher wie ein Wohnhaus als eine Anwaltskanzlei anfühlten.

Gerey saß in einer hinteren Ecke und unterschrieb Dokumente an einem runden Tisch, als wir eintraten. Er setzte noch ein paar Unterschriften, bevor er aufstand, um uns zu begrüßen, und eine Sekretärin wegscheuchte, die auf uns zugekommen war. Als wir uns die Hände schüttelten, sagte er: »Lassen Sie uns in mein Büro gehen.«

Gereys Büro war in einem dunkel getäfelten Holz gehalten, das ich für Walnuss hielt. Schwere Vorhänge schirmten das meiste Licht ab. Gerey glitt hinter einen überdimensionalen Schreibtisch, der den Raum dominierte, und Vargas und ich nahmen in grünen Lederohrensesseln Platz.

»Wie kann ich Ihnen helfen, Detectives?«

Ich sagte: »Wir verfolgen ein paar Spuren und glauben, dass der Treuhandfonds Hinweise auf den Mörder von Mrs. Boggs enthalten könnte.«

Ein spöttisches Lächeln bildete sich auf Gereys Lippen. »Hinweise? Sagen Sie mir bitte nicht, das Sheriff's Department glaubt, dass ein vor Jahrzehnten aufgesetzter Treuhandfonds Informationen über den Mörder enthält?«

»Lassen Sie es mich genauer formulieren. Wir wissen bereits von Wesley Boggs und anderen, dass der Treuhandfonds Klauseln enthielt, die Marilyn Boggs für eine Scheidung bestrafen würden.«

Wie eine Kobra sah Gerey mich direkt an, sagte aber nichts.

Ich sagte: »Wir würden uns gerne ein klareres Bild davon machen, welche finanziellen Anreize im Treuhandfonds enthalten sind.«

»Der Treuhandfonds ist ein privates Dokument und steht in keinem Zusammenhang mit dem tragischen Mord an einer seiner Begünstigten. Die Familie wird niemals zulassen, dass er veröffentlicht wird.«

Vargas sagte: »Wir verstehen und respektieren die Privatsphäre der Familie.«

»Nun, dann wäre das ja geklärt. Ich bin froh, dass wir uns da einig sind.«

Ich sagte: »Moment mal. Lassen Sie mich direkt sein, und ich entschuldige mich im Voraus, falls ich irgendwelche Grenzen überschreite.«

Gerey umklammerte die Armlehnen seines Stuhls und sagte: »Wenn Sie darauf bestehen, nur zu.«

»Anstatt unseren Zugang, der auf meine Partnerin und mich in Ihrer Anwesenheit beschränkt wäre, als eine Verletzung der Privatsphäre zu betrachten, sollten Sie ihn als eine mögliche Goldgrube ansehen.«

»Goldgrube? Detective Luca, Sie haben versprochen, direkt zu sein.«

»Wenn wir etwas im Treuhandfonds oder anderweitig finden, das auf Gideon Brighthouse als Verantwortlichen für den Mord hindeutet, bin ich mir sicher, dass ihm jegliches Erbe, auf das er Anspruch hätte, aberkannt würde, wodurch das Geld dem Rest der Familie zufiele.«

Gerey faltete schweigend die Hände zu einem Dach.

Vargas sagte: »So oder so würde es helfen, Gideon Brighthouse entweder als Verdächtigen zu belasten oder ihn zu entlasten. Ich bin sicher, die Familie möchte die Gerüchte und Verdächtigungen zum Schweigen bringen, die sie durch den Schmutz ziehen.«

Ich sagte: »Wir haben kein Interesse daran, das gesamte Dokument einzusehen, sondern nur die Teile, die Marilyn, Gideon und ihre Ehe betreffen.«

Gerey fuhr sich mit der Zunge über die Zähne. »Je früher wir klären, ob Mr. Brighthouse eine andere Rolle als die des trauernden Ehemannes spielt, desto besser. Die Familie braucht Gewissheit, und ich werde Ihnen den Zugang gestatten. Der Zugang wird jedoch streng auf Verweise auf den Ehevertrag, die Folgen einer Scheidung und die Rechte im Falle des Todes des Ehepartners beschränkt sein.«

Ich sagte: »Das ist in Ordnung. Das ist alles, was uns interessiert.«

»Ich werde kein Kopieren gestatten. Sie dürfen sich jedoch Notizen machen, deren Veröffentlichung aber untersagt ist. Ist das verstanden?«

Mann, ich würde diesem Kerl am liebsten eine Vorladung in den Arsch rammen.

Vargas sagte: »Das ist in Ordnung. Wir schätzen Ihre Kooperation, Mr. Gerey.«

Gerey nickte und griff zum Telefon. »Clara, rufen Sie bitte Mrs. Whitestone an. Sagen Sie ihr, dass etwas Dringendes dazwischengekommen ist, und verschieben Sie ihren Termin auf einen freien Termin nächste Woche.«

Er legte auf und erhob sich. »Ich schlage vor, Sie kommen in einer Stunde wieder. Ich werde eine Verschwiegenheitserklärung zur Unterschrift für Sie aufsetzen lassen, und das gibt mir Zeit, die Dokumente zu prüfen, um die relevanten Abschnitte zu finden.«

Gerey führte uns in einen Konferenzraum mit einem ovalen Tisch aus dunklem Walnussholz. In der Mitte lag ein etwa zehn Zentimeter dicker weißer Ordner, auf dem in Schwarz »Boggs Family« prangte. Meine Gedanken schweiften von seinem Inhalt zu der Frage, wie viel Gerey wohl für dessen Erstellung berechnet hatte.

Drei neonfarbene Post-its klebten direkt hinter dem Deckblatt. Vargas und ich setzten uns vor den Ordner, und Gerey schob ihn zwischen uns, wobei er ihn auf einer Seite mit einem rosa Post-it aufschlug. Er lag etwa ein Viertel tief in dem Stapel von Dokumenten.

»Abschnitt dreizehn B. Der Ehevertrag der Boggs. Sie sollten wissen, dass in Abschnitt elf C, glaube ich, der Abschluss dieses Ehevertrags eine Voraussetzung für die Beteiligung am Trust ist.«

Vargas fragte: »Haben alle den gleichen Ehevertrag?«

»Für diejenigen, die heiraten wollen, ja. Jedes Familienmitglied, das vom Trust profitieren möchte, muss genau diese Vereinbarung unterzeichnen. Abweichungen sind nicht gestattet.«

Nur ein paar Seiten weiter gab es ein Trennblatt aus

Plastik. Ich blätterte dorthin und sagte: »Der Abschnitt über den Ehevertrag ist nur drei Seiten lang?«

»In der Tat. Kurz und bündig. Wie Sie noch feststellen werden, hielt Martin Boggs nichts von Scheidungen. Sie werden feststellen, dass auch der Abschnitt über Trennungen und Scheidungen sehr prägnant ist.«

Vargas holte ihr Moleskine-Notizbuch heraus und notierte sich das Wesentliche. Im Falle einer gerichtlich genehmigten Scheidung würde eine einmalige Zahlung von einhunderttausend Dollar geleistet, zusammen mit einer jährlichen Zuwendung von vierzigtausend Dollar an die Ehepartner der Begünstigten. Das während der Ehe erworbene Vermögen würde unter der Kontrolle und dem Eigentum des Boggs-Familientrusts verbleiben.

Das klang hart, aber ich konnte den Standpunkt des alten Mannes verstehen, die Goldgräber fernzuhalten. Ich fragte mich, was für Geld Gideon hatte, als sie heirateten. Er war in der Politik, also hätte er, wie die meisten Politiker, einen Weg gefunden, eine stattliche Summe anzuhäufen.

Ich blätterte zur Mitte des Ordners, wo ein lindgrünes Post-it den Abschnitt 27 markierte. Er umfasste ganze fünf Seiten. Vargas begann, sich Notizen zu machen, aber ich musste das Juristendeutsch zweimal lesen, um mir ein Bild zu machen: Wenn sich ein Begünstigter scheiden ließ, wurden seine Leistungen um fünfundzwanzig Prozent gekürzt. Das war ein verdammt hoher Preis, um aus einer Ehe herauszukommen. Ich versuchte bereits herauszufinden, was das in Dollar bedeutete.

Der letzte Abschnitt, den wir einsehen durften, war mit einem blauen Klebezettel markiert und befand sich fast am Ende des Trusts. Er befasste sich mit dem Tod von Begünstigten. Teile des Abschnitts waren mit Büroklammern zusammengeheftet, und als ich fragte, sagte uns Gerey, sie beträfen die Unverheirateten, Kinder und Säuglinge. Mann, diese Leute hatten wirklich an alles gedacht.

Ich brauchte ein paar Minuten, um zu suchen, aber die Zahl war die Mühe wert. Ein Ehepartner eines verstorbenen Begünstigten hatte Anspruch auf zwanzig Millionen Dollar.

Ich fragte: »Lese ich das richtig? Jemand wie Gideon würde zwanzig Millionen bekommen?«

»Ja.«

»Donnerwetter, bei diesen Summen ist es ein Wunder, dass dem Trust nicht das Geld ausgeht.«

Gerey sagte: »Lebensversicherungen für jeden Begünstigten decken den Anspruch des Ehepartners mehr als ab.«

Das war interessant. Der Trust verdiente am Tod von Marilyn Boggs. Ich musste wissen, wie hoch die Lebensversicherung war und wie viel Geld im Trust lag, um zu sehen, ob es für die jetzigen und zukünftigen Begünstigten, also ihre Brüder und deren Nachkommen, ein Motiv darstellte. Wenn sie durch die Auszahlung der Lebensversicherung auch nur zehn Millionen verdienten, der Trust aber eine Milliarde wert war, war das nur ein Sandkorn.

»Wie hoch ist das Gesamtvermögen des Trusts?«

»Das ist privat und liegt außerhalb des Rahmens unserer Vereinbarung.«

»Hatte der Trust Schwierigkeiten, seine Begünstigten weiterhin zu versorgen?«

Gerey stand auf. »Ich glaube, wir waren mehr als kooperativ, Detective Luca. Ich muss dieses Treffen nun beenden.«

Es war ein abruptes Ende, und ich fragte mich, ob wir einen wunden Punkt getroffen hatten.

29

LUCA

CAPITAL PAWN WAR IN EINEM ALLEINSTEHENDEN WEIẞEN Gebäude untergebracht, das eines dieser Dächer mit den vielen Schrägen hatte. Aus irgendeinem Grund erinnerte mich dieser Dachstil immer an Indonesien, obwohl ich noch nie dort gewesen war. Capital Pawn hatte mehrere Filialen, aber diese hier war in Lehigh Acres, an der Homestead Road.

Sie lag gegenüber dem Büro des Sheriffs von Lee County, und das war der Grund, warum ihr nicht allzu oft Diebesgut angeboten wurde.

Es war ein großer Laden, eine Art kleines Kaufhaus. Die rechte Seite war in Bereiche für Elektronik, Musikinstrumente und Werkzeuge unterteilt. Links befanden sich Haushaltsgeräte, Sportartikel und Schusswaffen, wo gerade ein Kunde ein Gewehr anlegte. An der Wand hingen etwa dreißig Gewehre und mindestens ebenso viele Pistolen. Obwohl ich seit ein paar Jahren in Florida lebte, konnte ich mich nicht daran gewöhnen, an wie vielen Orten Schusswaffen zum Verkauf angeboten wurden.

Genau in der Mitte, als Zeichen dafür, womit Capital sein Geld verdiente, befand sich eine Reihe von Glasvitrinen, die es mit der Schmuckabteilung von Macy's aufnehmen konnten. Zwei Männer standen hinter dem Tresen, einer davon mit Anzug und Krawatte. Ich stellte mich vor und der Mann im Anzug übernahm und begleitete mich zügig in sein Büro.

»Sie wissen ja, sobald wir die Meldung von Collier erhalten haben, haben wir sichergestellt, dass die Mitarbeiter auf dem Laufenden waren, was vor sich ging.«

»Wir wissen die Kooperation zu schätzen.«

»Capital ist stolz darauf, ein guter Bürger zu sein.«

»Sie sagten, Sie hätten ein Video?«

Er nahm eine Disc, die in der Mitte seines Schreibtisches lag, und wedelte damit. »Jede unserer Filialen ist so ausgestattet, dass Verkäufer und ihre Ware dokumentiert werden. Das erspart eine Menge Kopfschmerzen, wenn sie das, was sie gebracht haben, zurückkaufen wollen.«

»Ich würde mir das Material gerne ansehen, bevor ich es beschlagnahme.«

Er legte die Disc ein und spulte zu einem Zeitstempel von 18:50 Uhr vor. Die Qualität des Videos war viel besser, als ich erwartet hatte. Ein großer Mann, der hispanisch aussah, trat an den Tresen und sprach mit einer Verkäuferin.

Ich sagte: »Halten Sie an. Wer ist die Dame?«

»Sally Kerchow.«

»Ist sie heute hier?«

Er schüttelte den Kopf. »Tut mir leid, sie hat heute frei.«

»Ich bräuchte Ihre Kontaktdaten. Sie muss möglicherweise aussagen. Lassen Sie es weiterlaufen.«

Der Mann im Video zog einen kleinen Beutel aus seiner

vorderen Hosentasche und legte ihn auf den Tresen. Er benutzte seine linke Hand. Sally öffnete den Beutel und nahm einen Cocktailring heraus. Sie hielt den Ring zwischen Daumen und Zeigefinger und betrachtete ihn. Sie sagte etwas zu dem Mann, holte eine Lupe hervor, setzte sie ans Auge und führte den Ring daran. Nachdem sie den Ring begutachtet hatte, steckte sie ihn zurück in den Beutel. Sie hatten eine kurze Unterhaltung. Der Mann steckte den Beutel ein und ging.

»Was hat sie zu ihm gesagt?«

»Sally kennt sich aus. Sie hat früher in der Schmuckabteilung bei Saks gearbeitet. Sie hat den Ring sofort erkannt. Es war kein gewöhnlicher Cocktailring. Die Steine waren übergroß und die Fassung war eindeutig eine Sonderanfertigung. Sie sagte ihm, dass sie im Moment zu viel auf Lager hätten und er nächsten Monat wiederkommen solle.«

»Haben Sie oder irgendjemand anderes ihn erkannt? War er schon einmal hier?«

»Obwohl wir viele Stammkunden haben, kannte ihn niemand.«

»Sie haben das allen gezeigt, die hier arbeiten?«

»Natürlich.«

»Wenn wir diesen Kerl nicht identifizieren können, werde ich Sie möglicherweise bitten müssen, dieses Video auch in Ihren anderen Filialen herumzuzeigen.«

Unsere Videospezialisten brauchten weniger als eine halbe Stunde, um fünf klare Fotos des Mannes zu erstellen, der versucht hatte, den als Marilyns gestohlen bestätigten Ring zu verpfänden. Ich hielt die Fotos wie einen Kartenfächer in der Hand. Niemand unten im Raubdezernat konnte das Gesicht zuordnen, was mich verwirrte. Das war auf keinen Fall sein erster Coup. Ich verstand ja die Sache mit der Abgeschiedenheit, wenn man zum ersten Mal einen Raub begeht, aber auf einer Insel? Und auch wenn die Boggs auf Keewaydin keinerlei Sicherheitssysteme hatten, musste man, sofern man das nicht wusste, davon ausgehen, dass ein so exklusives Haus wie ihres die besten hätte.

Also, was war es? War es ein Auftragsmord? Bezahlt mit Schmuck? Oder eine Art Insiderjob? So oder so mussten wir vorsichtig vorgehen. Wir konnten nicht riskieren, dass jemand erfuhr, dass wir eine Spur zum Dieb und möglichen Mörder hatten.

Sobald Vargas zurück war, würde ich sie nach Keewaydin schicken, da sie einen ganz guten Draht zu der Haushälterin aufgebaut hatte. Mit etwas Glück würde das Hausmädchen den Mann identifizieren, der versucht hatte, den Cocktailring zu versetzen. Wenn nicht, müssten wir die Suche ausweiten, indem wir die Bilder veröffentlichen und dabei das Überraschungsmoment opfern würden.

30

LUCA

Raul Sanchez war siebenunddreißig Jahre alt und wohnte ein paar Meilen vom Casino in Immokalee entfernt. Er war vor etwa sechs Jahren aus Mexiko in die Staaten gekommen und besaß eine gültige Green Card. Sanchez, der laut seinem Führerschein sechs Fuß groß war, hatte in den Staaten kein Vorstrafenregister und arbeitete seit knapp zwei Jahren für die Boggs. Laut Shell, der Haushälterin, war er vom Landschaftsgärtner empfohlen worden, als der Pool renoviert wurde.

Als ich vor Verhörraum drei stand, wünschte ich, wir hätten mehr Informationen über Sanchez. Es waren schon zwei Tage her, seit wir die mexikanische Bundespolizei um Informationen über ihn gebeten hatten, aber sie hatte immer noch nicht geantwortet. Alles, was wir hatten, war sein Versuch, einen Cocktailring zu verhökern. Vielleicht hätte ich warten oder das Außenministerium bitten sollen, Nachforschungen anzustellen.

Es wäre schön gewesen, wenn Vargas mir bei der Befragung von Sanchez geholfen hätte. Ich schickte ihr eine SMS, aber sie antwortete nicht. Wahrscheinlich saß sie immer noch bei Gericht fest.

Ich stellte wieder meine Instinkte infrage, etwas, das ich nie getan hatte, bevor mich der Krebs erwischt hatte. Selbstzweifel, sowohl körperliche als auch geistige, waren bis in mein Innerstes vorgedrungen. Es fühlte sich an, als hätte ich wieder einen Fehler gemacht, aber jetzt hatte ich keine große Wahl; Sanchez schmorte hinter der Tür.

Ich sah noch einmal nach, aber es war immer noch keine Nachricht von Vargas da. Ich packte den Türknauf und öffnete die Tür. Sanchez saß wie ein Schuljunge am Stahltisch. Er warf den Kopf in meine Richtung, was eine grobe Tätowierung an seinem Hals enthüllte. Das Abbild einer Schlange schrie geradezu nach Knast und bestärkte mich. Vielleicht war ich doch nicht dabei, den Verstand zu verlieren.

»Ich bin Detective Luca. Ich leite die Ermittlungen im Mordfall Marilyn Boggs.« Ich setzte mich ihm gegenüber und rückte meine Mappe in die Mitte.

»Es ist eine Schande, was mit ihr passiert ist. Sie war eine nette Dame.«

Er hatte einen weniger ausgeprägten Akzent, als die Frau im Leihhaus gesagt hatte. »Wie lange arbeiten Sie schon auf Keewaydin?«

»Seit ungefähr zwei Jahren. Ich habe den Job bekommen, als ich bei Gonzalvo Landscaping gearbeitet habe. Wir haben den Pool für sie gemacht.«

»Was sind dort Ihre Aufgaben?«

»Na ja, um ehrlich zu sein, so ziemlich alles, was eben anfällt, wissen Sie: die Pflege der Landschaft und der Strandbereiche, Instandhaltungsarbeiten wie Streichen und kleinere Reparaturen. Es gibt immer was zu tun.«

»Bei der Größe des Anwesens würde es schon reichen, die Glühbirnen zu wechseln, um jemanden auf Trab zu halten.«

»Das sind ziemlich hohe Decken. Ich brauche eine Zwölf-Fuß-Leiter, um an die Einbaustrahler zu kommen.«

»Wie viele Hausmeister gibt es?«

»Da gibt es mich, Mr. Pena – er ist der Verwalter –, Pedro und Emilio.«

»Also vier Vollzeitkräfte?«

»Ja, wir schaffen das alles. Aber manchmal müssen wir Hilfe von außen holen, wenn es ein großer Auftrag ist, wie damals, als wir das Dock modernisiert haben.«

»War es in letzter Zeit nötig, externe Hilfe hinzuzuziehen?«

»Das letzte Mal war, glaube ich, für das Dach des Haupthauses. Ein paar Platten waren irgendwie am Rosten. Sie waren defekt oder so.«

»Wann war das?«

»Äh, vielleicht vor fünf, sechs Monaten.«

»Kennen Sie jemanden, der Mrs. Boggs hätte schaden wollen?«

Er schüttelte den Kopf. »Nein, sie war eine nette Dame.«

»Das hören wir von allen. Sie trug eine Menge Schmuck, wie ich höre.«

Sein Adamsapfel hüpfte, als er mit den Schultern zuckte.

»Haben Sie jemals im Haupthaus gearbeitet?«

Er schüttelte den Kopf. »Nein, ich habe hauptsächlich im Landschaftsbau gearbeitet.«

»Haben Sie nicht gesagt, Sie hätten eine große Leiter benutzt, um die Glühbirnen zu wechseln?«

Seine Schultern sackten in sich zusammen. »Äh, das ist schon lange her. Nicht in letzter Zeit.«

»Verstehe. Shell, die Haushälterin, sagte, Sie hätten eine Woche vor dem Mord an Mrs. Boggs die Duschabflüsse im Hauptschlafzimmer gereinigt.«

»Damit hatte ich nichts zu tun.«

»Das habe ich auch nicht behauptet. Waren Sie kürzlich im Hauptbadezimmer?«

»Ich hatte es vergessen. Mr. Pena hat mir aufgetragen, die Abflüsse freizumachen, weil Mrs. Boggs sich beschwert hatte, dass das Wasser nicht schnell genug abläuft.«

»Wo waren Sie sonst noch in der Mastersuite?«

Sanchez' Stimme quietschte. »Nirgendwo sonst.«

»Waren Sie in Mrs. Boggs' Ankleidezimmer?«

»Nein, nein. Das war ich nicht.«

Ich öffnete meine Mappe und schob ein Bild zu Sanchez hinüber. »Was haben Sie bei Capital Pawn gemacht?«

Er nahm es mit der linken Hand auf. »Ach ja, meine Schwester, sie hat einen Ring gefunden und wollte ihn verkaufen.«

»Und wo hat sie diesen Ring gefunden?«

»Ich glaube, sie hat gesagt, im Bus.«

»Sind Sie sich da sicher?«

»Ich erinnere mich nicht wirklich.«

»Der Ring, den Sie versucht haben zu verhökern, gehörte Mrs. Boggs.«

»Das ist doch verrückt, Mann. Wie kann das sein?«

»Wie? Ganz einfach, Sie haben ihn gestohlen, nachdem Sie sie umgebracht haben.«

»Hey, Mann, versuchen Sie nicht, mir den Mord anzuhängen.«

»Sie haben den Ring genommen, sie aber nicht getötet?«

»Nein, ich habe es nicht getan.«

»Kommen Sie schon, Raul. Es ist viel einfacher, wenn Sie

bei alledem die Wahrheit sagen. Wir haben Sie. Wir haben Sie auf Video.«

»Okay, okay, ich habe den Ring genommen.«

»Jetzt kommen wir der Sache schon näher. Wo haben Sie den Ring hergenommen?«

»Aus ihrem Ankleidezimmer.«

»Waren dort auch die Halskette und die anderen Ringe?«

Sanchez' Schultern sackten in sich zusammen.

»Wir wissen von dem anderen Schmuck, Raul. Waren die anderen Ringe und die Halskette im Ankleidezimmer?«

Er nickte.

»Wo im Ankleidezimmer waren sie?«

»Sie lagen oben auf einem Regal. Da war ein ganzer Haufen Schmuck. Ich dachte nicht, dass sie ihn vermissen würde.«

»Hat Mrs. Boggs Sie beim Stehlen erwischt?«

»Nein.«

»Also haben Sie sie getötet, bevor Sie ihren Schmuck geraubt haben?«

»Ich habe sie nicht angerührt. So etwas würde ich niemals tun.«

»Wissen Sie, was ich denke, Raul? Ich denke, Sie haben den Schmuck gesehen, als Sie die Abflüsse gereinigt haben. Dann dachten Sie, es wäre ein leichtes Spiel, und Sie kamen zurück, um ein paar Stücke zu stehlen, aber Mrs. Boggs hat Sie zur Rede gestellt und Sie sind in Panik geraten.«

»Nein, nein, das stimmt nicht, und das wissen Sie.«

»Was ich weiß, ist, dass Sie einige Zeit im Gefängnis verbringen werden, bis wir das alles geklärt haben.«

Der Verkehr auf der Bonita Beach Road war dicht und ich war schon wieder zu spät dran. Ungefähr hundert Yards vor der Livingston Road kündigte ein Klingeln eine eingegangene SMS an. Ich brannte darauf, zu sehen, von wem sie war, aber ich wollte auch nicht bei einem Unfall sterben. Ich bog rechts ab und fuhr zur Abbiegespur nach Vasari, wo ich einen Blick riskierte; sie war von Kayla.

Ich bog in Vasaris Einfahrt ein und hielt an. Es war ermutigend zu sehen, dass die Nachricht länger war, als das Vorschaufenster anzeigte.

Ich holte tief Luft und las sie. Dann las ich sie noch einmal. Kayla entschuldigte sich dafür, dass sie nicht geantwortet hatte, und erklärte, sie sei mit Arbeit und der Pflege ihrer Mutter sehr beschäftigt gewesen. Dann schrieb sie, sie hoffe, es ginge mir gut und ich solle auf mich aufpassen. Was hatte das zu bedeuten?

31

LUCA

ALS WIR NACH DEM MITTAGESSEN AUF DEM WEG IN UNSER Büro waren, wurden wir von einem uniformierten Beamten abgefangen, der uns ausrichtete, dass der Sheriff uns sehen wolle. Der neue Sheriff wurde langsam zur Plage. Gott sei Dank war er nur ein Platzhalter. Wir nahmen die Treppe in den zweiten Stock und wurden schnell zum Boss durchgewunken.

Frank Morgan sah zu Vargas und mir auf, vertiefte sich dann aber wieder in das Durchblättern einer Akte. Eine Minute verging, bevor er sprach.

»Sie waren bei Gerey, ohne vorher zu fragen?«

»Ich verstehe nicht, gibt es ein Problem, Sir?«

»Sie sollten es besser wissen, Luca.«

»Wir haben die üblichen Vorgehensweisen befolgt.«

»Standard? Sehen Sie, Luca, genau da liegt das Problem mit Ihren Yankee-Wurzeln.«

»Tut mir leid, Sir, aber ich verstehe nicht. Es war nur ein Routinebesuch.«

»Routine? Bei den Boggs ist nichts Routine. Verstanden?«

Vargas sagte: »Ja, Sir. Uns ist bewusst, wie heikel der Fall ist.«

Morgan fuhr sich mit einer Hand über seinen Bürstenhaarschnitt. »Ich will, dass dieser Fall gelöst wird, aber ich will, dass es leise geschieht. Das Letzte, was ich gebrauchen kann, ist ein Haufen verdammter Reporter aus Fort Myers, die hier überall herumkriechen.«

Vargas sagte: »Wir werden unser Bestes geben, Sheriff.«

Morgan beugte sich vor. »Gerey hat mich über den Trust aufgeklärt. Es steht eine Menge Geld auf dem Spiel, nicht wahr?«

»All das Geld sorgt für reichlich Motivation, wenn Sie mich fragen.«

»Ich frage nicht. Was glauben Sie denn, ich könnte eine so einfache Tatsache nicht erkennen?«

Bevor ich antworten konnte, sagte Vargas: »Es wäre hilfreich, wenn Sie mit dem Staatsanwalt sprechen könnten, um die von uns beantragte Vorladung zu bekommen.«

Morgan lehnte sich in seinem Stuhl zurück und lächelte. »Schon erledigt. Und jetzt ab mit Ihnen zu den Anwälten da drüben im Flur, und sehen Sie nach, ob die schon einen Richter gefunden haben, der das Ding unterzeichnet.«

Wir sagten wie aus einem Munde: »Ja, Sir.«

Sobald wir Morgans Büro verlassen hatten, gaben wir uns einen Faustgruß und machten uns auf den Weg zur Staatsanwaltschaft. Die Vorladung war noch nicht zurück, also gingen wir runter in unser Büro, um die Zeit totzuschlagen, bevor wir zum Naples City Dock aufbrachen.

Ich nippte an einem Kaffee, öffnete meine E-Mails und

scrollte durch sie hindurch. Ein Absender sprang mir förmlich ins Auge. Ich drückte die Eingabetaste.

»Hey, Vargas, rate mal, was angekommen ist?«

»Meine Weihnachtsgeschenke?«

»Der mexikanische Polizeibericht über unseren Jungen Raul.«

Vargas kam um meinen Schreibtisch herum und sah sich eine Reihe von Polizeifotos an.

»Das ist er, eindeutig. Sieh dir das Fahndungsfoto von seiner ersten Verhaftung an. Er war gerade mal zweiundzwanzig, und von da an kann man seinen Abstieg in die Kriminalität in Bildern sehen.«

»Es ist, als hätte er sich für jede Verhaftung ein Tattoo stechen lassen.«

»Und es sieht aus, als hätte er immer mehr Drogen genommen.«

»Weißt du was? Heute sieht er eher so aus wie mit zwanzig.«

»Vielleicht ist er clean geworden.«

Vargas zeigte auf den Bildschirm und las mir über die Schulter. »Er war auch als Raul Sandez bekannt.«

»Und Mitglied der Latin-Kings-Gang. Diese Dreckskerle mischen bei allem mit.«

»Überraschend, dass er zwei Jahre gebraucht hat, um etwas zu stehlen.«

»Wir wissen nicht, ob das stimmt. Vielleicht hat es nur keiner bemerkt.«

»Ich weiß nicht, Luca, du bist doch derjenige, der sagt, dass Gier aus kleinen Dieben größere macht und dann Insassen.«

»Das war ziemlich schlau von mir, findest du nicht auch?«

Vargas gab mir einen Klaps auf den Hinterkopf. »Ich finde, wir sollten uns Sanchez oder Sandez vornehmen, aber erst, nachdem wir den Durchsuchungsbefehl bei Gideon Brighthouse vollstreckt haben.«

32

GIDEON BRIGHTHOUSE

Das Geräusch eines sich nähernden Bootes weckte mich auf. Ich hob die neue Da-Vinci-Biografie vom Boden auf und sah auf meine Uhr. Es war zwanzig nach fünf. Ich schob eine Tür zur Terrasse auf und trat an den Rand der Veranda, von wo aus man den Anleger sehen konnte.

Was? Ein Polizeiboot legte gerade an und drei Personen waren von Bord gegangen. Was wollten die? Das wird mir alles zu viel. Ich huschte wieder hinein. Vielleicht sollte ich so tun, als wäre ich nicht da oder als ginge es mir nicht gut. Ich brauchte jetzt ein Valium.

Als ich das Fläschchen wieder in den Spiegelschrank stellte, hörte ich ein Klopfen an der Glastür und eine Stimme rufen: »Mr. Brighthouse? Hier ist die Polizei.«

Ich wirbelte herum und sah den begehbaren Kleiderschrank. Es war ein gutes Versteck, und ich machte gerade einen Schritt darauf zu, als ich die Haushälterin sagen hörte, dass ich zu Hause sei. Ich atmete ein paar Mal tief durch, eilte ins Badezimmer und spritzte mir Wasser ins Gesicht.

Die Haushälterin rief meinen Namen, während sie die

Treppe heraufkam. Während ich mein Gesicht mit einem kleinen Handtuch abtupfte, trat ich in den Flur vor dem Schlafzimmer und sagte ihr, dass ich gleich runterkommen würde. Ich sah in den Spiegel und nahm fünf langsame, tiefe Atemzüge.

Oben an der Treppe hielt ich inne. Der Detective, der wie George Clooney aussah, hielt meinen Laptop in der Hand, und seine Partnerin durchwühlte eine Schublade meines Schreibtischs.

»Entschuldigen Sie, lassen Sie bitte meine Sachen in Ruhe.«

»Tut mir leid, Mr. Brighthouse, wir haben einen Gerichtsbeschluss.«

»Ich … ich verstehe nicht. Wer … wer hat Ihnen erlaubt, das zu tun?«

Die Kriminalbeamtin hielt ein Dokument hoch und erwiderte: »Richter Wilson.«

Ich kramte mein Handy aus der Gesäßtasche hervor.

Detective Luca fragte: »Was tun Sie da?«

»Ich rufe meinen Anwalt an.«

»Nicht damit.« Er griff nach meinem Handy, und ich rannte zur Terrasse. Ein uniformierter Beamter stellte sich mir in den Weg und riss mir das Handy aus der Hand.

Die Kriminalbeamtin holte ein Paar Handschellen heraus, als sie auf mich zukam. »Mr. Brighthouse, wir müssen Sie bitten, sich zu beruhigen und zu kooperieren, sonst müssen wir Sie festhalten.«

Ich griff nach einem Stuhl, als mir schwindelig wurde.

»Ich … ich brauche mein Telefon.«

»Sie können den Festnetzanschluss benutzen, aber Sie müssen warten, bis wir hier fertig sind.«

Meine Knie wurden weich, und sie sagte: »Bitte setzen

Sie sich und versuchen Sie, ruhig zu bleiben. Ich weiß, das ist schwierig für Sie, aber es gibt keine Alternative.«

Ich griff mir an die Brust und sagte: »Ich … ich brauche mein Valium. Ich bekomme eine Attacke. Meine Brust tut höllisch weh. Beeilen Sie sich, es ist in meinem Spiegelschrank.«

Sie rief ihrem Partner zu, er solle die Medikamente holen.

Mit stockendem Atem sagte ich: »Sie müssen … gehen. Nehmen Sie, was Sie wollen. Gehen Sie einfach und … lassen … lassen Sie mich in Ruhe.«

Das Valium ließ endlich nach und ich wachte auf der Couch auf. Es war viertel nach zehn. Shell, die Haushälterin, sah im Wohnzimmer fern und bemerkte mich, als ich auf dem Weg ins Bad war.

»Ist alles in Ordnung bei Ihnen, Mr. Brighthouse?«

»Ja, mir geht es gut.«

»Sind Sie sicher, Sir?«

»Mir geht es gut. War die Polizei vorhin hier?«

Sie nickte. »Erinnern Sie sich nicht? Sie müssen mit diesen Pillen von Ihnen vorsichtig sein.«

Ich zwang mich zu einem Lächeln. »Ich hatte gehofft, es wäre ein böser Traum gewesen.«

»Auf dem Küchentisch stehen Putensandwiches und Obst. Warum essen Sie nicht etwas?«

»Danke, Shell.«

»Gute Nacht, Sir.«

Noch bevor sie die Terrasse verlassen hatte, aß ich schon ein halbes Sandwich. Ich fühlte mich besser. Ich schnappte mir die andere Hälfte und ging nachsehen, was die Polizei außer meinem Handy und meinem Laptop noch mitgenommen hatte.

Nein! Nein! Ich rang nach Luft und schnellte von meinem Kissen hoch. Was ist los? Es war nur ein Traum, Gott sei Dank. Er fühlte sich so echt an. Ich dachte, ich würde tatsächlich Marilyn erstechen. Ich konnte mich an den Widerstand erinnern, als ich das Messer hineinstieß. Ich rieb mir das Gesicht.

Die Uhr zeigte 2:35 Uhr. Ich legte mich wieder hin. Verdammt, das war beängstigend. Ich schloss die Augen, aber als ich es tat, erschien das Bild von Marilyn, wie sie auf dem Boden lag.

Ich stand auf und machte meine Atemübungen, um mich zu entspannen, aber mein Herz schlug immer noch zu schnell. Ich setzte mich auf einen Stuhl und konzentrierte mich auf meinen Atem, spürte, wie die Luft meine Brust dehnte, bevor ich sie wieder ausstieß. Nach zwei Zyklen war ich wieder bei dem Bild. Ich zwang mich, zu meiner Atmung zurückzukehren, aber nach einem weiteren Zyklus überflutete das Bild einer toten Marilyn wieder meinen Kopf.

Ich sprang aus dem Stuhl, ging ins Badezimmer und schluckte zwei Valium. Ich ging zehn Minuten lang im Zimmer auf und ab, bis sie zu wirken begannen.

33

LUCA

JOAN HATHAWAY EMPFING MICH AN DER TÜR IHRES HAUSES IN Port Royal in der Gin Lane. Es schien nur etwa halb so groß zu sein wie die meisten Häuser in der Umgebung. Trotzdem war es um die fünf Millionen wert. Hathaway war mir auf Anhieb sympathisch. Ich war mir sicher, dass sie sich Schönheitsoperationen unterzogen hatte, aber sie hatte nicht dieses künstliche Aussehen.

Von ihrer Haustür aus konnte man durch das ganze Haus bis zur Bucht auf der Rückseite blicken. »Sie haben ein wunderschönes Haus.«

»Danke, wir leben hier schon seit einer Ewigkeit.«

»Wie heißt die Bucht da hinten?«

»Smuggler's Bay.«

»Ich kann verstehen, warum Sie schon so lange hier wohnen.«

Sie führte mich in den Salon, was mich etwas verwirrte. Obwohl drei Kruzifixe und zwei altertümlich aussehende Ikonen an den Wänden hingen, gab es mindestens sechs

Buddha-Statuen und ein Objekt, das wie ein Steuerrad von einem alten Schiff aussah.

»Ich habe gerade Limonade gemacht. Ich hole sie mal. Setzen Sie sich, wo immer Sie wollen.«

Als sie gegangen war, sah ich mir das Rad genauer an und versuchte herauszufinden, was es war. Vielleicht stammte es von einem alten Schiff, das einer ihrer Vorfahren gesteuert hatte. Joan kam mit einem Tablett herein, auf dem ein Krug und Gläser standen.

»Ich hoffe, Sie haben nichts dagegen, dass ich frage, aber welche Bedeutung hat das Rad? Stammt es von einem alten Schiff?«

Sie lachte. »Mein Mann ist Buddhist, und wie Sie sehen, sammelt er Artefakte. Das Rad wird Dharmachakra genannt und seine acht Speichen repräsentieren die acht edlen Pfade, die im Buddhismus von zentraler Bedeutung sind.«

»Oh, das wusste ich nicht.«

»Ich auch nicht, bis er es mit nach Hause gebracht hat. Ich bin Katholikin, und die einzige Möglichkeit, ihn davon abzuhalten, noch mehr Buddhas anzuschleppen, war, jedes Mal, wenn er es tat, ein Kruzifix aufzuhängen.« Sie lachte, schenkte zwei Gläser ein und reichte mir eines.

»Danke. Da es heutzutage tabu ist, über Religion zu sprechen, kommen wir lieber zu Marilyn Boggs. Wir versuchen, so viel wie möglich über sie zu erfahren. Wie lange sind Sie schon befreundet?«

»Ich gebe es nur ungern zu, aber … reicht ›ewig‹?«

Ich lächelte.

»Detective, Sie sehen aus wie George Clooney, besonders wenn Sie lächeln.«

»Das höre ich öfter. Sie sind also seit, sagen wir, zwanzig Jahren befreundet?«

»Mindestens. Wir haben uns in der Highschool kennengelernt, aber den Kontakt verloren, als sie auf eine Benimmschule ging. Mann, das klingt wie aus einer anderen Zeit, nicht wahr? Marilyn und ich haben uns wieder angenähert, als sie zurückkam und bei United Way landete, als ich Präsidentin des Collier-Verbands war.«

»Hat sie Ihnen von ihren Eheproblemen erzählt?«

Sie runzelte die Stirn. »Ich fühle mich nicht wohl dabei, über so private Angelegenheiten zu sprechen.«

Ich beugte mich vor. »Bitte, Joan, wir müssen verstehen, was in ihrem Leben vor sich ging, wenn wir den Mistkerl schnappen wollen, der das getan hat.«

»Ich verstehe. Marilyn schien ein paar Jahre lang glücklich mit Gideon zu sein. Dann fing sie an, Bemerkungen zu machen. Das war, nachdem er einen Herzinfarkt hatte. Sie sagte, er sei ein Nervenbündel und würde den Verstand verlieren. Mir tat Gideon leid und ich erinnerte sie an das alte Sprichwort.« Mit den Fingern machte sie Anführungszeichen in die Luft und fuhr fort: »‚In Krankheit und Gesundheit', aber als ich das tat, sagte sie, das Leben sei zu kurz.«

»Hat sie Ihnen von ihren außerehelichen Affären erzählt?«

Sie nickte. »Sie hat nicht viel gesagt, bis sie anfing, sich mit John Barnet zu treffen. Dann war sie wie ein Teenager und versuchte, mir Dinge zu erzählen, die ich ehrlich gesagt nicht hören wollte. Ich bin seit dreißig Jahren mit demselben Mann verheiratet und könnte mir nicht vorstellen, so etwas zu tun, besonders nicht mit ihm.«

»Sie kannten Barnet?«

»Leider.«

»Wieso das?«

»Er ist nicht vertrauenswürdig und das ist mehr als nur meine Meinung.«

»Können Sie das näher erläutern? Es könnte wichtig sein.«

»Nun, bei mindestens drei Gelegenheiten hat er uns zu viel berechnet. Es war, als ob er uns testen wollte, und als es durchging, erhöhte er den Einsatz. Der Fall, der herausstach, betraf dreißigtausend Dollar. Das ist eine Menge Geld und wir sind eine Wohltätigkeitsorganisation mit begrenzten Mitteln.«

»Was hat er zu den überhöhten Rechnungen gesagt?«

»Als ich die überhöhte Rechnung beanstandete, sagte er, es sei ein Fehler gewesen, dass er ein neues Mädchen für die Rechnungsstellung hätte und dass sie die Abrechnung von zwei Veranstaltungen verwechselt hätte.« Sie nahm einen Schluck Limonade. »Fehler passieren, aber ich habe schon einige Mädels in dieser Stadt gesehen, die auf … auf seinen Typ hereingefallen sind. Also habe ich alle Rechnungen von Barnet geprüft, und was soll ich sagen, ich habe noch zwei weitere gefunden. Was mich wirklich auf die Palme brachte, war die Tatsache, dass er uns testete. Die erste lag knapp über tausend, und als die durchrutschte, erhöhte er die nächste auf fünfzehntausend.«

»Wie hat Mrs. Boggs reagiert, als das alles passierte?«

Hathaway zog die Lippen ein. »Sie hat ihn verteidigt, sagte, es sei ein ehrlicher Fehler gewesen. Ich war fassungslos. Ich habe sie gewarnt, dass ihm nicht zu trauen sei.«

»Hat er die zu viel berechneten Beträge erstattet?«

Sie nickte.

Ich zog mein Notizbuch heraus. »Ich habe ein paar Namen ihrer Freundinnen: Susan Malloy, Jessica Cloydon,

Betty Sue Grapple und Maria Corsica. Gibt es noch jemanden, den wir Ihrer Meinung nach befragen sollten?«

»Marilyn hatte einen großen Freundeskreis. Sie haben die, mit denen sie schon lange befreundet war. Vielleicht sollten Sie mit Patty Clermont sprechen. Nachdem Patty sich scheiden ließ, kamen sich die beiden näher.«

Ich notierte mir den Namen. »Wohnt sie hier in der Gegend?«

Joan nickte. »Nach ihrer Scheidung ist Patty nach Moorings gezogen. Warten Sie, ich hole mein Handy. Ich habe ihre Nummer.«

34

LUCA

Als sie die Tür öffnete, zögerte ich, bevor ich etwas sagte. Patty Clermont entsprach so gar nicht dem Bild, das ich mir von ihr gemacht hatte. Als Freundin von Marilyn hatte ich jemanden erwartet, der älter war und Joan Hathaway ähnelte. Patty Clermont, die auf den Fußballen wippte und ihren Pferdeschwanz schwingen ließ, versprühte eine Energie, die man in den Moorings nicht erwartet hätte.

»Patty Clermont?«

»Die bin ich«, lächelte sie.

»Ich bin Detective Luca vom Büro des Sheriffs. Wir sprechen mit Leuten, die Marilyn Boggs kannten. Eine langjährige Freundin von ihr hat uns deinen Namen gegeben.«

Sie schwang die Tür weit auf und der Windstoß bauschte das weiße Gaze-Kleid, das sie trug.

»Komm nur rein.«

Das Haus hatte einen sehr offenen Grundriss, der im Gegensatz zu seiner eher traditionellen Fassade stand. Ich fragte mich, wann sie das Haus renoviert hatte. Je tiefer wir ins Haus kamen, desto lauter wurde die Musik. Vier Schiebetüren öffneten das Haus zu einem kleinen Garten, der von einem mit Glasfliesen gekachelten Pool dominiert wurde. Eine dichte Pflanzenwand schützte vor den Blicken der Nachbarn, die nur wenige Meter entfernt wohnten. Wenn diese Hütte eine Aussicht hätte, wäre sie drei Millionen wert, vorausgesetzt, die Fassade würde erneuert.

Sie streifte ihre Flipflops ab, setzte sich auf ein graues Ledersofa und schlug die Beine seitlich unter.

»Mach es dir bequem.«

Ich setzte mich in einen niedrigen, roten Kordsessel und fragte: »Wie lange kanntest du Marilyn?«

Sie musterte mich, befeuchtete ihre Lippen und sagte dann: »Wir kannten uns schon lange, hatten aber nicht wirklich viel miteinander zu tun, bis wir zusammen den Ball für jugendliche Diabetiker organisiert haben. Wir hatten eine Menge Spaß bei der Organisation und das hat sich gehalten. Wir haben uns dann ein bisschen aus den Augen verloren. Als ich dann wegen meiner Scheidung und dem ganzen Kram eine schwere Zeit durchmachte, war Marilyn für mich da. Sie war wirklich toll, hat mich aus dem Haus geholt. Sie kannte einfach jeden.«

»Was wusstest du über ihre Beziehung zu ihrem Mann?«

»Es lief nicht gut.«

Sie stand auf, zog den Bauch ein und strich die Vorderseite ihres Kleides glatt.

»Ich brauche einen Cocktail. Kann ich dir einen mitmachen?«

»Tut mir leid, aber ich bin im Dienst.«

»Du musst lernen, lockerer zu werden, Detective. Übrigens kommst du mir sehr bekannt vor.«

Während sie sich einen Wodka einschenkte, fragte ich: »Du sagtest, es lief nicht gut. Was meinst du damit?«

Auf dem Weg zurück zum Sofa streifte sie meine Knie. »Sie hatten sich auseinandergelebt. Es fing an, als Gideon anfing, Probleme zu bekommen.«

»Hat sie dir erzählt, was für Probleme das waren?«

»Es waren Angstzustände, weißt du, Panikattacken. Und er wollte nie das Haus verlassen. Es war fast so, als wäre er ein Einsiedler. Das ist verrückt, wenn man bedenkt, dass er früher in der Politik war.«

»Wusstest du von ihren außerehelichen Aktivitäten?«

Sie warf den Kopf zurück und lachte. »Das sind aber viele Worte, um zu sagen, dass sie Affären hatte. Ja, sie hat mir davon erzählt.«

»Was hat sie dir erzählt?«

»Dass sie eine gute Zeit hatte, besonders mit dem Kerl, John, dem der Weinladen in Waterside gehört. Er war ein Charmeur, bei dem sie sich gut fühlte.«

»Und alles, was sie über ihn und die Beziehung sagte, war, dass sie eine gute Zeit hatte?«

Sie lächelte verschmitzt. »Sag bloß, du willst die schmutzigen Details wissen, Detective.«

»Wir sind hier doch alle erwachsen, Ms. Clermont. Alles, was du mir sagst, wird streng vertraulich behandelt und nur für die Ermittlungen verwendet.«

Sie musterte mich einen Moment lang. »Ich bin nicht sicher, ob ich wirklich verstehe, was du meinst.«

»Alles, was ungewöhnlich war, es muss nicht sexuell sein, einfach alles, selbst die kleinste Kleinigkeit, von der du denkst, dass sie hilfreich sein könnte, um ein vollständiges Bild von ihr und John Barnet zu zeichnen.«

Sie kicherte. »Du meinst, ob sie irgendwelche S-und-M-Sachen gemacht haben?«

»Das könnte so etwas sein.«

»Also, auf keinen Fall, Marilyn würde so etwas niemals tun, zumindest hat sie mir nichts davon erzählt. Ich meine, sie ist schon ausgeflippt, als er sie zusammen gefilmt hat.«

Ich beugte mich vor. »Während sie Sex hatten?«

»Das scheint deine Aufmerksamkeit zu erregen. Macht dich Pornografie an, Detective?«

Mir schoss die Hitze ins Gesicht. »Überhaupt nicht. Es ist ein interessantes Detail. Du sagtest, sie ist deswegen ausgeflippt.«

»Du siehst noch süßer aus, wenn du rot wirst.«

»Marilyn war wütend wegen der Filmerei, richtig?«

Nach einem kurzen Schmollmund nickte sie. »Sie war sauer deswegen, weil er es ohne ihre Erlaubnis getan hat.«

»Warum? Hätte sie es ihn tun lassen, solange sie davon gewusst hätte?«

Sie legte ihre Füße auf den Couchtisch und gewährte einen tiefen Einblick. »Nein, nein. Die Vorstellung gefiel ihr überhaupt nicht. Er sagte ihr, er hätte es getan, um ein wenig Würze reinzubringen. Wenn du mich fragst, glaube ich, sie war sauer, weil es irgendwie darauf hindeutete, dass er ihrer überdrüssig wurde.«

Sie hatte es auf mich abgesehen, aber selbst wenn ich die Grenze überschreiten dürfte – und mein Vater sagte mir immer, man scheißt nicht da, wo man isst –, würde ich mich niemals mit so einer wie ihr einlassen. Ich schaute über ihren Kopf hinweg in den Garten und fragte: »Du scheinst zu sagen, dass die Beziehung kurz vor dem Ende stand. Hat sie dir das so gesagt?«

»Nicht direkt, aber wir Mädels, wir wissen, wenn etwas nicht stimmt.«

Daher kam also der Ausdruck »jemandem die Würmer aus der Nase ziehen«. »Hast du mehr als nur ein Gefühl?«

Sie lächelte und wand sich wie eine Schlange. »Es zu fühlen, ist doch alles, worum es geht. Findest du nicht auch?«

Ich war kurz davor, sie zu erwürgen. »Ich muss verstehen, was dich glauben lässt, dass sie Schwierigkeiten hatten.«

»Vor etwa einem Monat wurde Marilyn sehr still, und das ist gar nicht ihre Art. Ich fragte sie, was los sei, und sie sagte, nichts. Aber ich wusste, dass es an ihm liegen musste, also sagte ich: ›Es ist John, nicht wahr?‹ Marilyn nickte, aber als ich sie fragte, ob sie darüber reden wollte, sagte sie Nein.«

»Sonst noch etwas?«

»Nun, Marilyn war nie wieder sie selbst. Sie wirkte zerstreut. Ich habe versucht, mit ihr zu reden, aber sie sagte, sie wollte nicht darüber reden.«

35

LUCA

Sheriff Morgan zog sich gerade einen Cowboystiefel an, als Vargas und ich in sein Büro geführt wurden, und er sagte: »Verzeihen Sie, Ma'am, aber es hat sich angefühlt, als hätte ich einen Glassplitter im Fuß, aber da ist nichts.«

Ich sagte: »Sie sollten das vielleicht von einem Arzt untersuchen lassen. Es klingt, als könnten Sie eine Dornwarze haben.«

»Dornwarze? Ist das auch etwas, das Sie Yanks mit hier runtergebracht haben?«

Vargas sagte: »Die sind hier unten eigentlich ziemlich verbreitet, Sheriff. Könnte daran liegen, dass wir oft Flipflops und Sandalen tragen.«

Er hob seinen Stiefel an und sagte: »Na, wie zum Teufel habe ich mir so etwas geholt? Ich trage die Dinger ja fast schon im Bett.«

Wir lachten alle kurz auf, bevor Morgan sagte: »Wir müssen bei Mr. Brighthouse sehr behutsam vorgehen, sonst hetzt Gerey mir die Hunde auf den Hals.«

»Das verstehen wir, Sir. Detective Luca und ich haben

unsere Vernehmungsstrategie besprochen, aber wir sind offen für Ihre Ideen dazu.«

»Ach was, Sie sind die Detectives in diesem Fall, und außerdem hat Luca Erfahrung aus der Großstadt.« Morgan stützte die Ellenbogen auf den Schreibtisch und musterte uns nacheinander, bevor er sagte: »Ich will nur sichergehen, dass wir mindestens zweimal messen, bevor wir schneiden.«

Vargas und ich nickten und Morgan sagte: »Ich will nicht, dass dieser Fall noch offen ist, wenn der neue Sheriff übernimmt, also los, tun Sie, was Sie am besten können.«

Gideon Brighthouse und Peter Gerey warteten in einem schwarzen Ford Explorer auf dem hinteren Parkplatz. Ein Beamter wurde geschickt, um ihnen mitzuteilen, dass wir bereit seien. Es war das erste Mal seit einer Ewigkeit, dass ich jemanden vor seiner Vernehmung nicht schmoren lassen konnte. Diese Störung der Routine ließ die Samen des Selbstzweifels, die in meinem Kopf herumrasselten, aufgehen.

Wie vereinbart, ging ich ihnen am Hintereingang entgegen. Ein Bär von einem Mann ging neben Gerey und Brighthouse. Was machte er hier? Gehörte er zu Gerey? Es war Bill Crowley, ein hochkarätiger Strafverteidiger. Die Samen des Zweifels keimten. Ich fragte mich, ob Morgan Gerey einen Tipp gegeben hatte, was wir herausgefunden hatten.

Crowleys Hand verschlang meine, als wir uns die Hände schüttelten. Während wir zum Vernehmungsraum gingen, führten alle außer Gideon Smalltalk. Wir erreichten die Tür, und als Crowley und Vargas eintraten, zog ich Gerey beiseite und sagte: »Was soll das mit Crowley?«

»Sie wissen, Strafrecht ist nicht mein Fachgebiet, Detective.«

»Warum braucht Brighthouse plötzlich einen Strafverteidiger?«

»Wir möchten die Möglichkeit eines Missverständnisses vermeiden.«

»Also heuern Sie eine solche Koryphäe an?«

»Die Familie hat Crowley seit einem Jahrzehnt unter Vertrag.«

»Wirklich? Und was ist damit, dass die Familie ein unauffälliges Profil wahren will?«

»Ich kann Ihnen versichern, von unserem Team wird nichts durchsickern. Und, Detective, ich hoffe, ich muss Sie nicht daran erinnern, dass mein Mandant unter der Obhut mehrerer Ärzte steht, sowohl medizinischer als auch psychiatrischer. Ich hoffe, Sie werden bei Ihren Fragen bedenken, dass sein emotionaler Zustand sehr labil ist.«

»Solange er kooperiert, ist alles in Ordnung.«

»Gut. Sollen wir dann anfangen?«

Ein zappeliger Brighthouse wischte mit der Hand über die Sitzfläche des Plastikstuhls, bevor er sich zwischen seine Anwälte quetschte. Er trug eine hellgelbe Hose und ein blaues Leinenhemd, die dem tristen Raum einen Farbtupfer verliehen.

Ich nickte Vargas zu, drückte den Aufnahmeknopf und sie nannte die Anwesenden, den Ort, das Datum und die Uhrzeit. Nachdem die Formalitäten erledigt waren, begann ich.

»Mr. Brighthouse, gemäß einem Durchsuchungsbefehl haben wir ein Mobiltelefon und einen Laptop, die Ihnen gehörten, sowie ein iPad und ein Telefon, die Ihrer Frau, Marilyn Boggs, gehörten, beschlagnahmt. Sie waren während der Durchsuchung anwesend und wir haben eine Bestandsquittung für die Gegenstände hinterlassen, korrekt?«

Brighthouses Augen waren ausdruckslos und er reagierte nicht. Crowley stieß ihn mit dem Ellenbogen an und flüsterte ihm ins Ohr.

»Ah, ja … es war sehr … aufwühlend.«

»Sind das die einzigen elektronischen Geräte, die Sie besitzen?«

Er blinzelte ein paar Mal. »Ja.«

»Nichts wie ein iPod oder ein Kindle-Lesegerät?«

»Ich bevorzuge es …, ein richtiges Buch zu halten und zu lesen. Das ist persönlicher.«

»Haben Sie Ihre elektronischen Geräte jemandem geliehen, Mr. Brighthouse?«

»Nein.«

Brighthouse nahm einen Schluck Wasser.

»Also hat niemand sonst Ihren Laptop oder Ihr Telefon benutzt oder hatte Zugriff darauf?«

»Soweit … ich weiß.«

Gerey warf Crowley einen Blick zu, der sagte: »Es gibt eine Reihe von Leuten, die auf der Insel arbeiten, zusätzlich zu der Verstorbenen, die Zugang zu Mr. Brighthouses elektronischen Geräten und anderen seiner Besitztümer hatten.«

Vargas sagte: »Zur Kenntnis genommen, obwohl die Abgeschiedenheit von Keewaydin Island die Anzahl der Personen mit möglichem Zugang drastisch reduziert.«

Crowley sagte: »Reduziert vielleicht, aber schließt die Möglichkeit nicht aus.«

Ich sagte: »Gibt es einen bestimmten Grund, warum Sie im Internet nach Gift gesucht haben, Mr. Brighthouse?«

Brighthouse versteifte sich und griff nach seinem Wasser. »Gift? Daran kann ich mich nicht … erinnern.«

»Dann frischen wir Ihr Gedächtnis mal auf. Detective Vargas, können Sie ihm auf die Sprünge helfen?«

Vargas öffnete die Akte vor sich. »Dies ist eine Liste, die von der Elektronikabteilung des Kriminallabors von Collier County zusammengestellt wurde.« Sie hielt drei Seiten hoch. »Sie dokumentiert die Browseraktivitäten auf dem Laptop, der bei der Durchsuchung auf Keewaydin Island beschlagnahmt wurde.«

Ich sagte: »Es gibt über achtzig Suchanfragen nach Giften und ein Dutzend nach elektrisch ausgelösten Bränden. Es scheint, Mr. Brighthouse hat versucht, sich zu entscheiden, wie genau er seine Frau umbringen wollte.«

Brighthouse begann, unruhig auf seinem Stuhl herumzurutschen. Crowley legte ihm eine Hand auf den Unterarm und sagte: »Im Internet zu suchen ist kein Verbrechen.«

Ich nahm die Akte und hielt ein Dokument hoch. »An sich nicht, aber er hat auch Seiten besucht, auf denen detailliert beschrieben wird, wie viel es braucht, um einen Menschen zu töten. Und dieser Verlauf beweist, dass er tödliche Gifte in mehr als ausreichender Menge recherchiert und gesucht hat, um seine Frau zu töten.«

Crowley warf einen kurzen Blick auf die Liste und sagte: »Das ergibt eine nette Geschichte, aber Marilyn Boggs starb an Stichwunden.«

Ich warf die Papiere in ihre Richtung. »Das zeigt eine vorsätzliche Tötungsabsicht.«

Crowley sagte: »Falls Sie vorhaben, meinen Mandanten wegen des Todes seiner Frau anzuklagen, möchte ich Sie daran erinnern, dass die Planung eines Mordes, ohne die Tat auszuführen, kein Verbrechen ist.«

»Zur Kenntnis genommen, Herr Anwalt, aber würden Sie nicht sagen, dass sein Plan in die Tat umgesetzt wurde, da wir die Leiche von Marilyn Boggs haben?«

»Wenn Sie Beweise haben, die Gideon Brighthouse mit dem Tod seiner geliebten Frau Marilyn durch Erstechen in Verbindung bringen, rate ich Ihnen, diese vorzulegen. Andernfalls ist es, glaube ich, an der Zeit, dass wir gehen.«

Ich sagte: »Sicher möchten Sie wissen, dass Ihr Mandant nicht nur nach einer Möglichkeit gesucht hat, seine Frau zu verbrennen, sondern auch über verschiedene Gifte recherchiert hat, sogar das eines Kugelfisches, und dabei so weit ging, japanische Restaurants auszukundschaften, um die Tat zu inszenieren. Ich würde sagen, das gilt mit Sicherheit als Beweis dafür, dass er nach einem Weg suchte, seine Frau umzubringen, ohne sich selbst zu belasten.«

»Sie spinnen sich da eine nette Geschichte zusammen, Detective. Aber ohne Beweise gibt es nichts, was meinen Mandanten belastet, nur eine nette kleine Geschichte.«

Crowley stand auf und Gerey sprang so schnell auf die Beine, dass er Brighthouse aus seiner Teilnahmslosigkeit riss. Beim letzten Mal war er davongestürmt; diesmal sah er aus, als wäre er reif für ein Nickerchen. Crowley packte Brighthouse am Ellbogen und hievte ihn aus dem Stuhl.

36

GIDEON BRIGHTHOUSE

Crowley war ein großer Mann mit rauen Händen. Ich mochte es nicht, wenn er mir auf den Rücken klopfte oder mich am Arm packte, um mir etwas zu sagen. Er war so anders als Peter Gerey, dass es schwerfiel zu glauben, dass sie beide Anwälte waren. Ich wollte keinen Strafverteidiger. Dadurch wirkte es, als hätte ich etwas zu verbergen. Ich sagte Gerey, wie ich mich fühlte, aber er meinte, um mich vor einer ungerechtfertigten Strafverfolgung zu schützen, bräuchten wir einen Anwalt mit seiner Erfahrung. Und so bin ich bei Crowley gelandet.

Es war nicht länger nur ein Gefühl; das hier war echt. Ich verlor die Kontrolle über mein Leben. Alle sagten mir, ich solle keine zusätzlichen Medikamente nehmen, aber ich hatte keine andere Wahl. Ich konnte auf der Polizeiwache keinen weiteren Zusammenbruch riskieren, also begann ich, zehn Minuten, bevor wir Keewaydin verließen, an einer Wasserflasche zu nippen, in der zwei zerstoßene Valium waren.

Es war schwer, mich zu konzentrieren. Ich versuchte,

mich daran zu erinnern, was meine Anwälte mir gestern gesagt hatten. Es war nicht einfach, mich zu öffnen, besonders gegenüber Gerey. Seine Loyalität galt eindeutig der Familie, also war ich auf der Hut, ob sie sich gegen mich verbünden würden. Trotzdem musste ich ehrlich sein und zugeben, dass unsere Ehe furchtbar war und dass ich davon fantasiert hatte, dass sie tot wäre. Ich schränkte es ein und betonte, dass ich es niemals tun könnte.

Ich glaube, sie haben mir tatsächlich geglaubt. Als sie mich fragten, was auf meinem Laptop sein könnte, erzählte ich ihnen, dass ich nach Giften gesucht hatte, aber das war in Zeiten, in denen ich deprimiert war und daran dachte, mir das Leben zu nehmen. Sie sagten nichts, aber ich wusste, dass sie es mir nicht abkauften. Das Gute war, dass Crowley sagte, es sei kein Verbrechen, den Mord an jemandem zu planen. Er sagte, solange es keinen Beweis gäbe, der mich direkt mit dem Erstechen in Verbindung brächte, müssten wir uns keine Sorgen machen.

Daran dachte ich, als ich den Vernehmungsraum betrat. Er war makellos weiß, wie eine leere Leinwand. Ich fragte mich, was Keith Haring aus einem solchen Raum machen würde. Das wäre ein Anblick. Das würde ein tolles Ausstellungsobjekt abgeben – ein von Haring bemalter Raum würde einen in Kreativität eintauchen lassen. Crowley stieß mich in Richtung eines staubigen Stuhls.

Nachdem ich ihn abgestaubt hatte, setzte ich mich und erkannte, dass die Vernehmung begonnen hatte. Es fiel mir schwer, mich zu konzentrieren, und meine Gedanken schweiften zu dem Moment ab, als Crowley mich fragte, ob ich Kinderpornografie auf meinem Laptop oder Handy hätte. Hielt er mich für einen verdrehten Perversen?

Crowley stieß mich mit dem Ellbogen an und wiederholte die Frage des Detectives.

Als ob ich die Durchsuchung vergessen könnte? Mein Kopf war schwer. Ich kniff mir in den Oberschenkel und kratzte an einem Knötchen auf meiner Leinenhose. Ich nahm noch einen Schluck. Wie lange würde das hier noch dauern?

Der Detective wollte etwas über meinen Laptop wissen. Ich antwortete, aber dann ging Crowley auf ihn los. Er hörte sich für mich ziemlich gut an, aber dann fingen sie an, nach den Giften zu fragen, nach denen ich recherchiert hatte. Das war schlecht. Ich wusste nicht, was ich sagen sollte. Dann tätschelte Crowley meinen Arm und sagte der Polizei, es sei nicht strafbar, im Netz zu suchen.

Detective Luca wurde wütend und er und Crowley lieferten sich ein Wortgefecht. Was für eine Erleichterung. Es war, als wäre ich gar nicht da. Crowley war so schnell, dass ich kaum mitbekam, was er sagte. Er war erstaunlich und hatte alles unter Kontrolle. Ich nahm noch einen Schluck, als ich ihn sagen hörte, es sei Zeit zu gehen.

Sollte das schon alles gewesen sein? So sehr ich mir auch wünschte, dass das hier vorbei wäre, ich war todmüde und musste mich ausruhen. Ein fester Griff an meinem Ellbogen riss mich aus meinen Gedanken, und plötzlich war ich auf den Beinen und auf dem Weg zur Tür. Ich konnte es nicht glauben; wir waren fertig.

Ich stieg in den SUV und beobachtete meine Anwälte, wie sie durch das Fenster miteinander sprachen. Sie schüttelten sich die Hände. Crowley ging weg, während Gerey auf dem Sitz neben mir Platz nahm.

Ich sagte: »Danke, dass Sie ihn geholt haben. Er war heute großartig.«

Während er seinen Sicherheitsgurt anlegte, sagte Gerey: »Wir sind noch lange nicht am Ziel, Gideon.«

Was meinte er mit »noch lange nicht«?

Dann sah Gerey mir in die Augen und sagte: »Mir ist klar, dass diese Situationen für Sie stressig sind, Gideon. Sie helfen sich jedoch nicht damit, wenn Sie zu viele Medikamente nehmen.«

37

LUCA

Auf dem Weg zur Vernehmung von Raul Sanchez, alias Sandez, beschlich mich das Gefühl, dass ich in Naples wohl nie ein Haus kaufen würde. Ein weiteres Angebot, diesmal für eine Zweizimmerwohnung in Kensington, war wieder als zu niedrig abgelehnt worden. Die Verkäufer machten nicht einmal ein Gegenangebot, was ich nicht verstand. Anstatt emotional zu werden, sollten sie einfach ein Gegenangebot machen. Die Lage in Kensington war großartig, aber die Wohnung musste komplett renoviert werden. Ich hatte weder die Nerven noch wahrscheinlich das Geld für eine Kernsanierung.

Wie konnten Verkäufer nicht sehen, wie renovierungsbedürftig ihre fünfundzwanzig Jahre alte Wohnung war? Wahrscheinlich, weil in anderen Teilen des Landes der Renovierungszyklus Jahrzehnte länger war. Die Leute in New York nehmen vierzig Jahre alte Küchen und Bäder in Kauf, aber hier unten nicht. Ich hatte nur ein paar Monate Zeit, um ein Haus zu finden und den Kauf abzuschließen. Sonst müsste ich mir eine andere Mietwohnung suchen, da die Schwester meines Vermieters meine Einliegerwohnung übernehmen wollte.

Vargas hatte gesagt, wenn ich in der Klemme säße, könnte ich in ihrer Cabana-Suite unterkommen. Mit einem separaten Eingang und eigenem Bad war sie perfekt für Kurzaufenthalte. Aber es wäre seltsam, auf ihrem Grundstück zu wohnen, und obwohl ich nicht viel kochte, hatte sie nur ein Waschbecken und einen kleinen Kühlschrank.

Mein Handy summte. Mann, Vargas hatte einen sechsten Sinn.

»Wo bist du, Frank?«

»Auf dem Weg, Mom.«

»Du bist spät dran.«

»Ich bin nach Bonita hochgefahren, um mir ein paar Häuser anzusehen.«

»Irgendwas Interessantes?«

»Ich bin nicht reingegangen. Wollte mir nur die Wohngegenden ansehen und wie weit es ist. Deshalb bin ich jetzt spät dran. Und die schlechte Nachricht ist, dass sie zu weit nördlich sind, um das jeden Tag zu fahren. Langsam gerate ich unter Druck.«

»Das Angebot mit der Cabana steht immer. Das ist keine große Sache.«

»Danke. Ich weiß das zu schätzen, aber ich würde mir gerne einen weiteren Umzug ersparen, wenn du weißt, was ich meine.«

»Glaub mir, ich verstehe das.«

»Wie geht's unserem Juwelendieb?«

»Um den müssen wir uns keine Sorgen machen. Sein Anwalt wird unruhig, droht damit, die Befragung abzusagen, sagte, er müsse bald vor Gericht sein.«

»Ich bin in zehn Minuten da. Biete ihnen etwas zu trinken an. Wenn sie durchdrehen, fang ohne mich an.«

Meine Blase meldete sich, als ich den Flur zum Vernehmungsraum drei hinuntereilte. Konnte ich es riskieren, auf der Toilette zu sitzen und zu versuchen, Nummer eins herauszulocken? Das dauerte immer mindestens zehn bis fünfzehn Minuten, Zeit, die ich nicht hatte.

Ich schaute auf den Monitor der Überwachungskamera; Vargas sprach gerade. Ich steckte mein Hemd in die Hose, unterdrückte meinen Harndrang und trat ein. Raul Sanchez war mitten im Satz.

»Sie haben einen Fehler gemacht, das ist alles. Der Mädchenname meiner Mutter ist Sanchez. Mein Vater, den ich nie kennengelernt habe, hatte einen ähnlichen Nachnamen wie sie, Sandez. Überprüfen Sie die Geburtsurkunden, dann werden Sie es sehen.«

Vargas sagte: »Detective Luca nimmt nun an der Befragung teil.«

Ich nickte Raul und Joe Girona, einem Neuling aus dem Pflichtverteidigerbüro, zu. Vargas sagte: »Haben Sie in Mexiko weiterhin beide Namen verwendet?«

»Hören Sie, ich war ein Kind und wusste nicht, was ich tun sollte.«

Sein Anwalt sagte: »Das mexikanische Gesetz verlangt die Verwendung sowohl des Mädchennamens der Mutter als auch des Nachnamens des Vaters. Rauls offizieller Name in Mexiko ist Raul Sanchez Sandez.«

Zwei Nachnamen? Wie konnte das sein? Ich sah Vargas an. Sie antwortete: »Ich bin mir durchaus bewusst, dass Mexiko aufgrund der großen Zahl von Hispanoamerikanern mit Nachnamen wie Perez, Martinez und dergleichen beide

Nachnamen der Eltern verlangt, um die Identitäten zu unterscheiden.«

Wirklich? Woher wusste ich das nicht?

Vargas fuhr fort: »Vielleicht kann uns Ihr Mandant sagen, warum er zwei mexikanische Führerscheine hatte? Einen ausgestellt auf Raul Sandez Sanchez und den anderen auf Raul Sanchez Sandez.«

Raul ergriff das Wort: »In Mexiko werden die Bußgelder mit jedem Strafzettel höher. Um also nicht zu viel bezahlen zu müssen, hatte ich zwei Führerscheine.«

»Aha, es ging also nur um Strafzettel. Hatte nichts mit den ganzen Verhaftungen zu tun, die Sie angehäuft haben?«

»Mein Mandant hat Ihre Frage bereits beantwortet.«

Ich sagte: »Sie waren Mitglied der Latin-Kings-Gang. Das ist eine harte Truppe.«

»Steckt da auch eine Frage drin, Detective?«

Ich sagte: »Wollen Sie reinen Tisch machen? Was ist im Haus der Boggs auf Keewaydin passiert?«

»Ich hab's Ihnen doch gesagt, Mann. Ich habe den Duschabfluss gereinigt und all diesen Schmuck gesehen. Ich weiß, ich hätte ihn nicht nehmen sollen, aber ich war mit meiner Miete im Rückstand. Sehen Sie, meine Mutter wurde krank und ich brauchte Geld.«

Wieder einmal wurde die alte »Meine Mutter war krank«-Ausrede aufgetischt. Ich sagte: »Wissen Sie, Raul, Ihre Glaubwürdigkeit wäre um einiges höher, wenn Sie das hier nicht hätten?« Ich nahm seine mexikanische Strafakte auf.

»Das war damals. So was mache ich nicht mehr. Deshalb habe ich Mexiko verlassen, um neu anzufangen, sauber zu bleiben.«

»Aber Sie sind wieder in Ihre alten kriminellen Muster zurückgefallen, nicht wahr?«

»Meine Mutter ...«

»Ich weiß, dass es keine Entschuldigung ist, aber seine Mutter kämpft tatsächlich gegen Nierenkrebs.«

»Sie haben recht, Counselor, es ist keine Entschuldigung dafür, Marilyn Boggs getötet zu haben.«

»Ich habe niemanden getötet.«

Vargas sagte: »In Ihrer Strafakte steht, dass Sie wegen Mordverdachts verhaftet wurden.«

Sanchez schüttelte den Kopf. »Aber das war vor fast zehn Jahren.«

Ich sagte: »Das zeigt ein Muster. Wenn man einmal getötet hat, weiß man nie, wo es endet.«

»Mein Mandant hat zugegeben, den Schmuck genommen zu haben. Was wir hier haben, sind Anklagen wegen Raubes, mehr nicht.«

»Ihr Mandant hat sein sogenanntes Geständnis abgelegt, nachdem er beim Lügen erwischt wurde. Wie kann man dem, was er sagt, vertrauen? Wollen Sie wissen, was ich denke? Ich denke, Raul Sanchez Sandez hat erkannt, wie vertrauensselig die Boggs waren, und als sie ihm eine Arbeit gaben, bei der er sich in der Privatsphäre des Schlafzimmers aufhielt, hat er das ihm entgegengebrachte Vertrauen missbraucht. Er hat ihre Sachen durchwühlt und einen Plan ausgeheckt, um zurückzukehren und ihren Schmuck zu stehlen, und als er das tat, hat Marilyn Boggs ihn zur Rede gestellt und er hat sie erstochen.«

Der Anwalt sah auf seine Uhr. »Mein Mandant bestreitet jede Beteiligung am Tod von Marilyn Boggs.«

Ich sagte: »Raul, wie Detective Vargas bereits erwähnte, wurden Sie wegen Mordverdachts verhaftet und werden festgehalten. Ich finde es interessant, dass laut der mexikanischen Bundespolizei das Opfer mit einem Messer getötet wurde.«

»Ich habe nichts zu sagen. Diese Anklage wurde fallengelassen.«

»Fallengelassen? Nicht ganz. Sie haben sich schuldig bekannt, einen Flüchtigen, einen Penner aus Ihrer Gang, beherbergt zu haben.«

»Ich sehe die Relevanz eines alten mexikanischen Falles nicht.«

»Wirklich, Counselor? Ihr Mandant wurde in Mexiko wegen Mordes angeklagt und die Frau, deren Schmuck zu stehlen er zugibt, ist tot. Beide wurden erstochen. Das ist verdammt relevant für mich.«

»Mir scheint, Sie fischen im Trüben, Detective. Wenn Sie irgendetwas haben, das Ihre Anschuldigungen beweist, dann lassen Sie es uns hören.« Er stand auf. »Ich muss in zwanzig Minuten vor Gericht sein.«

Dieser junge Anwalt war zäh. Ich hoffte, er würde das Pflichtverteidigerbüro verlassen, um richtiges Geld zu verdienen, sonst würde er mich wohl bis zu meiner Pensionierung heimsuchen.

38

LUCA

»Mr. Pena, danke, dass Sie hergekommen sind, um mit uns zu sprechen.«

»Ich tue alles, was ich kann, um zu helfen, die Person zu fassen, die Mrs. Boggs das angetan hat.«

Ich warf einen Blick in meine Notizen und sein ledriges Gesicht passte zu den zweiundsechzig Jahren, die dort standen. Eduardo Pena war kräftig gebaut, nicht besonders muskulös, aber grundsolide und sah kaum älter aus als fünfundvierzig.

»Sie arbeiten schon lange für die Boggs.«

»Ja, seit fast zwanzig Jahren.«

Er sah mir nie länger als ein oder zwei Sekunden in die Augen. Normalerweise würde mich das misstrauisch machen, aber bei Pena wusste ich, dass es seine Art war, Ehrerbietung zu zeigen.

»Sie haben Raul Sanchez eingestellt?«

Er runzelte die Stirn. »Ja, aber er wurde mir von Frank Perez empfohlen, einem Bauunternehmer, den ich schon lange kenne. Perez fühlt sich wegen der ganzen Sache fast genauso schlecht wie ich.«

»Machen Sie sich keine Vorwürfe, Eduardo, Sanchez war nicht vorbestraft, jedenfalls nicht in den Staaten.«

»Sie meinen, er war in Mexiko vorbestraft?«

»Leider ja.«

»Aber er hat gesagt, er sei vor ungefähr zehn Jahren hierhergekommen.«

»Acht, um genau zu sein, und entweder hat er sich nichts zuschulden kommen lassen oder wurde einfach nie erwischt.«

Pena schüttelte den Kopf. »Er hat mich getäuscht. Ich hätte es besser wissen müssen.«

»Sanchez hat Ihnen keinen Anlass zur Sorge gegeben? Keinen Hinweis darauf, dass er nichts Gutes im Schilde führte?«

»Nein, er hat seine Arbeit gemacht und sich im Hintergrund gehalten. Ich bin mir ziemlich sicher, dass sogar Mrs. Boggs ihn mochte. Ich habe gesehen, wie sie sich ein paar Tage, bevor sie ermordet wurde, mit ihm unterhalten hat.«

»Wirklich? Hat er das regelmäßig getan, sich mit ihr zu unterhalten?«

»Nein. Ich sage meinen Leuten immer, dass sie sich aus dem Weg halten und unsichtbar sein sollen.«

»Haben Sie eine Ahnung, worüber sie gesprochen haben könnten?«

Er schüttelte den Kopf. »Das hätte alles Mögliche sein können.«

Ich reichte ihm meine Karte. »Tun Sie mir einen Gefallen und fragen Sie den Rest Ihrer Mannschaft, ob sie wissen, warum er mit Mrs. Boggs gesprochen hat. Wenn Sie etwas herausfinden, lassen Sie es mich-«

»Klar, kein Problem.«

»Kannten Sie seine Freunde? Hat er jemanden mit auf die Insel gebracht?«

»Nein. Es ist niemandem gestattet, auf der Insel zu sein, der nicht von der Familie eingeladen wurde.«

»Wissen Sie etwas über Sanchez' Familie?«

»Nur, dass seine Mutter ziemlich krank war. Ich glaube, irgendetwas mit den Nieren.«

»Fällt Ihnen irgendetwas Ungewöhnliches ein, irgendetwas Außergewöhnliches, egal wie geringfügig, im Zusammenhang mit Raul Sanchez?«

»Ich wünschte, da wäre etwas, aber mir fällt nichts ein.«

»Wenn Ihnen etwas einfällt, egal was, lassen Sie es mich wissen.«

»Okay. Sagen Sie, Sie glauben doch nicht, dass er etwas mit ihrem Mord zu tun hatte, oder?«

»Tut mir leid, Eduardo, aber dazu kann ich mich nicht äußern.«

VARGAS und ich beendeten die Befragungen des Personals bei Paradise Granite. Eine graue Steinplatte war auf einen Arbeiter gefallen und hatte ihm beinahe den Unterschenkel abgetrennt. Obwohl der Gabelstaplerfahrer angab, das Stück sei abgerutscht, stützten zwei andere Arbeiter die Behauptung des Verletzten, es sei eine vorsätzliche Tat gewesen.

Die Sichtung des Videomaterials von einer Kamera, die zu weit vom Geschehen entfernt war und sich in einem schlecht beleuchteten Lagerhaus befand, half uns nicht dabei, festzustellen, wer Recht hatte. Wir nahmen das Video mit, zuversichtlich, dass das Labor uns sagen könnte, ob wir es mit einem versuchten Mord zu tun hatten, und gingen.

Während wir in unserem schwarzen Crown Victoria die Shirley Street entlangfuhren, verlagerte sich das Gespräch schnell vom Arbeitsunfall auf den Mord an Marilyn Boggs.

»Was sagt dir dein Bauchgefühl, Vargas? Ich traue diesem Sanchez-Typen kein bisschen, aber der Ehemann hatte eindeutig ein Motiv und plante, sie um die Ecke zu bringen.«

»Wenn wir nicht die Verstrickung mit der mexikanischen Bande aufgedeckt hätten, würde ich sagen, Sanchez war nur ein Dieb. Jetzt bin ich mir da nicht mehr so sicher.«

»Ich weiß, was du meinst.«

Als wir an der Ecke Pine Ridge an einer roten Ampel hielten, sagte Vargas: »Aber wie du schon sagst, die meisten Morde werden von jemandem begangen, der dem Opfer nahesteht. Die Ehe lag in Trümmern, und der Ehemann wurde, egal was er sagt, gedemütigt, als Idiot hingestellt.«

»Er hat sie am Tag ihres Todes zur Rede gestellt.«

»Und er hat nach Wegen gesucht, sie zu töten.«

Ich sagte: »Und der gute alte Treuhandfonds war vollgepackt mit zwanzig Millionen Gründen, es zu tun.«

»Wir brauchen etwas, das ihn mit der Messerstecherei in Verbindung bringt. Irgendeinen Durchbruch.«

»Wie oft haben wir das in den letzten paar Jahren schon gesagt? Jeder Fall kommt an einen toten Punkt. Ist mir egal, welcher, sie alle tun es. Wir machen das, was wir immer tun, bleiben dran und dann werden wir für unseren eigenen Durchbruch sorgen.«

»Höre ich da etwa aufgesetzte Tapferkeit?«

Sie hatte recht, aber manchmal muss man einfach so tun, als ob, um es zu schaffen. »Nein, ich glaube wirklich daran.«

Wir fuhren fünf Minuten schweigend, als ich sagte: »Um auf Sanchez zurückzukommen, eine Sache, die mir zu denken gibt, ist, warum er nicht einen ganzen Haufen Schmuck gestohlen hat, ganz zu schweigen von, was, fünfzig Riesen, die im Schlafzimmer herumlagen?«

»Vielleicht versuchte er, seinen Job zu behalten, nur ein paar Gegenstände mitzunehmen, die Sache nicht eskalieren zu lassen.«

»Wenn das der Fall gewesen wäre, hätte es nicht lange gehalten. Seine Gier hätte ihn dazu getrieben, den Einsatz zu erhöhen.«

»Ich weiß nicht, ob er die ganze Zeit, die er in den Staaten war, viele kleine Dinger gedreht hat.«

»Tja, dann wäre er der erste Kerl, der seine Gier unter Kontrolle hält, damit er nicht auffliegt.«

»Aber das hat er nicht, er wurde erwischt.«

»Etwas hat mich die ganze Zeit beschäftigt. Die fünfzigtausend in bar. Ich weiß, diese Leute spielen in einer anderen Liga, aber ich habe irgendwo gelesen, dass Warren Buffet nicht einmal eine Brieftasche bei sich trägt. Warum sollte irgendjemand in der heutigen Welt der Geldautomaten, PayPals und Überweisungen so viel Bargeld brauchen?«

»Vielleicht als Absicherung gegen eine Katastrophe?«

»Das kaufe ich dir nicht ab. Sie wären bei einer Katastrophe nicht allein; das Familienbüro hat wahrscheinlich mehrere gut bestückte Bunker für den Katastrophenfall angelegt.«

»Man kann nicht behaupten, dass sie nicht gründlich sind.«

Ich wechselte auf eine Abbiegespur und er fragte: »Was machst du?«

»Mir ist gerade etwas eingefallen. Wir müssen mit Sanchez reden.«

»Wirst du mich einweihen?«

39

LUCA

Während ich auf das Whiteboard starrte, auf dem alle Akteure des Falls verzeichnet waren, kreisten meine Gedanken immer wieder um die Affäre. Wie eine Krake hatte sie mehrere Tentakel, die zum Mord geführt haben könnten. Hatte Gideon sie aus Eifersucht umgebracht oder um sicherzustellen, dass er die zwanzig Millionen aus dem Treuhandfonds bekommen würde? Wollte Marilyn die Scheidung, scheute aber die Verluste für den Fonds, was sie dazu veranlasste, Gideon töten zu wollen, woraufhin er zurückschlug? War es ein Liebhaberstreit mit Barnet, der aus dem Ruder gelaufen war?

Ich las meine Notizen durch. Bei der Überprüfung der Beziehung zwischen Marilyn Boggs und John Barnet tat sich eine Frage bezüglich ihres Verlaufs auf. Patty Clermont glaubte, sie habe sich abgekühlt, und sagte sogar, Marilyn sei, was die Affäre anging, still geworden.

Ein paar spitze Fragen an sie würden den zeitlichen Ablauf klären, aber ich wollte ihr nicht persönlich gegenübertreten, so wie ich es eigentlich sollte. Sie war nicht mein Typ, aber ich hatte gelernt, nichts zu riskieren; in diesem Zweiundvierzigjährigen steckte nur noch begrenzt viel Willenskraft. Ein Interview am Telefon zu führen, war nicht nur vorschriftswidrig, sondern beraubte mich auch jeder Körpersprache, die ich hätte deuten können. Und ihr Körper war Lesestoff für den Pulitzer-Preis.

Ich wählte ihre Nummer, bevor ich es mir anders überlegen konnte.

»Miss Clermont? Hier ist Detective Luca.«

»Oh, was für eine angenehme Überraschung. Wie geht es meinem Clooney-Klon?«

Das war clever. So hatte ich das noch nie gehört. »Ich würde Ihnen gerne eine Frage stellen.«

»Ja, ich habe morgen Abend Zeit.«

Man nennt aggressive Frauen Pumas, aber diese Clermont spielte in ihrer eigenen Liga.

»Ich wollte Sie etwas zu Marilyn und John Barnet fragen. Als wir uns trafen, sagten Sie, Sie dächten, die Beziehung würde sich abkühlen. Erinnern Sie sich?«

»Ich vergesse nie einen gut aussehenden Mann, besonders nicht, wenn er an meiner Tür auftaucht.«

Es war unangenehm, aber auch irgendwie beruhigend, dass ich sie innerhalb weniger Minuten nach unserem Kennenlernen richtig eingeschätzt hatte.

»Es ist wichtig, dass ich den Zeitablauf, den Bogen ihrer Beziehung, verstehe. Können Sie das für mich tun?«

»Alles, Detective, glauben Sie mir, alles, was Sie wollen.«

Das Geräusch eines Laubbläsers drang durchs Telefon. »Gut. Sie sagten, Marilyn sei wie ein Schulmädchen gewesen, als sie die Affäre mit Barnet anfing. Ist das zutreffend?«

»Marilyn war Hals über Kopf verliebt. Es war erfrischend zu sehen, wie jemand sich so hemmungslos amüsierte.«

»Hat sie jemals erwähnt, sich von ihrem Mann scheiden lassen zu wollen?«

»Nicht wirklich. Es ging nicht um Gideon. Ihr Männer scheint das nie zu verstehen; es ging um sie.«

War Clermont eine weitere Frau, deren Scheidung sie in eine Feministin verwandelt hatte? »Können Sie ›nicht wirklich‹ präzisieren? Hat sie darüber gesprochen oder nicht?«

»Jede Rede von Scheidung, die ziemlich allgemein war, habe ich als Luftablassen von Marilyn aufgefasst. Kein Plan, einfach nur wie eine Art Ventil für sie.«

»Ich verstehe. Würde es Sie überraschen, dass Gideon behauptet, sie hätte ihm gesagt, sie wolle die Scheidung?«

»Ich bilde mir ein, dass wir beide uns nahestanden, also kann ich mir nicht wirklich vorstellen, dass sie mir so etwas nicht erzählt hätte. Aber in Wahrheit würde mich nichts überraschen, Detective, außer Sie kämen vorbei.«

»Sie erwähnten die Episode, in der Barnet sie angeblich beim Sex gefilmt hat.«

»Es war nicht angeblich, er hat es getan.«

»Zuvor sagten Sie, Sie dächten, es sei gewesen, um ihr Sexleben aufzupeppen. Sie dachten, Barnet würde sich langweilen.«

»Könnte sein. Marilyn war, nachdem sie darüber hinweg war, gefilmt worden zu sein, deswegen besorgt.«

»Begann die Beziehung nach der Filmepisode abzuflauen?«

»Marilyn war wütend, dass sie gefilmt wurde, und etwa eine Woche lang war die Stimmung mies. Aber Marilyn, sie konnte nicht lange böse sein. Das war eines der Dinge, die ich an ihr liebte und, ehrlich gesagt, bewunderte. Sie war ein besonderes Mädchen.«

Wenn man so reich wäre wie die Boggs, würde es einem wahrscheinlich auch schwerfallen, lange böse zu bleiben.

»Lief die Beziehung wieder?«

»Ja. Die Dinge schienen für sie wieder gut zu laufen.«

»Wie lange hielt diese gute Phase an?«

»Eine oder zwei Wochen.«

»Dann sagten Sie, etwas an ihr sei anders gewesen.«

»Sie veränderte sich, wurde sehr still und wollte nicht über Barnet reden. Etwas hat sie beschäftigt und es hatte mit ihm zu tun. Da bin ich mir sicher.«

40

GIDEON BRIGHTHOUSE

Ich kippte meine leere Flasche um und schüttelte mir die letzten Tropfen in den Mund, sobald Gerey aus dem SUV stieg. Was genau meinte er nur damit, dass es noch »ein weiter Weg« sei?

Als wir wieder auf der 41 waren, löste sich die Fata Morgana, die Crowley erschaffen hatte, in Luft auf. Ich steckte in Schwierigkeiten. Sobald ich auf der Insel ankäme, würde ich die Pilze vernichten müssen. Sie zu verbrennen war die beste Methode; nichts als Asche, die ich im Golf verstreuen konnte. Ich würde aufpassen müssen, keinen der Dämpfe einzuatmen; das könnte tödlich sein. Was für eine Wendung das wäre.

Ich würde sie loswerden müssen, bevor die Polizei sie fände. Das durfte nicht passieren. Es würde ihnen einen handfesten Beweis liefern und ich wäre erledigt. Ich würde es niemals überleben, in einer kleinen Zelle zu wohnen; ich würde in der ersten Nacht an einem Herzinfarkt sterben. Sich um die Pilze zu kümmern war gefährlich, aber sie mussten weg.

Als der Fahrer wiederholte, dass er so schnell fahre, wie er könne, kam mir der Gedanke, Gerey zu fragen, wie viel Ärger mir die Pilze einbrocken würden. Vielleicht musste ich es gar nicht riskieren, sie loszuwerden, aber würde Gerey mich an die Familie verraten? Es gab die anwaltliche Schweigepflicht, die ihn daran hinderte, aber da die Boggs sein Gehalt zahlten, würde er einen Weg finden, ihnen einen Tipp zu geben.

Und was war mit Crowley? Er war Strafverteidiger, verteidigte alle möglichen Leute, von denen die meisten wahrscheinlich das getan hatten, was man ihnen vorwarf. Er war es gewohnt, Informationen vertraulich zu behandeln. Ich könnte ihn fragen. Das würde ich tun.

Als wir am Dock ankamen, wurde mir klar, dass Crowley von Gerey hinzugezogen worden war und Gerey wohl berichten müsste, was ich ihm erzählte. Der Gedanke, mit einer solch giftigen Substanz hantieren zu müssen, erzeugte eine Anspannung zwischen meinen Schultern, die sich noch verschlimmerte, als wir auf die Jacht kletterten. Warum hatte ich nicht eine zweite Flasche mit Valium versetztem Wasser an Bord versteckt?

Mein Herz begann zu hämmern, als ich mich daran erinnerte, wie Gerey mir gesagt hatte, ich solle die Finger von meinen Medikamenten lassen. Wie sollte ich das alles durchstehen? Ich war krank. Jeder wusste, dass ich das nicht verkraften konnte. Wie lange noch, bis wir Keewaydin erreichten? Ich ließ den Kopf über die Reling hängen, aber die Insel war nirgends zu sehen.

Als wir um die Ecke von Galleon bogen, konnte ich Nelsons Walk und die Nordostspitze von Keewaydin sehen. Sie hatte noch nie so gut ausgesehen.

41

LUCA

Ich las den Bericht durch und hatte das Gefühl, wir hätten endlich den erhofften Durchbruch.

Die Computerfreaks vom Kriminallabor hatten eine Transaktion ausfindig gemacht, die Brighthouse mit einer russischen Firma namens Beatrice Solutions getätigt hatte. Russland? Schon wieder? Als die Firma nicht auf die Anfrage des Labors reagierte, baten sie die russische Politsiya um Amtshilfe. Ich war überrascht, dass die Russen so schnell antworteten und bestätigten, dass Beatrice eine tödliche Menge Knollenblätterpilze an Brighthouse verkauft und geliefert hatte.

Das war kein bloßes Wunschdenken mehr von Brighthouse. Er war zur Tat geschritten und hatte ein tödliches Gift gekauft, um seine Frau umzubringen. Sobald wir die Pilze fänden, hätten wir einen handfesten Beweis für seine Absicht. Damit ließ sich arbeiten, dank der Freaks und – von allen Leuten – ausgerechnet den Russen.

Nachdem ich nach Knollenblätterpilzen gegoogelt hatte, verstand ich, warum Gideon sie gewählt hatte; es waren die giftigsten Pilze überhaupt und sahen essbaren Arten zum Verwechseln ähnlich. Der Knollenblätterpilz wuchs in ganz Europa wild und seine giftigen Amatoxine widerstanden auch Kochtemperaturen.

Diese Pilze waren echt übel. Wenige Stunden nach dem Verzehr leidet man an heftigen Bauchschmerzen, Erbrechen und blutigem Durchfall. Dann versagen Leber, Nieren und das zentrale Nervensystem, was zu Koma und Tod führt. Was für eine schreckliche Art zu sterben! Gideon musste seine Frau wirklich gehasst haben.

Ich musste unweigerlich daran denken, wie der Vater das alles mit seinen Strafen bei einer Scheidung in Gang gesetzt hatte. Wie würde der alte Herr sich wohl fühlen, wenn er wüsste, dass sein Schwiegersohn auf diese Weise plante, seine kleine Tochter umzubringen?

Ich telefonierte gerade, als Vargas ins Büro hereinschneite. Sie trug eine Cordhose, die ihre Figur wunderbar betonte. Sie wollte gerade zum Hörer greifen, doch ich winkte ab und beendete mein Gespräch.

Ich wedelte mit dem Bericht und fragte: »Rate mal, was die Computerfreaks von der Forensik aufgetrieben haben?«

»Brighthouse?«

»Genau. Gideon, diese Schlange, hat tödliche Pilze auf irgendeiner russischen Website gekauft.«

»Er ist zur Tat geschritten?«

»Und wie. Diese Pilze, sie heißen Knollenblätterpilze, sind tödlich. Man braucht nur eine winzige Menge, und sie sehen aus wie gewöhnliche Pilze.«

»Ich wette, er wollte etwas davon zu dem anderen Gemüse geben, das sie in den Entsafter wirft.«

Ich hasste es, es zuzugeben, aber ich hatte den Entsafter auf der Küchentheke ganz vergessen.

»Stimmt genau. Die arme Frau hätte nie geahnt, dass sie sich ihren eigenen Todescocktail mixt. Es gibt eine ganze Reihe von Leuten, sogar berühmte wie Papst Clemens und ein römischer Kaiser, die sie versehentlich gegessen haben und darüber ins Gras gebissen haben.«

»Wirklich?«

»Es ist eine super üble Art zu sterben. Deswegen will ich diesen Kerl umso mehr drankriegen.«

»Ist das eine illegale Substanz?«

»Nein, sie wachsen in ganz Europa wild. Sie sind nicht wie Rizin chemisch verändert.«

»Das kommt doch vom Wunderbaum, oder?«

»Ja, aus dessen Samen. Mann, ich wünschte, diese Pilze wären illegal. Wenn sie es wären, könnten wir Brighthouse hierherschleifen und ihn in die Mangel nehmen.«

»Meinst du, wir können einen Plan aushecken, um ihm vorzugaukeln, er habe gegen das Gesetz verstoßen?«

»Die Idee gefällt mir, aber ich bezweifle, dass wir das bei Crowley und Gerey durchkriegen.«

42

LUCA

Ich ging an den sprudelnden Wasserfontänen entlang, bog um die Ecke, kam am Louis-Vuitton-Geschäft vorbei, und da war er. Da saß Barnet, den Arm über die Rückenlehne einer Bank gelegt. Ein Streifen seiner gelben Socken blitzte unter dem Saum seiner weißen Khakihose hervor, farblich passend zu seinem Hemd. Die Augen geschlossen, hielt er das Gesicht in die Sonne. Wollte er mit der Sonne seine zwielichtige Art kompensieren?

Ich musterte ihn einen Moment lang, bevor ich das rote Ausverkaufsbanner bemerkte, das über seiner Schulter hinweg zu sehen war. Fünfzig Prozent Rabatt auf Weine? Das war ein erheblicher Preisnachlass; vielleicht konnte ich einen dieser Weine probieren, die er so sehr schätzte.

»Mr. Barnet?«

Er nahm den Arm von der Banklehne und sagte: »Was? Oh, äh, hallo.«

»Tanken Sie ein bisschen Sonne?«

»Ich mache nur eine kurze Pause. Sind Sie auf Einkaufstour?«

»Nicht direkt. Haben Sie ein paar Minuten Zeit?«

Barnet sah auf seine Uhr. »Ähm, ich weiß nicht. Ich habe einen Termin.«

»Das geht ganz schnell.«

Barnet stand auf. »Können wir im Gehen reden? Nichts gegen die Polizei, aber das ist schlecht fürs Geschäft.«

»Verstehe.«

Wir gingen in Richtung Saks und sahen zwei mit Paketen beladenen Frauen hinterher.

»Scheint ja keinen Mangel an Frauen zu geben, die sich Zweitausend-Dollar-Handtaschen kaufen.«

»Ich würde sie liebend gern zu Sammlerinnen von Bordeaux machen.«

»Ich sehe, Sie haben einen ziemlich großen Ausverkauf. Laufen die Geschäfte nicht so gut?«

»Es ist nicht allzu schlecht. Wir müssen etwas Inventar loswerden.«

»Hatte Marilyn viel Bargeld bei sich?«

Barnet machte einen Stolperschritt. »Bargeld? Nein, ich glaube nicht. Aber es ist ja nicht so, als hätte ich ihre Tasche durchwühlt.«

»Sie haben beträchtliche Geschäfte mit ihr gemacht, nicht wahr?«

»Ich würde es nicht als beträchtlich bezeichnen. Aber ja, Barnet's hat etliche Veranstaltungen für Marilyn ausgerichtet.«

»Haben Sie nicht alle ihre Veranstaltungen ausgerichtet?«

»Das würde ich gerne glauben. Barnet's hat immer für sie geliefert, aber man weiß ja nie.«

Es ging mir immer gegen den Strich, wenn Leute in der dritten Person von sich sprachen. Was sollte das? Der

Versuch, sich krampfhaft aufzuwerten? Ich konnte das Spiel aber mitspielen.

»Uns wurde gesagt, dass Barnet's bei ein paar Gelegenheiten seine Dienste zu teuer abgerechnet hat.«

»So sehr wir uns auch bemühen, wir sind nicht davor gefeit, einen kleinen Fehler zu machen.«

»Soweit ich weiß, war es mehr als nur ein kleiner Fehler.«

»Da müsste ich die Einzelheiten prüfen.«

»Hat Barnet's auch anderen Kunden außer Marilyn Boggs zu viel berechnet?«

Barnet blieb stehen, sah sich nach beiden Seiten um und sagte: »Detective Luca, ich verbitte mir die Unterstellung, dass meine Beziehung zu Marilyn irgendetwas anderes damit zu tun hatte, außer dass wir einen simplen Fehler gemacht haben.«

»Soweit ich weiß, war es mehr als ein Fehler. Leute, die mit den Umständen vertraut sind, glauben sogar, dass Barnet's die überhöhten Rechnungen wissentlich inszeniert hat.«

»Tatsächlich? Wenn sie Beweise haben, warum erheben sie dann keine Anklage?«

»Sie wissen ganz genau, dass Wohltätigkeitsorganisationen sich selbst gefährden würden, wenn sie offenbaren, dass sie hereingelegt wurden. Sie würden das Vertrauen ihrer Unterstützer verlieren.«

»Detective, da muss ich Sie unterbrechen. Sie verwenden Worte, die für Barnet's verleumderisch sind, und das weiß ich nicht zu schätzen.«

Es war gespielte Empörung, aber es hatte keinen Sinn, ihn zu sehr in die Defensive zu treiben.

»Schon gut. Gibt es einen Grund, warum Marilyn fünfzigtausend Dollar in bar in ihrer Nachttischschublade haben sollte?«

Er hielt inne, dann strich er sich über seinen Van-Dyke-Bart. Die Frage war, ob es gespielte oder echte Nachdenklichkeit war.

»Wie Sie wissen, sind sie extrem reich. Ich wüsste nicht, warum sie das tun sollte, aber ich weiß es wirklich nicht.«

»Irgendetwas Illegales wie Drogen, das Bargeld erfordert hätte?«

Er lächelte. »Nein, nicht bei Marilyn. Vielleicht hat sie das Personal in bar bezahlt. Gott weiß, davon gibt es ja genug.«

»Hat sie Ihnen erzählt, dass ein Teil ihres Schmucks gestohlen wurde?«

»Ja. Sie war untröstlich, besonders wegen des Ringes, den ihr Vater ihr geschenkt hatte.«

»Hat sie Ihnen irgendeinen Grund zu der Annahme gegeben, dass sie erpresst wurde?«

»Äh, erpresst? Nein, wie kommen Sie darauf?«

»Ich lote nur mögliche Motive aus.«

»Das scheint mir weit hergeholt. Vielleicht gehörte das Geld ihrem Mann. Haben Sie daran gedacht?«

Nein, wer würde denn jemals auf so etwas kommen? Was dachte dieser Barnet eigentlich – dass ich das zum ersten Mal machte?

43

LUCA

ICH BEKREUZIGTE MICH UND HIELT DEN ATEM AN, BIS DIE Räder den Boden berührten. Allein die Tatsache, wieder zu Hause zu sein, gab mir sofort einen Schub. Ich bin nicht sicher, wie das funktioniert, aber sechs Stunden lang zu sitzen, laugt einen aus. Und obendrein kostete mich dieser sechsstündige Flug plus der dreistündige Zeitunterschied einen ganzen Tag. Ich war begierig darauf, dem nachzugehen, was LAPD-Detective Alonzo herausgefunden hatte, und fragte mich, ob dies der Durchbruch in dem Fall sein könnte.

Alonzo, der Mitte vierzig zu sein schien, überraschte mich. Sobald wir uns trafen, hatte ich ihn als seltsam und unnahbar abgestempelt. Aber er belehrte mich eines Besseren und entpuppte sich als guter Kerl und noch besserer Polizist. Alonzo war die Sache nicht egal, und mehr konnte man nicht verlangen.

Die Informationen, die er zutage gefördert hatte, würden sehr dabei helfen, Morgan von meinem Hals zu halten. Es war überraschend, dass er keinen Stunk gemacht hatte, als ich erwähnte, nach Los Angeles zu fahren. Beim Aussteigen dachte ich, es müsse daran liegen, dass er hoffte, den Mord einem Außenstehenden in die Schuhe schieben zu können.

Vargas holte mich ab. *Mann, was für ein Unterschied zum LAX,* dachte ich, als ich mich durch das Terminal bewegte. Der Regionalflughafen Southwest war hell, luftig und hatte eine entspannte Atmosphäre. Es ist nicht so, als wäre ich überall gewesen, aber der Flughafen von L.A. hatte neben einer alternden Bausubstanz auch einen starken Geruch nach Kerosin. Wer weiß, vielleicht hat der Geruch etwas mit der mangelnden Luftfeuchtigkeit und dem fehlenden Regen zu tun.

Vargas fuhr in einem dunkelblauen Explorer vor. Ich warf meine Reisetasche auf den Rücksitz und sprang hinein. Sie sagte: »Guten Flug gehabt, hm?«

Nickend sagte ich: »Bin aber froh, wieder zu Hause zu sein. Wir haben eine Menge Zugezogene, aber die meisten von ihnen bringen ihre Probleme nicht mit. Aber in L.A.? Jeder da draußen hat eine Geschichte, warum er dorthin gegangen ist. Ich kann dir sagen, die haben vielleicht besseres Wetter als da, wo sie herkamen, aber diese Clowns haben immer noch dieselben Probleme.«

»Nicht umsonst nennt man es La-La-Land.«

Mir wurde klar, dass ich nicht nur mein Zuhause vermisst hatte, ich hatte Vargas vermisst. »Da sagst du was.«

»Am Telefon hast du gesagt, du hättest eine neue Spur zu Barnet.«

»Stell dir vor, Alonzos Schwester wurde von irgendeinem Brasilianer auf Match.com übers Ohr gehauen. Dieser Kerl heuchelte Interesse an ihr und sagte, er würde sie besuchen kommen. Dann, in letzter Minute, erzählte er ihr irgendeinen Scheiß wegen eines Visums und sagte, er bräuchte zwanzigtausend, sonst könne er Brasilien nicht verlassen.«

»Sag nicht, sie hat das Geld geschickt.«

Ich nickte. »Schwer zu glauben, dass so ein Mist tatsächlich passiert.«

»Ich weiß, aber es scheint, als hätte Alonzo eine besondere Motivation gehabt, der Sache nachzugehen.«

»Kein Zweifel. Er hat sich mehr reingehängt als jeder andere kooperierende Beamte, seit ich meine Marke habe. Dieser Detective Alonzo, er war ein wenig seltsam, aber er hat kapiert, worauf wir aus waren. Wie auch immer, wie ich schon sagte, Barnet wurde angezeigt, weil er mindestens zwei Frauen gefilmt hatte, mit denen er eine Affäre hatte.«

»Zweimal verhaftet?«

»Ja, aber die Frauen haben die Anzeigen fallengelassen.«

»Beide?«

»Ja, das ist es, was Alonzo gestört hat. Er hätte es dabei belassen können, hat aber stattdessen weiter nachgeforscht. Er hat eine Frau ausfindig gemacht, Nancy Grillo. Sie ist nicht in derselben Liga wie Boggs, hat aber trotzdem eine ordentliche Menge Knete.«

»Sie hat gesagt, Barnet hat versucht, sie zu erpressen?«

»Nein, aber Alonzo glaubt, dass da was im Busch ist.«

»Wieso?«

»Sie und Barnet hatten ein paar Monate lang was miteinander, so ähnlich wie bei Boggs. Dann, laut einer ihrer Freundinnen, hat Barnet sie beim Sex gefilmt, genau wie er es bei Marilyn getan hat.«

»Okay, aber das sagt mir nicht viel.«

»Die Sache ist die, direkt nachdem sie ihrer Freundin davon erzählt hat, ist sie verschwunden.«

»Verschwunden?«

»Sie hat sich aus dem Staub gemacht. Schließlich hat sie ihr Haus verkauft und alles. Sie blieb mit Freunden in Kontakt, hat aber nie gesagt, wo sie war. Nachdem Barnet Los Angeles verlassen hatte, ließ sie ihre Freunde wissen, dass sie nach Vail gezogen war.«

»Hast du mit ihr geredet?«

»Nein, sie ist in Shanghai und kommt erst in zehn Tagen zurück. Alonzo denkt, dass sie sich mir gegenüber vielleicht öffnet.«

»Und warum das?«

»Hey, können wir nicht einfach sagen, das ist mein Stil?«

Sie runzelte die Stirn. »Wenn du meinst.«

Ich hatte gehofft, sie würde etwas Nettes sagen. »Ich bin nicht vom LAPD. Sie muss sich keine Sorgen machen, da draußen in irgendetwas hineingezogen zu werden oder in ihrer Heimatstadt Vail.«

»Aber wenn wir sie als Zeugin brauchen?«

»Ich wette, wenn wir etwas von ihr bekommen, knacken wir Barnet.«

44

LUCA

Ich spürte Sanchez' Anwalt auf, dessen kämpferische Haltung nachgelassen hatte. Da er mit Fällen überlastet war, stimmte er zu, dass ich seinen Mandanten sehen durfte, unter der Bedingung, dass ich das Gespräch aufzeichne und ihm sofort eine Kopie schicke.

Sanchez trug gestreifte Gefängniskleidung und zog eine finstere Miene. Der Justizvollzugsbeamte kettete ihn an den grauen Stahltisch und zog sich in eine Ecke des Raumes zurück.

»Wo ist mein Anwalt?«

Ich lockerte meine Krawatte und öffnete den obersten Knopf. »Der sitzt vor Gericht fest.«

»Ohne ihn haben wir nichts zu bereden.«

»Er hat diesem Treffen zugestimmt.« Ich zog die Vollmacht heraus, die sein Anwalt unterschrieben hatte, und reichte sie ihm.

Sanchez sah sie sich an. »Woher soll ich wissen, dass das kein Trick ist?«

»Ob Sie es glauben oder nicht, sehen Sie die kleinen

Kameras da oben? Alles wird dokumentiert, stimmt's, Officer?«

Der Justizvollzugsbeamte bestätigte es, und wir legten los.

»Wie war Ihr Verhältnis zu Mrs. Boggs?«

»Ich habe da nur gearbeitet. Ich kannte die Dame nicht.«

»Sie haben nur ein paar Schmuckstücke gestohlen.«

»Drei Ringe und eine Halskette, das ist alles.«

»Aber da waren Hunderte von Schmuckstücken. Alle extrem wertvoll, und Sie wollen mir weismachen, dass Sie nur vier Teile gestohlen haben.«

»Es ist wahr, das ist alles, was ich mitgenommen habe.«

»Und warum? Warum haben Sie eine solche Schatztruhe übersehen? Sie hätten ausgesorgt haben können, wenn Sie den ganzen Schmuck versetzt hätten.«

»Ich wollte nicht erwischt werden. Ich brauchte nur etwas Geld, um meiner Mutter zu helfen.«

»Das ist sehr edel von Ihnen, aber da gibt es etwas, das mich interessiert. Wie haben Sie bei so viel Auswahl entschieden, welche Stücke Sie stehlen?«

»Die lagen auf einem Regal.«

»Wussten Sie, dass der rote Cocktailring, den Sie gestohlen haben, Mrs. Boggs' Lieblingsstück war?«

Er schüttelte den Kopf.

»Dass es ein Ring war, den ihr Vater ihr geschenkt hatte und der einzige, an dem ihr wirklich etwas lag?«

»Davon weiß ich nichts.«

»Sie erwarten von mir, dass ich glaube, die Wahl ihres Lieblingsrings sei reiner Zufall gewesen?«

»Es ist die Wahrheit, ich schwöre es.«

»Wie putzig, dass Sie darauf schwören. Aber Mrs. Boggs war eine Person mit unbegrenzten Mitteln, mit Schmuck im Wert von über zwei Millionen Dollar, und das Stück, das Sie mitgenommen haben, ist das einzige, das sie für unersetzlich hielt. Wie hört sich das für Sie an?«

»Aber genau so ist es passiert.«

»Sie sagten, Sie kannten Mrs. Boggs nicht. Ist das richtig?«

»Ja, ich kannte die Dame nicht.«

»Aber man hat Sie mit ihr reden sehen.«

Er zögerte eine Mikrosekunde. »Das war nichts. Nur so was wie ›Hallo, wie geht's Ihnen?‹«

»Wirklich? Nur die üblichen alltäglichen Nettigkeiten?«

Er nickte. »Genau.«

»Wissen Sie, was ich denke? Ich denke, Sie haben versucht, Ihrer Arbeitgeberin schlappe fünfzig Riesen abzupressen.«

»Wovon reden Sie da?«

»Sie wussten, dass Mrs. Boggs an einem Ring hing, den sie von ihrem Papa bekommen hatte, und den haben Sie gestohlen. Sie konnten Ihre Gier nicht im Zaum halten und haben noch ein paar andere Stücke mitgenommen. Als der Ring dann fehlte, sind Sie zu ihr gegangen, haben vielleicht versucht, den Helden zu spielen und gesagt, Sie könnten den Ring für fünfzigtausend in bar zurückbekommen.«

Er schüttelte den Kopf. »Nein, das ist verrückt.«

»Meinen Sie? Warum hatte Marilyn Boggs dann fünfzigtausend Dollar in genau dem Schlafzimmer, in das Sie eingebrochen sind? Das Geld muss nach dem Diebstahl dorthin gelegt worden sein, sonst hätten Sie es auch mitgenommen. Sagen Sie mir, welchen anderen Grund hätte Mrs. Boggs haben sollen, so viel Geld in ihrem Schlafzimmer aufzubewahren?«

»Ich weiß es nicht. Ich schwöre es.«

»Raul, ich möchte Ihnen ja glauben, dass Sie von all dem nichts wussten. Aber da gibt es ein kleines Problem.«

»Welches Problem? Es ist die Wahrheit.«

»Es klänge glaubwürdiger, wenn Sie nicht wegen Erpressung und Nötigung vorbestraft wären. Sehen Sie«, ich hielt sein Vorstrafenregister hoch, »Sie haben Erfahrung mit diesem Spielchen, und genau wie früher werden Sie dafür drankommen.«

»Ich habe nichts mehr zu sagen. Bringen Sie mich zurück in meine Zelle.«

45

LUCA

Dies war das zweite Mal innerhalb weniger Wochen, dass ich im Westen war. Ich hatte mich vor meiner Abreise nach dem Wetter in Vail erkundigt, und der Bericht hatte eine Höchsttemperatur von 41 und eine Tiefsttemperatur von 26 Grad vorausgesagt, aber der Mietwagen zeigte 74 Grad an. Als ich die lange Zufahrtsstraße vom Denver International Airport verließ, tauchte ich in eine Postkartenlandschaft ein; schneebedeckte Berge reflektierten die Sonne vor einem strahlend blauen, wolkenlosen Himmel. Keine einzige Palme in Sicht, aber es war schön und warm.

Auf dem Weg hinauf auf der Route 70 wurden die mit Kiefern und Espen bewachsenen Berge größer, während das Tal und seine Autobahn schrumpften und die Temperatur unter 60 Grad fiel. Als ich durch die erste von mehreren alten Bergbaustädten fuhr, knackte es in meinen Ohren. Ein leichter Schneefall, der eingesetzt hatte, hörte auf, als ich aus dem Eisenhower-Tunnel kam.

Die Sonne begann, mit den Rockies Verstecken zu spielen, und ich drehte die Heizung auf. Die Temperatur fiel unter 50 Grad, und die vom Schneepflug aufgetürmten Haufen wurden größer. Häuser schienen an Orten zu thronen, die mit dem Auto unerreichbar waren. Wie kamen die Leute bei all dem Schnee dorthin? Diese Häuser waren groß und hatten Glaswände, genau wie in Florida. Ich musste mir unbedingt ein Immobilienmagazin besorgen, um zu sehen, wie der Markt hier draußen so war.

Ich fuhr an der Ausfahrt nach Vail vorbei und steuerte das Holiday Inn in Avon an, wo die Zimmerpreise ein Viertel derer in Vail Village betrugen. Die dickste Jacke, die ich besaß, war ein alter Parka, den ich für meine Fahrten nach New Jersey aufbewahrte. Ich zog ein Sweatshirt mit dem Aufdruck des Naples Surf Club an und den Parka darüber.

Die Sonne war verschwunden, und ich bewegte mich langsam über die glatten Straßen. Als ich mich Vail Village näherte, konnte ich Tausende von funkelnden Lichtern sehen. Nachdem ich geparkt hatte, ging ich auf das zu, was wie das Zentrum des Dorfes aussah. Der Ort sah aus wie die Weihnachtsstadt persönlich. Als ich über eine überdachte Brücke ging, erwartete ich halb, von Elfen begrüßt zu werden.

Die Straßen waren gefüllt mit Skifahrern und Snowboardern in verschiedenen Stadien der Feierlaune. Es war einfach, Pepis Bar und Restaurant zu finden. Das orangefarbene Gebäude schien im Epizentrum von Vail Village zu liegen. Pepis Außenterrasse war brechend voll, und eine Schlange von Hoffnungsvollen nippte an ihren Bieren, während sie auf einen Tisch warteten. Ich war hoffnungsvoller als sie alle zusammen und musste nicht warten, da Nancy Grillo einen Tisch auf meinen Namen reserviert hatte.

Die Empfangsdame führte mich in den Antler's Room, der aussah, als gehöre er in *The Sound of Music*. War ich in Colorado oder in Österreich? An Tischen mit karierten Tischdecken standen unbehandelte, aus Kiefernholz geschnitzte Stühle. Hunderte von Bierkrügen säumten die Regale, und das Personal trug Lederhosen-Outfits. Die Musik war entweder deutsch oder österreichisch, und die Atmosphäre war feierlich.

Nachdem ich ein Bier bestellt hatte, beobachtete ich die Leute. Kellner servierten Essen, das für die Umgebung zu vornehm schien. Ich überflog die Speisekarte. Sie enthielt eine Menge Wildgerichte und war teuer, aber durch die Zeitverschiebung war ich ausgehungert. Nancy Grillo sollte erst in fünfundvierzig Minuten kommen. Bis dahin wäre ich ohne etwas im Magen betrunken.

Ich war nicht mutig genug, das ungarische Gulasch zu bestellen, also entschied ich mich für eine Schüssel Erbsensuppe mit Frankfurtern. Sie war ausgezeichnet und erfüllte ihren Zweck. Als ich mein drittes Bier bestellte, kam eine Frau, zierlich wie ein Vogel, auf mich zu. Sie trug einen maßgefertigten Pelzhut, der zu ihren Stiefeln passte, und einen schwarzen Wildledermantel.

Ich stand auf, aber sie bedeutete mir, sitzen zu bleiben, und schälte sich aus ihrer Jacke. Sie war fast so groß wie Marilyn Boggs. Als sie ihren Hut abnahm, erwartete ich einen Pixie-Schnitt, aber sie hatte ihr goldenes Haar oben auf dem Kopf aufgetürmt.

»Danke, dass Sie sich bereit erklärt haben, sich mit mir zu treffen. Ich verstehe Ihre Skepsis, aber Sie können mir vertrauen.«

Sie war ausdruckslos. »Meine Privatsphäre ist mir wichtig. Ich stehe nicht gerne im Rampenlicht.«

Na ja, wenn das der Fall war, hatte sie sich eine verdammt gute Stadt zum Leben ausgesucht. »Glauben Sie mir, Sie haben nichts zu befürchten. Wie ich Ihnen sagte, suche ich nur nach Hintergrundinformationen über John Barnet.«

Ich sah sie zusammenzucken, als sie seinen Namen hörte.

Ein Kellner hielt an unserem Tisch an und nahm ihre Bestellung für ein Glas Riesling auf.

Nancy senkte ihre Stimme. »Ich habe hier ein gutes Leben. Es war eine Umstellung, aber Sie wären überrascht, wie authentisch die ständigen Bewohner im Tal sind. Während der Skisaison gibt es eine Menge Geprotze, aber die Einheimischen sind bodenständig und haben mich aufgenommen wie eine der Ihren.« Sie huschte ein kurzes Lächeln über ihr Gesicht, bevor es sich zu einem Stirnrunzeln verzog, als sie sagte: »Ich kann nicht schon wieder von vorne anfangen.«

Ich beugte mich vor. »Ich versichere Ihnen, Nancy, was auch immer Sie mir anvertrauen, bleibt unter uns. Es wird nur dazu dienen, meine Ermittlungen in die richtige Richtung zu lenken.«

»Was hat *er* diesmal getan?«

»Das ist es ja, wir sind uns nicht wirklich sicher.«

»Er ist ein sehr trügerischer, gefährlicher Mensch. Ich hatte ihn aus meinen Gedanken verbannt, bis dieser Detective aus Los Angeles anfing, mich anzurufen.«

»Es tut mir leid, das alles wieder aufwühlen zu müssen, aber es ist wichtig.«

Eine Kellnerin trat an unseren Tisch und zählte die Tagesgerichte auf, aber niemand bestellte etwas davon.

Nancy bestellte das Thunfisch-Sashimi, und ich folgte ihrer Empfehlung und bestellte das Lammkarree.

»Ich will Sie nicht drängen. Glauben Sie mir, ich bin dankbar, hier zu sein. Aber könnten Sie mir ein wenig über sich erzählen? Was machen Sie beruflich?«

Sie erklärte, dass ihr Großvater Pilot gewesen war und eine Flugschule in Orange County besessen hatte, nur fünfunddreißig Meilen von Los Angeles entfernt. Der Standort und die Landebahnen machten sie zur perfekten Wahl für einen zweiten Flughafen, und Orange County kaufte sie und benannte sie in John Wayne Airport um. Sie sagte, ihr Großvater und ihr Vater hätten das Geld in Immobilien investiert, und sie sei die alleinige Begünstigte des von ihnen gegründeten Treuhandfonds.

Es war klar, obwohl ich es ihr nicht unter die Nase reiben wollte, dass Barnet sie ins Visier genommen hatte. »Ich nehme an, Bar …«

Sie schüttelte den Kopf.

»Entschuldigung, ich nehme an, er wusste von der finanziellen Situation Ihrer Familie?«

Sie nickte.

»Wie haben Sie ihn kennengelernt?«

Während ich die Tatsache verdaute, dass sie sich bei einer Wohltätigkeitsveranstaltung kennengelernt hatten, servierte ein fröhlicher Kellner unsere Teller und wir, oder besser gesagt ich, machten uns darüber her. Entweder war ich sehr hungrig oder es war das beste Lammkarree, das ich je gegessen hatte. Ich sah mich um und sah mindestens zwei Leute, die die Koteletts wie Lollis in der Hand hielten, was mir die Erlaubnis gab, die ich suchte, um zuzugreifen und daran herumzunagen.

Eine Millisekunde, nachdem ich den letzten Knochen

hingelegt hatte, erschien ein Kellner und räumte den Tisch ab.

»Das Lamm war großartig. Danke für die Empfehlung.«

Nancy lächelte. Es half, ihr etwas unproportioniertes Gesicht weicher wirken zu lassen.

»Ich komme nur ungern auf all das zurück, aber …« Ich hob abwehrend die Hände.

»Schon gut.«

Ich beugte mich vor und sprach im gedämpften Ton eines Bestatters. »Ein Freund von Ihnen erwähnte, dass er ohne Ihre Zustimmung Fotos von Ihnen gemacht hat.«

Sie presste die Lippen zusammen. »Unglaublich.«

»Sie hätten Anzeige erstatten können.«

»Und mich dann von der Presse durch den Dreck ziehen lassen? Nein, danke.«

»Also haben Sie beschlossen, abzuhauen? Wobei man eine Reise nach Vail ja nicht gerade als Flucht bezeichnen kann.«

Sie zuckte mit den Schultern und musterte ihre Hände.

Da steckte mehr dahinter. »Ich verstehe, aber der zeitliche Ablauf verwirrt mich. Die Sache mit der Kamera war ungefähr drei Monate, bevor Sie Los Angeles verlassen haben.«

Nancy rutschte auf ihrem Stuhl hin und her. »Ich … ich musste Vorkehrungen treffen.«

»Haben Sie ihm jemals Geld geliehen oder gegeben?«

Sie biss sich auf die Lippe, wurde aber von einem Kellner gerettet, der die Dessertkarten brachte. Wir bestellten Kaffee und sie schlug vor, dass ich den Strudel probieren sollte. Ich meine, wie könnte man an diesem Ort auch widerstehen?

»Hat er um ein Darlehen gebeten?«

»Ich kann immer noch nicht fassen, wie gutgläubig ich war.«

»Wie viel?«

Sie schüttelte den Kopf. »Zuerst waren es zehntausend, aber beim nächsten Mal waren es zwanzig.«

»Sie haben es ihm gegeben?«

»Ja, aber ich habe ihm gesagt, dass es das war. Er hat immer wieder gefragt, aber ich bin hart geblieben.«

»Wie lief es in der Beziehung, als Sie hart blieben?«

Sie gluckste. »Das war ja das Ding; er hat das total ausgeblendet, als wäre nichts gewesen. Aber mich hat das sehr beunruhigt und ich habe versucht, Abstand zwischen uns zu bringen.«

Unser Kaffee und mein Strudel kamen und ich hatte große Mühe, nicht sofort loszulegen. Ich musste bei der Sache bleiben und sagte mir, der Strudel wäre meine Belohnung. Ich nahm einen Schluck Kaffee, beugte mich vor und riskierte es.

»Ich bin sicher, Sie wissen das nicht, aber das war sein Modus Operandi. Und wenn eine Frau sich weigerte mitzuspielen, filmte er sie und erpresste sie. Ist das passiert?«

Sie nickte und ließ den Kopf hängen. Ich betete, dass sie nicht anfangen würde zu weinen. »Ich hatte Angst vor ihm. Er hat es nie direkt gesagt, aber er hat immer angedeutet, dass er in der Vergangenheit Leute verletzt hatte, und er sprach von körperlicher Gewalt. Ich hätte es wahrscheinlich melden sollen, aber ich hatte Angst und bin abgehauen.«

»Sie brauchen sich absolut für nichts zu schämen. Ehrlich gesagt bin ich stolz auf Sie. Die meisten Frauen wären eingeknickt, aber Sie haben das Richtige getan.«

»Meinen Sie?«

»Ich weiß es. Sie haben ihn zum Teufel geschickt, und

sehen Sie sich an, wo Sie jetzt leben. Wenn Sie mich fragen, ist Vail eine Zillion Mal schöner als L. A. Außerdem, sehen Sie sich mal diesen Strudel an.«

Strudel hin oder her, als ich in die eisige Nachtluft hinaustrat, kribbelten die Härchen in meinen Nasenlöchern. Sie froren zusammen! Das zwang mich, meinen Kommentar über Vail im Vergleich zu Los Angeles noch einmal zu überdenken.

46

LUCA

Nachdem Verizon bei zwei verschiedenen Gerichten Berufung eingelegt hatte, um unsere Vorladung für ungültig zu erklären, knickte das Unternehmen schließlich ein und kam unserer Forderung nach Zugang zu Barnets Cloud-Konto nach. Da Marilyn tot war, war das Video von ihr weit weniger wert, und ich ging davon aus, dass er es wahrscheinlich von seinem Handy gelöscht hatte. Außerdem würde es ihn alarmieren, wenn wir sein tatsächliches Handy zur Untersuchung anfordern oder eine Vorladung dafür erwirken würden.

Die Technik-Freaks von der IT-Forensik zogen acht Videos herunter. Barnet hätte für diesen schmierigen Typen arbeiten sollen, dem das *Hustler*-Magazin gehörte. Ich hatte keinerlei Interesse an dieser Pornografie und ging direkt zum neuesten Video. Ich stutzte. Es hieß, es sei über zwölf Minuten lang. Obwohl es ein legitimer Teil der Ermittlungen war, stand ich auf und schloss meine Bürotür, bevor ich auf »Play« drückte.

Mehr als unangenehm berührt, hielt ich es nach nur einer Minute und zwanzig Sekunden an. Es war unbestreitbar Marilyn Boggs, und wenn sie nicht zugestimmt hatte, würde das Video eindeutig gegen das Gesetz gegen Racheporons verstoßen, vorausgesetzt, es wäre im Internet veröffentlicht worden. Ich fragte mich, ob das Hochladen auf sein Cloud-Konto als Veröffentlichung galt, denn die Suche der Technik-Freaks hatte nichts ergeben.

Das war nicht überraschend. Barnet wollte diese Frauen nicht bloßstellen; soweit ich das beurteilen konnte, wollte er ihr Geld. Trotzdem, wenn dies New York oder Jersey wäre und wir eine der anderen Frauen dazu bringen könnten, eine Anzeige zu erstatten, dass die Aufnahme nicht einvernehmlich war, könnten wir seinen gebräunten Arsch hinter Gitter bringen.

Das war etwas, das man weiterverfolgen konnte, denn es würde Barnet seine perversen Methoden bereuen lassen, ob er Boggs nun getötet hatte oder nicht.

In den Waterside Shops wimmelte es von Käufern und Schaulustigen, aber in Barnet's Wine & Spirits war es ruhig. Eine rothaarige Verkäuferin lächelte mich an, als ich eintrat.

»Kann ich Ihnen heute Nachmittag helfen, etwas zu finden?«

Ich sagte: »Vorerst nicht, danke.«

»Nehmen Sie sich Zeit. Sagen Sie mir Bescheid, wenn ich helfen kann. Mein Name ist Carla, ich bin die stellvertretende Geschäftsführerin.«

Als ich zur italienischen Abteilung ging, bemerkte ich,

dass die Regale nicht voll beladen waren. Es gab ein Dutzend Fächer in jeder Reihe, aber nur die Hälfte war besetzt. Das letzte Mal, als ich hier war, waren sie vollgepackt.

Ich ging weiter zur französischen und kalifornischen Abteilung und stellte fest, dass der Bestand dort ähnlich gering war. War das normal? Weine waren saisonal und er hatte gerade einen großen Ausverkauf. Vielleicht waren die neuen Jahrgänge noch nicht eingetroffen.

Ich drehte eine Runde durch den Laden, kam wieder an der Verkäuferin vorbei und sie sagte: »Sind Sie sicher, dass ich nicht helfen kann?«

»Tatsächlich suche ich einen Wein, den John, ich glaube, er ist der Besitzer, empfohlen hat.«

»Wie war der Name des Weins?«

»Das ist es ja, ich kann mich nicht erinnern.«

»Rot, weiß?«

Ich warf die Hände in die Luft. »Ich weiß, es klingt verrückt, aber er hat ein paar Vorschläge gemacht, die großartig zu sein schienen.«

»John ist ein großer Fan von Bordeaux. War es ein Bordeaux?«

»Nein. Daran würde ich mich erinnern. Ist er zufällig da?«

Sie nickte. »Er ist in seinem Büro. Ich schaue mal, ob er Zeit hat.«

Ich stand links daneben und beobachtete, wie Barnet sein Hemd in die Hose steckte, während er aus seinem Büro eilte. Er überblickte den Laden, als er ging, sah mich und hielt inne, bevor er ein Lächeln aufsetzte.

»Schön, Sie wiederzusehen. Carla sagte, Sie suchen

einen Wein, den ich erwähnt hatte. Habe ich Ihnen das letzte Mal, als Sie hier waren, einen Barolo empfohlen?«

»Ich glaube nicht. Sie hatten eine Weinprobe im Hinterzimmer mit zwei Frauen.«

Er lächelte. »Nur zwei?«

»Ja, ich erinnere mich, dass er neunzig Dollar pro Flasche kostete, und ich sagte, das sei mir zu teuer, ich würde den Unterschied sowieso nicht erkennen.«

»Ach ja, jetzt erinnere ich mich. Wir haben einen Burgunder probiert. Und unterschätzen Sie Ihren Gaumen nicht. Wenn Sie mehr Wein trinken, werden Sie die Unterschiede leicht erkennen.«

Ich lachte. »Wenn das bedeutet, dass ich mehr für eine Flasche ausgeben muss, bin ich mir nicht sicher, ob ich diese Art von Sinn haben möchte.«

»Gehen wir zur Burgunderabteilung.«

Er zeigte auf eine mehrfarbige Karte über einem Weinregal.

»Es ist wichtig zu verstehen, dass es verschiedene Regionen in Burgund gibt. Die Weine unterscheiden sich stark voneinander, sogar innerhalb der Unterregionen selbst.«

Es gab viele Namen, die mit Cote begannen, aber der einzige Name, den ich wiedererkannte, war Chablis. Dieser Kerl ging wirklich in dem Zeug auf. Er redete fünfzehn Minuten ohne Unterbrechung, bis ich eine Flasche aus einem der Fächer zog.

»Entschuldigung, ich lasse mich manchmal hinreißen, aber das liegt daran, dass ich an die Bedeutung des Terroirs glaube. Das ist eine ausgezeichnete Flasche, die Sie da haben, aber für Sie könnte sie mit neunundsiebzig fünfundneunzig ein bisschen teuer sein.«

Ich schob die Flasche zurück.

»Schauen Sie sich mal diesen hier an.« Barnet nahm eine Flasche aus einem Korb. »Er ist von einem bekannten Produzenten, Louis Jadot, dessen Weine leicht erhältlich sind. Ich glaube, wir haben mindestens fünfzehn Weine von ihm. Das ist ein Cote de Nuits.« Barnet zeigte auf die Karte. »Das ist die rote Region ganz oben. Es ist das, was man einen Dorflagenwein nennt. Dieser hier hat schöne Aromen von dunkleren Kirschen mit einem Hauch von Erdbeeren. Er ist mittelkräftig mit guter Tiefe. Er ist nicht übermäßig kompliziert, aber ich glaube, er ist ein großartiger Einstieg, besonders für unter dreißig Dollar.«

Als ich die Beschreibung hörte, hätte ich am liebsten auf der Stelle den Korken knallen lassen. »Klingt wirklich interessant. Ich weiß es zu schätzen, dass Sie mein Budget respektieren. In meinem Beruf verdienen wir nicht viel Geld.«

»Gern geschehen. Sehen Sie, nehmen Sie auch eine Flasche davon. Es ist ein Volnay aus Beaune, das liegt südlich von dem Ort, wo der Jadot herkommt.«

Als ich ihm beide Flaschen abnahm, sagte Barnet: »Sagen Sie mir Bescheid, wie sie Ihnen schmecken. Wir haben viele erschwingliche Weine, also erzählen Sie Ihren Freunden von uns. Ich muss los. Nochmals danke fürs Reinkommen.«

»Können Sie einen Moment warten? Ich habe ein paar Fragen.«

»Ich habe heute wirklich keine Zeit.«

»Es geht schnell.«

Barnet nahm die Flaschen zurück und marschierte zur Theke. »Kassieren Sie die hier ab. Wir gehen kurz in mein

Büro. Ich möchte ihm eine Luftaufnahme von Burgund zeigen.«

Als wir sein Büro betraten, verwies Barnet auf ein Foto, das an der Wand hinter seinem Schreibtisch hing. Es war eine Schrägaufnahme eines Weinbergs in Burgund, auf der die Rebzeilen der Kontur der sanften Hügel folgten. Keine Menschenseele war zu sehen und das Bild strahlte eine natürliche Schönheit aus.

Barnet saß hinter einem Schreibtisch, auf dem mindestens ein Dutzend Weinflaschen in einem Halbkreis standen. Drei Gläser und ein Korkenzieher lagen einsatzbereit.

»Machen Sie eine Weinprobe?«

Er nickte. »Das wollte ich gerade, als Sie hereinkamen.«

»Das ist aber viel Wein.«

Barnet griff unter den Schreibtisch und holte einen Eimer hervor. »Dafür ist der da. Ich probiere und spucke aus.«

»Was machen Sie mit dem Rest der Flasche?«

Er zuckte mit den Schultern. »Wenn es etwas ist, das ich in mein Sortiment aufnehmen will, lasse ich es die Mitarbeiter probieren. So bekommen sie ein Gefühl für den Wein, ansonsten landet er im Ausguss.«

Nickend wurde mir klar, dass es wirklich ein himmelweiter Unterschied war zwischen einem Laden wie diesem und dem Weinkauf bei Publix, wie ich ihn normalerweise erledigte. Es hätte Spaß gemacht, weiter über Wein zu reden, aber es war an der Zeit, zur Sache zu kommen.

»Übrigens sind mir die leeren Fächer in den Regalen aufgefallen. Es sieht aus, als gäbe es viel weniger Bestand.«

»Wir bekommen eine riesige Weinlieferung. Ehrlich gesagt weiß ich nicht, wo ich das alles unterbringen soll.«

»Klingt gut. Hören Sie, ich wollte mit Ihnen ein paar Punkte bezüglich Marilyn Boggs durchgehen.«

Barnet erstarrte und nahm die Hände vom Tisch.

»Sie hatten gesagt, dass ihr Lieblingswein Sauvignon Blanc sei.«

»Ja, den mochte sie ebenso wie die Weißweine aus Bordeaux, die aus Sémillon und Sauv Blanc gemacht werden.«

»Aber am Tag ihres Mordes fanden wir eine offene Flasche Pinot Noir auf der Küchentheke.«

»Vielleicht hat sie ihn mit der Person getrunken, die es getan hat.«

Bei dem »die es getan hat« wurde ich hellhörig. War es seine emotionale Bindung an Marilyn, die ihn daran hinderte, sich der Tatsache zu stellen, dass sie erstochen worden war? Oder war es ein unbewusstes Ausweichen, um die Gewalttat abzuschwächen? Bevor ich etwas sagen konnte, fügte er hinzu: »Es war wahrscheinlich Gideon.«

»Er mag Pinot Noir?«

»Ich glaube schon.«

»Hatten Sie bei Ihrem letzten Zusammensein mit Marilyn Geschlechtsverkehr?«

»Ach, kommen Sie, Detective, ist das nicht ein bisschen zu persönlich?«

»Beantworten Sie bitte die Frage.«

Barnet schüttelte den Kopf. »Ja.«

Laut Autopsiebericht log er. Ich legte diese Täuschung in einer gedanklichen Akte ab und machte weiter.

»Gideon Brighthouse sagte, Sie beide hätten gestritten, als er am Nachmittag ihres Mordes ins Haus kam.«

»Gestritten? Nein, da hat er etwas falsch verstanden.«

»Was war es dann?«

»Ich kann mich nicht erinnern, worüber wir geredet haben, als er hereinkam, aber wir haben definitiv nicht gestritten.«

»Sind Sie sich da sicher?«

»Detective, ich hoffe, Sie wollen nicht andeuten, dass wir gestritten haben und … na ja, Sie wissen schon.«

»Ich arbeite nicht mit Andeutungen. In meiner Welt dreht sich alles um Beweise.«

47

LUCA

ICH UNTERHIELT MICH GERADE MIT EINER Streifenpolizistin, die erst seit Kurzem bei der Dienststelle war, als Vargas den Kopf aus unserer Bürotür steckte.

»Hey, Frank! Komm mal her.«

Die Neue war süß. War Vargas etwa eifersüchtig?

»Was gibt's?«

»Hab gerade von George King gehört.«

»Wer?«

»Er hat mit Brighthouse an der Wiederwahlkampagne von Senator White gearbeitet. Er hat endlich auf meinen, ich glaube, zehnten Anruf reagiert.«

»Und?«

»Er behauptet, Brighthouse hat ein Aggressionsproblem. Sagte, er sei manchmal unberechenbar gewesen und er habe sogar gesehen, wie er seine Frau geschlagen hat.«

»Was? Was genau hat er gesagt?«

»Es war genau zu der Zeit, als diese Bestechungsaffäre um White aufkam. Es gab ein kleines Treffen für die Spendenbündler –«

»Spendenbündler?«

Vargas nickte. »Das sind Leute, die nicht nur selbst hohe Summen für eine Kampagne spenden, sondern auch andere Spender dazu bringen, die Kampagne zu unterstützen. Wie auch immer, es war oben im Fleming's Steak, und kurz bevor sie hingehen wollten, hatte Marilyn Boggs irgendwie Wind von den Neuigkeiten über White bekommen. King sagte, nur die drei seien noch im Büro gewesen und Marilyn wollte nicht zum Abendessen gehen. Brighthouse bestand darauf, dass sie mitkommen müsse, und sie fingen an zu streiten. King war direkt dabei, es wurde ihm unangenehm und er ging in sein Büro. Nach ein paar Minuten kam King wieder heraus und sah, wie Marilyn zur Tür ging, als Gideon sie am Arm packte und herumriss. Marilyn verlor das Gleichgewicht und krachte gegen einen Kopierer. Aber anstatt sich zu beruhigen, ging Gideon wieder auf sie los. King ging dazwischen und beendete den Streit. Er sagte, er habe geglaubt, Marilyn sei in Gefahr gewesen und Gideon hätte völlig die Kontrolle verloren.«

Ich war schockiert; Brighthouse wirkte zurückhaltend, fast schon sanftmütig. »Er ist handgreiflich geworden?«

»Laut King. Er sagte auch, Brighthouse neigte zu Wutausbrüchen, als es mit der Kampagne bergab ging. Hat mir erzählt, dass Brighthouse mehrmals gesagt hat, er wolle den Typen von Fox umbringen, der die Story gebracht hat.«

»Worte können Muster aufzeigen, aber wenn wir jeden einsperren würden, der im Zorn sagt, er wolle jemanden umbringen, würden wir durch leere Straßen patrouillieren. Was wir weiterverfolgen müssen, ist der Aspekt des körperlichen Missbrauchs. Aber denk daran, es gibt keine Vorgeschichte von Gewalt bei ihm.«

»Das ist eine einflussreiche Familie. Wer weiß, ob da

etwas vertuscht wurde? Sie könnten jemanden oder mehrere Leute bezahlt haben, damit sie schweigen. Solche Vereinbarungen sind versiegelt.«

»Ich weiß, dass man sich mit Geld Schweigen erkaufen kann, aber es gibt immer ein Flüstern, eine Bereitschaft wegzuschauen, die durchsickert. In diesem Fall haben wir absolut gar nichts, was darauf hindeutet, dass er gewalttätig war.«

Vargas sagte: »Denk daran, diese Vereinbarungen sind geheim, von einem Gericht versiegelt.«

»Und der einzige Weg, ein Geheimnis zwischen zwei Menschen zu bewahren, ist, wenn einer von ihnen tot ist.«

Vargas lächelte. »Sobald ›geheim‹ aus meinem Mund kam, wusste ich, dass du diesen Lucaismus bringen würdest.«

»Lucaismus, das gefällt mir. Vielleicht starte ich einen Blog mit dem Namen.«

»Im Ernst, wir müssen Brighthouse darauf ansprechen. Ich werde mich an Gerey wenden, um das zu arrangieren.«

»Okay, weißt du, es könnte sich lohnen, die Kampagnenkontakte noch einmal durchzugehen, um zu sehen, ob dieser King vielleicht ein Hühnchen mit Brighthouse zu rupfen hatte.«

»Sicher. Wir müssen auch die Medikamente überprüfen, die er nimmt. Vielleicht hängt das damit zusammen. Frag doch mal in der Pharmakologieabteilung der Gulf Coast University nach. Die werden wissen, ob die einen gewalttätig machen können.«

Noch so ein Geistesblitz von Vargas. »Gute Idee, aber die Sache mit der Kampagne passierte, bevor Brighthouse seine Panikattacken bekam.«

»Trotzdem einen Versuch wert.«

»Ich kümmere mich darum.«

Ich schloss eine E-Mail und sagte: »Will der mich verarschen? Gerey will, dass wir unsere Fragen schriftlich einreichen. Sagt, es wäre zu viel für seinen Mandanten, herzukommen. Gerey behauptet, Brighthouse stehe unter zu viel Stress.«

»Sollte er auch, er ist ein Verdächtiger im Mordfall seiner Frau.«

»Ich weiß nicht, Vargas. Diese verdammten Anwälte denken, sie beherrschen die Welt. Aber weißt du was? Mit Luca können sie das nicht machen. Gerey will Spielchen spielen? Na schön, dann schicke ich jetzt ein paar Beamte nach Keewaydin und lasse Gideons feinen Arsch hierher schleifen.«

»Moment mal, Frank. Es wäre vielleicht eine gute Idee, das alles erst mit Morgan zu besprechen. Wir wollen nicht, dass Gerey zu ihm rennt.«

Sie hatte recht, schon wieder. »Dieser bürokratische Scheiß macht mich fertig.«

»Soll ich zu Morgan gehen?«

Ich nickte. »Dich mag er jedenfalls verdammt noch mal lieber als mich.«

»Was hat er gesagt?«

»Es ist ein guter Kompromiss, eine Art Treffen in der Mitte. Er hat Gerey angerufen, der meinte, es würde zwei

Wochen dauern, bis er sowohl Crowley als auch ihn herbringen könnte.«

»Wer zum Teufel hat hier eigentlich das Sagen?«

»Ruhig, Frank. Das Gespräch ist für die Wohnung der Boggs in der Fifth Avenue angesetzt und Crowley wird nicht dabei sein.«

»Was ist Morgan, jetzt so was wie Salomo?«

»Das ist eine gute Lösung, Frank. Brighthouse ist dann nicht mehr auf der Insel und außerhalb seiner Komfortzone.«

»Wir werden sehen. Ich wette, er kommt entweder zugedröhnt oder kriegt wieder eine Panikattacke.«

»Hoffen wir's nicht. Hey, hast du was von der Uni wegen der Medikamente gehört?«

»Sorry, das kam heute Morgen rein. Ich war von diesem Scheiß mit Gerey abgelenkt.«

»Macht nichts. Was haben sie gesagt?«

»Im Grunde, dass man bei einer Panikattacke selten gewalttätig wird, es sei denn, man steht im Weg, wenn sie fliehen wollen, aber der Psychiater sagte auch, dass bei manchen Patienten die Wechselwirkung von Medikamenten zu Gewaltausbrüchen führen kann.«

48

Ein Verkäufer klopfte an Barnets Tür und sagte: »John, da ist ein Mr. Farnham auf Leitung eins. Er ist aufgebracht, irgendwas mit einer Subskriptionsbestellung.«

»Kannst du das nicht Bridgette geben?«

»Äh, du hast sie gefeuert.«

»Gib mir den verdammten Anruf!«

»Mr. Farnham. Wie geht es Ihnen? … Ich verstehe, Sir, ich musste meine Filialleiterin entlassen. … Ja, Bridgette. Sie hat beim Subskriptionsprogramm ein ziemliches Chaos angerichtet, und es wird eine Weile dauern, bis ich alles geordnet habe. Sie glauben gar nicht, wie sie die ganzen Bestellungen durcheinandergebracht hat. … Ich verspreche Ihnen, ich melde mich in spätestens zehn Tagen bei Ihnen. … Zehn Tage sind das Äußerste. Ich muss mit allen Châteaus Kontakt aufnehmen. Ich kann den Unterlagen, die sie geführt hat, einfach nicht trauen. … Danke für Ihr Verständnis, Sir. Ich hätte es besser wissen sollen, die Bestellungen jemand anderem zu überlassen, aber ich kann Ihnen sagen, das wird nie wieder vorkommen.«

Barnet öffnete die Subskriptionstabelle. Spalte C zeigte die Gesamtzahl der Kisten an – fast achtzig Kisten des kommenden Bordeaux-Jahrgangs waren verkauft worden. Er scrollte zu E und stellte fest, dass die Gesamtsumme der Verkäufe 113.450,00 $ betrug, und in Spalte F beliefen sich die eingenommenen Anzahlungen in Höhe von fünfundsiebzig Prozent auf 85.087,50 $.

Der Wein sollte in fünf Monaten eintreffen. Sein Problem war ein zweifaches: Er hatte nur etwas mehr als die Hälfte des Weins bestellt, für den er Subskriptionen verkauft hatte, und das ganze Geld war weg. Wenn die Sache auffliegen würde, würde er den Laden verlieren, zusammen mit allem anderen, was er besaß.

Barnet wusste, dass er auch wieder würde umziehen müssen, aber wohin? Chicago war eine gute Weinstadt, aber das Wetter war schrecklich. Was war mit Scottsdale? Gutes Wetter, aber es war keine Weinstadt und nicht in der Nähe des Wassers. Die Aussicht auf einen Umzug brachte ihn dazu, einen Kumpel anzurufen, um an diesem Abend auszugehen. Barnet wollte auf die Pirsch gehen, um einen neuen Rettungsanker zu finden, und hatte ein paar Pumas im Auge.

———

Es war das erste Mal, dass Bridgette im Büro des Sheriffs war. Die Sicherheitsvorkehrungen hatten ihr Angst gemacht, aber als sie einmal drinnen war, war sie überrascht, wie leise es war. Die Außenwand des zweiten Stocks war von Büros gesäumt. Jedes hatte, genau wie das, in dem sie sich befand, ein großes Schaufenster mit Blick auf das Großraumbüro, das mit Gruppen von sich gegenüberstehenden Schreibtischen ausgefüllt war. Viele der Schreibtische waren leer, aber die, die es nicht waren, waren von einer Mischung aus uniformierten Beamten und Zivilfahndern besetzt.

Detective Wiley sagte: »Okay, Ma'am. Sagen Sie mir doch, warum Sie hier sind.«

»John Barnet zieht seine Kunden über den Tisch. Er gehört ins Gefängnis. Er tut so, als …«

»Immer mit der Ruhe, Ma'am. Sprechen wir von dem John Barnet von Barnet's Liquors?«

»Ja, der, dem der Laden in Waterside gehört. Woher kennen Sie ihn?«

»Was werfen Sie ihm denn vor?«

»Das ist keine Unterstellung, er tut es. Er nimmt Geld für Subskriptionsbestellungen an, kauft aber nicht den Wein, um die Bestellungen zu erfüllen.«

»Subskriptionen?«

»Im Weingeschäft hat man die Möglichkeit, einen neuen Jahrgang zu kaufen, bevor er auf den Markt kommt. Sehen Sie, der Wein liegt lange Zeit in Fässern, bevor er in Flaschen abgefüllt und zum Verkauf freigegeben wird. Wenn man also im Voraus kauft, bekommt man einen besseren Preis und die Garantie, dass man diese stark limitierten Weine auch bekommt.«

»Und woher wissen Sie, dass Barnet die bestellten Weine nicht liefern wird?«

»Ich habe fast drei Jahre als seine Filialleiterin gearbeitet.«

Nachdem er sich eine Notiz gemacht hatte, sagte Wiley: »Ganz langsam, und erklären Sie mir, was Ihrer Meinung nach vor sich geht.«

»Wir hatten uns vorher noch nie mit dem Subskriptionsgeschäft befasst. Bleu Cellar hatte den Markt fest im Griff, aber bei uns lief es diesen Sommer schleppend, und John sprach mich darauf an, eine Subskriptionskampagne zu starten, um ein paar Kunden anzulocken. Wir bekamen Bestellungen, aber er war damit nicht zufrieden und wollte mehr. Jedenfalls hatten wir Bestellungen im Wert von über hunderttausend Dollar, aber ich weiß, dass er nicht den ganzen Wein bestellt hat.«

»Woher wissen Sie das?«

»Ich war diejenige, die die Bestellungen gemacht hat, und zu allem Übel hat er Subskriptionen für Weine von Produzenten verkauft, die ihm nichts mehr lieferten, weil er mit seinen Zahlungen weit im Rückstand war.«

»Ist es nicht möglich, dass er den Wein aus zweiter Hand kaufen könnte?«

»Möglich ist es, aber er würde dabei Geld verlieren, wenn er ihn überhaupt bekommen könnte.«

»Was glauben Sie, hat er mit dem Geld gemacht, wenn er nicht den ganzen Wein bestellt hat?«

»Es floss hauptsächlich in die Deckung der Rechnungen. Der Laden hat nie wirklich den Anklang gefunden, den er sich erhofft hatte. Wenn Sie mich fragen, war er am falschen Standort, und die Miete ist außer Kontrolle. Waterside ist voller hochpreisiger Designerläden. Das ist ein anderes Publikum.«

»Sie glauben, Barnet stand unter finanziellem Druck und hat einen Teil des eingenommenen Geldes zur Deckung seiner Betriebskosten verwendet?«

»Ja, wie bei einem Schneeballsystem. Soll ich also eine Anzeige erstatten oder so?«

»So einfach ist das nicht. Erstens, wenn Sie nicht an den Subskriptionskäufen beteiligt waren, sind Sie nicht befugt, eine Anzeige zu erstatten. Wir brauchen einen der Kunden, der das tut.«

»Kein Problem, wie viele wollen Sie?«

»Schon, aber das andere Problem ist, dass noch niemand betrogen worden ist.«

»Aber sie werden es werden.«

»Vielleicht, aber Barnet könnte den Wein kaufen, den er liefern muss, oder den Kunden einfach ihr Geld zurückerstatten.«

»Woher soll er das Geld dafür nehmen?«

»Das ist seine Sache. Wann sollen die Käufer den Wein bekommen, den sie bestellt haben?«

»Ein Teil davon soll in etwa fünf Monaten in den Staaten eintreffen.«

»Wir müssen abwarten, wie sich die Sache entwickelt und ob Barnet die Käufer auf die eine oder andere Weise zufriedenstellen kann. Zum jetzigen Zeitpunkt ist es zu früh, um etwas zu unternehmen. Es wurde noch keine Straftat begangen.«

»Das ist doch verrückt. Ich sage Ihnen, John Barnet ist ein sehr gefährlicher Mann. Er hat mir erzählt, dass er einen Kerl so schlimm verprügelt hat, dass er auf der Intensivstation gelandet ist.«

»Wann war das?«

»Ich bin mir nicht sicher, aber es war, als er in Los Angeles war.«

»Das liegt weit außerhalb unserer Zuständigkeit, Ma'am.«

»Ja, nun, er hat dasselbe mit einem Geldeintreiber direkt hier in Naples gemacht.«

»Erzählen Sie mir davon.«

»Da war dieser Typ, ich glaube, sein Name war Vincent

Ropo oder so ähnlich, und er kam immer in den Laden und versuchte, das Geld einzutreiben, das Barnet einem chilenischen Weingut schuldete. John wollte nicht zahlen und behauptete, der Wein sei verdorben, aber ich wusste, dass er log. Er hatte das Geld nicht. Jedenfalls kam dieser Vincent-Typ mindestens zweimal die Woche. Dann, ganz plötzlich, kam er nicht mehr.«

»Vielleicht hat Barnet die Rechnung bezahlt oder das Weingut den Verlust abgeschrieben.«

Bridgette schüttelte den Kopf. »Ich habe John gefragt, was passiert ist, und er hat so teuflisch gelächelt, dass ich wusste, dass er den armen Kerl angegriffen hatte.«

49

LUCA

Ich legte gerade auf, als Vargas ins Büro rauschte und sagte: »Ich glaube, es könnte an der Zeit sein, Barnet für ein Gespräch hierherzuzerren.«

»Wieso? Was hat sich geändert?«

»Das war Barnets ehemalige Geschäftsführerin. Sie sagte, Barnet hat nicht das Geld, um neue Ware zu beschaffen. Er steckt bei ein paar Lieferanten wegen einer Menge Schotter in der Kreide und ist mit der Miete im Rückstand.«

»Ist das die, die eine Betrugsanzeige erstatten wollte?«

»Ja, sie versteht immer noch nicht, warum wir diesen ganzen Subskriptionsbetrug laufen lassen. Ich habe ihr dasselbe gesagt wie Wiley: Barnet mag es planen, aber er hat noch nichts getan.«

»Genau wie Brighthouse?«

»Das beantworte ich dir, sobald ich kann. Im Moment wissen wir, dass Barnet Geld braucht – ein perfektes Motiv für eine Erpressung, meinst du nicht auch?«

»Es tut mir leid, ich kapiere einfach nicht, warum

Marilyn sich nicht gewehrt hat, besonders mit der Feuerkraft, die die Boggs haben.«

»Es geht nur um den Ruf. Wer weiß, was Barnet sonst noch gegen sie in der Hand hatte?«

»Hatte er aber nicht. Wir wissen aus den Verizon-Unterlagen, dass er nur diese eine Sache gegen sie hatte.«

»Er hätte es auf einer Festplatte, einem USB-Stick oder so was gespeichert haben können.«

»Hör zu, ich finde diese ganze Filmerei widerlich, ob mit oder ohne Einverständnis, aber in der heutigen Zeit würde das an einem nachrichtenarmen Tag vielleicht eine Schlagzeile wert sein.«

»Wir haben es hier nicht mit normalen Leuten zu tun. Du könntest recht haben, aber es geht darum, was sie dachte, nicht, was wir oder andere darüber denken. Wer weiß, der Alte hat wahrscheinlich einen entsprechenden Abschnitt im Treuhandvertrag.«

»Da könntest du was auf der Spur sein, Frank. Vielleicht gibt es tatsächlich eine Art Klausel, die sich mit der Schädigung des Familienrufs oder so was befasst.«

»Wenn ja, muss der Alte eine Art Narzisst gewesen sein. Glaubst du, er hat wirklich geglaubt, alle Welt würde sich nur auf die Boggs konzentrieren und was sie so tun?«

»Ich bin sicher, es hatte damit zu tun, dass sie das Geld von Leuten verwalten und einen blütenweißen Ruf brauchten, sonst wäre es für die Leute schwierig, ihnen ihr Geld zu überlassen.«

»Die Leute müssen wirklich aufhören, sich Sorgen zu machen, was andere von ihnen denken.«

»Ich weiß. Sag mal, bevor ich es vergesse, der stellvertretende Staatsanwalt Lindsey hat wegen Sanchez angerufen. Er will wissen, was los ist. Er wollte sich an die Einwanderungsbehörde wenden und ihn abschieben lassen, anstatt ihn vor Gericht zu stellen, falls wir ihn nicht wegen Mordes anklagen.«

»Was zum Teufel ist mit denen los? Sie wissen doch, dass Sanchez einer unserer Hauptverdächtigen im Fall Boggs ist.«

»Genau das habe ich ihnen gesagt. Wahrscheinlich drängen sie darauf, Fälle abzuschließen, um ihren Rückstand abzubauen. Damit ihre Zahlen gut aussehen.«

50

LUCA

Ich stellte einen Kaffee auf meinen Schreibtisch, nahm einen Stift und ging zum Whiteboard. Ich malte drei Kreise und schrieb jeweils ein G, ein B oder ein S hinein.

»Fangen wir mit Gideon an.« Ich schrieb unter das eingekreiste G: Stand dem Opfer nahe, hat Leiche gefunden, Motiv – Geld, hatte Tötungsabsicht, keine Vorstrafen.

»Noch etwas?«

Vargas sagte: »Er nimmt Medikamente, und zwar die Sorte, bei der manche Leute gewalttätig werden. Könnte ein drogeninduzierter Amoklauf gewesen sein.«

Ich fügte *Nimmt Medis* zur Liste hinzu, nahm einen Schluck Kaffee und sagte: »Kommen wir vorerst zu Barnet.«

Unter das B schrieb ich: Stand dem Opfer nahe, am Tattag anwesend, Motiv – Rache? – keine Vorstrafen, aber Beweise für versuchte Erpressung.

Vargas sagte: »Die Rachegeschichte kaufe ich ihm nicht ab. Wenn überhaupt, könnte es ein Streit gewesen sein, der aus dem Ruder gelaufen ist. Vielleicht hat Barnet Marilyn bedroht, um sie zur Zahlung zu bewegen, und die Sache ist eskaliert.«

»Laut Brighthouse haben sie gestritten, und obwohl Barnet sagte, sie hätten an dem Nachmittag Sex gehabt, hat die Autopsie keinerlei Beweise dafür geliefert.«

Ich strich *Rache* durch und setzte stattdessen *Streit/Auseinandersetzung* ein. »Es gibt nichts Konkretes, aber Grillo und sein Filialleiter glauben beide, dass Barnet eine gewalttätige Ader hat.«

»Solange wir keine Beweise haben, ist das nur Hörensagen.«

Ich sagte: »Ich weiß. Vergessen wir nicht, dass Pinot Noir Barnets Lieblingswein ist.«

»Es gibt keinen Beweis dafür, dass er derjenige war, der die am Tatort gefundene Flasche getrunken hat.«

»Das steht ja auch nicht auf der Tafel, oder? So, und jetzt zu Sanchez.« Ich schrieb, während ich sprach: »Er war am Tag des Mordes auf der Insel. Hat zugegeben, im Haus gewesen zu sein, um ihren Schmuck zu stehlen. Wurde gesehen, wie er mit Mrs. Boggs sprach. Das Motiv, falls es eines gab, war, seine Erpressung zu vertuschen, genau wie bei Barnet.«

»Und Sanchez hat eine beachtliche kriminelle Vergangenheit, bevor er in die Staaten kam.«

Ich schnappte mir meinen Kaffee und setzte mich. »Bleiben wir bei Sanchez. Er ist ohne Zweifel kein Chorknabe. Ich weiß nur nicht, ob er die Intelligenz oder den Mumm hatte, eine Erpressung durchzuziehen.«

»Aber vergiss nicht, es wäre eine einmalige Sache gewesen. Sobald sie bezahlt hätte, was auch immer er verlangt hat, um den Ring zurückzubekommen, hätte er nichts mehr gehabt, womit er sie hätte erpressen können. Das ist viel einfacher als etwas, das andauernd läuft.«

»Wahrscheinlich, aber von wem hätte er behaupten können, dass er den Ring gestohlen und ihn damit aufgesucht hat?«

»Er könnte sagen, irgendjemand, vielleicht ein Gangmitglied, wusste, dass er auf der Insel arbeitet, und hat ihn aufgesucht.«

»Woher hätte der Dieb wissen sollen, was er stehlen soll? Bei all dem Schmuck im Schlafzimmer kommt er mit ein paar Stücken wieder raus, und eines davon ist ihr Lieblingsstück? Das kaufe ich ihm nicht ab.«

»Wer wusste, dass es ihr Lieblingsstück war? Barnet und Brighthouse mussten es gewusst haben. Glaubst du, es könnte eine Verbindung zwischen Sanchez und einem von ihnen geben?«

Das war etwas, das ich nie in Betracht gezogen hatte. Vargas entwickelte sich zu einer besseren Detectiv, als ich es war.

»Das werden wir uns ansehen müssen. Aber wenn es Sanchez war, glaube ich, dass er sie beim Stehlen überrascht hat und in Panik geraten ist. Kommen wir vorerst zu Gideon zurück. Dass er vorhatte, seine Frau zu töten, ist unwiderlegbar, wenn auch nicht illegal. Hat er sie erstochen? Er war auf der Insel und fand, oder besser gesagt, meldete ihre Leiche. Sein Motiv? Eine Scheidung zu vermeiden, die ihn wie uns alle zurückgelassen hätte. Aber wenn sie tot wäre, würde er Millionen bekommen.«

»Klingt wie unsere Nummer eins.«

»Das mag sein. Ich mag diesen Barnet genauso wenig, wie ich zum Zahnarzt gehe. Er ist ein schmieriger, geldgieriger Mistkerl. Wir wissen, dass er zumindest versucht hat, eine Frau mit demselben Profil wie Boggs zu erpressen.«

»Und wir wissen, dass er nur wenige Stunden, bevor sie tot aufgefunden wurde, bei ihr war. Der Kapitän der Yacht, der ihn zurück zum Festland brachte, sagte, sie seien gegen drei Uhr losgefahren, was früher als normal war.«

»Die Frage ist, warum? War es nur ein harmloser Streit? Warum sollte er das nicht einfach sagen?«

»Es könnte um das Geld gegangen sein, das er aus ihr heraussaugte, und das wollte er für sich behalten.«

»Wahrscheinlich, aber der Sprung von Erpressung zu Mord ist ein großer. Das passiert normalerweise nicht.«

»Nichts an diesem Fall ist normal.«

»Ich werde nicht zulassen, dass dieser Fall zu den zweihunderttausend ungelösten Morden der letzten sechzig Jahre hinzukommt.«

ZUM ERSTEN MAL seit Monaten weckte mich ein Albtraum über den Fall Barrow und zerstörte eine weitere meiner hoffnungsvollen Erwartungen. Was hatte ich erwartet? Ein Jugendlicher hatte sich umgebracht, weil ich die Bemühungen, ihn dranzukriegen, nicht gestoppt hatte. Ein Grünschnabel zu sein, war keine Entschuldigung. Ich musste lernen, damit zu leben, wie Vargas gesagt hatte. Ich wusste, dass sie recht hatte, und schwang meine Beine aus dem Bett. Die Uhr zeigte 5:12 Uhr an und mein Hals kratzte. Ich ging ins Bad, und während ich darauf wartete, dass das Pinkeln losging, dachte ich über den Fall Boggs nach. Nachdem ich mich erleichtert hatte, beschloss ich, mir eine Tasse Tee zu machen und die gesamte Fallakte zu lesen.

Nachdem ich eine Zitrone aufgeschnitten und eine Hälfte in meinen Tee gepresst hatte, schnappte ich mir die etwa fünfzehn Zentimeter dicke Boggs-Akte und setzte mich hin. Das erste Dokument darin war der forensische Bericht vom Tatort: eine lange Liste, die das Was und Wo einer Ansammlung von Haaren, Fasern, latenten Fingerabdrücken, einem Schuhabdruck und dem Blut, das alles vom Opfer stammte, identifizierte.

Die Identitäten der Haarproben und Abdrücke waren nicht überraschend. Neben dem Opfer gehörten die meisten Haare und Fingerabdrücke Gideon Brighthouse, John Barnet und drei Haushälterinnen. Ich erinnerte mich an mein anfängliches Interesse an einem nicht identifizierten Haar, aber die Untersuchung ordnete es einem Mann zu, der jede Woche die Blumenarrangements lieferte.

Der Faserbericht war eine lange Liste, aber nichts Ungewöhnliches stach hervor. Hätten wir einen festen Verdächtigen, könnten wir ihn hoffentlich nutzen, um seine Anwesenheit am Tatort nachzuweisen. Es wäre kein entscheidender Beweis, nur ein unterstützendes Indiz.

Ich trank den letzten Schluck meines Tees und wandte mich den am Tatort gesammelten physischen Beweismitteln zu: dem leeren Weinglas und einer fast leeren Flasche Kistler Pinot Noir. Wer hatte den Wein getrunken? Das war immer noch unklar. Das einzig Interessante an dem Omega-Entsafter war Gideons Absicht, ihn als Verabreichungssystem für das Pilzgift zu verwenden.

Das wichtigste physische Beweismittel, das wir hatten, war das Messer, mit dem Marilyn Boggs getötet wurde. Dem Bericht zufolge wurde es von Zwilling aus Deutschland hergestellt und war, wenig überraschend, teuer. Sein schwarzer Holzgriff war von Abdrücken abgewischt worden, und seine Wellenschliffklinge war vierzehn Zoll lang. Kein Wunder, dass es die arme Frau glatt durchbohrt hatte. Das auf dem Messer gefundene Blut gehörte Marilyn Boggs. Ich löste das Foto des Messers aus der Klammer und flehte es an, zu mir zu sprechen.

Als ich das Foto wieder anheftete, machte es bei mir Klick. Ich sprang von meinem Stuhl auf und ging zur Theke, auf der meine Zitrone und mein Messer lagen. Tatsächlich war da ein Tropfen Zitronensaft, der vom Messer auf die Theke gerutscht war. Ich schnappte mir die Fallakte und blätterte zum forensischen Bericht zurück.

Nirgendwo wurden Blutstropfen gefunden, auch nicht am Fundort des Messers. Der Mörder hatte es entweder abgewischt oder Handschuhe getragen. Die Klinge war unberührt. Er oder sie hatte sie auch nicht abgespült, da im Spülbecken keine Blutspuren gefunden wurden.

Ich sah auf die Uhr; es war erst 18:18 Uhr. Verdammt, es waren noch zwei volle Stunden, bis ich meinem Drang nachgehen konnte.

51

LUCA

GERICHTSMEDIZINER SHIELDS SAH VON SEINEM MONITOR AUF und schüttelte den Kopf.

»Ich habe keine Zeit, Frank.«

»Es geht schnell, das verspreche ich Ihnen.«

»Weißt du, das sagst du immer, und dann stimmt es doch nie.«

»Es ist wichtig, Doc.«

Er sah auf seine Uhr und sagte: »Du hast fünf Minuten.«

»Danke. Messer mit Wellenschliff haben ja all diese kleinen Zacken. Wenn also so eines benutzt wurde, um jemanden zu erstechen, würde es beim Herausziehen Blut mitnehmen?«

»Da gibt es viele Faktoren, angefangen bei dem Bogen, in dem zugestochen wurde. Wenn das Opfer auf dem Boden lag oder weit zurückgelehnt war, würde die Schwerkraft eine Rolle spielen.«

»Okay. Und was ist mit einer normalen, glatten Klinge im Vergleich zu einer mit Wellenschliff bei einem Messerstich? Worin besteht der Unterschied beim Abtropfen des Blutes?«

»Im Stehen, im Sitzen? Eine tiefe Stichwunde oder nicht?«

»Im Stehen. Der Angreifer ist größer als das Opfer und es ist eine so tiefe Wunde, wie man sie nur machen kann, direkt durch die Brust, wie im Fall Boggs.«

»Dabei wurde eine lange Klinge mit Wellenschliff verwendet. Sprechen wir über diesen Mord?«

»Ja.«

»Ich verallgemeinere hier, Frank, da selbst die Kleidung, die das Opfer trägt, eine Rolle spielt-«

»Aber sie trug eine leichte Bluse, Sie haben sie gesehen.«

Er nickte. »Es war schon etwas ungewöhnlich, dass am Tatort keine Bluttropfen gefunden wurden. Bei einem Messer mit glatter Klinge würde das Blut eher von der Klinge ablaufen und einen größeren, klecksartigen Tropfen bilden. Eine Wellenschliffklinge hat viele Kontaktpunkte. Sie hat tatsächlich eine geringere Kontaktfläche als eine glatte Klinge, und die Kontaktpunkte sind feiner, was bedeutet, dass sich an jedem Kontaktpunkt weniger Blut sammeln würde.«

»Und was ist mit Tropfen?«

»Es gibt eine Tendenz dazu, kleinere Bluttröpfchen zu erzeugen.«

»Und wohin würden diese Tröpfchen fallen?«

»Das ist keine exakte Wissenschaft, Frank. Die Kraft und Geschwindigkeit des Zustechens und Herausziehens würden eine große Rolle dabei spielen, wohin das Blut, falls vorhanden, fallen würde. Und vom Stichwinkel haben wir noch gar nicht gesprochen.«

»Können Sie aufstehen, Doc?«

»Was?«

»Tun Sie mir den Gefallen und kommen Sie kurz hervor.«

Als Shields um seinen Schreibtisch herumkam, schnappte ich mir einen Bleistift davon.

»Doc, Sie sind ein Stück größer als ich, also nehmen Sie diesen Bleistift und tun Sie so, als wäre es ein Messer mit Wellenschliff. Also, Marilyn Boggs wurde ungefähr hier erstochen, wodurch ihre Aorta durchtrennt wurde. Ich würde annehmen, dass dabei eine Menge Blut entsteht.«

»Natürlich.«

Ich ging leicht in die Knie. »Halten Sie den Bleistift am Radiergummi.«

Ich nahm den Bleistift und führte seine Hand zu der Stelle, an der Marilyn erstochen worden war.

»Okay, und jetzt stellen Sie sich vor, Sie ziehen die Klinge heraus, und machen Sie es mit dem Bleistift.«

Der Gerichtsmediziner zog die imaginäre Klinge scharf zurück, und als sie neben seinem Ohr war, sagte ich: »Halt! Sehen Sie, wo Sie sind?«

Der Gerichtsmediziner entspannte sich und ließ seine Hand an die Seite fallen. »So, und jetzt willst du wissen, wohin ein Blutstropfen hätte gelangen können? Angenommen, es gab einen.«

»Genau.«

»Nun, es gab keine Blutspuren auf dem Boden oder den Schränken. Es ist möglich, dass beim Herausreißen des Messers«, er hielt seine Faust neben sein Ohr, »ein oder mehrere Bluttropfen vom Messer weg und auf den Angreifer geflogen sind.«

»Auf sein Hemd?«

»Nein, das glaube ich nicht. Während er das Messer

herauszog und zu sich hinbewegte, würde bei diesem Bogen, wenn etwas vom Messer fiele, die Schwerkraft eine Rolle spielen. Ich denke, wenn es überhaupt passiert ist, und das ist eher unwahrscheinlich, wäre es auf seiner Hose gelandet oder auf seinem Bein, falls er Shorts trug.«

»Danke, Doc, Sie sind ein Lebensretter.«

»Wenn du das sagst, meinst du dann ›schon wieder‹?«

Sobald ich den Parkplatz erreichte, kam eine SMS von Vargas. Sie war zu Sanchez gegangen und hatte ihm einen Deal wegen der Einbruchsvorwürfe angeboten, wenn er uns etwas Handfestes gegen Barnet oder Brighthouse liefern könnte. Der Ansatz war gut, aber er zahlte sich nicht aus, da Sanchez bestritt, Barnet jemals getroffen zu haben, und sagte, er habe mit Gideon nie mehr als ein Hallo gewechselt. Vargas glaubte ihm. Es gab keine Verbindung, und damit war die Verschwörungstheorie vom Tisch.

SHERIFF MORGAN GRUMMELTE, als Vargas und ich sein Büro betraten, weshalb ich dankbar war, dass sie bei mir war.

»Guten Tag, Sheriff«, sagte Vargas.

»Ma'am, Luca. Haben Sie etwas, das meinen Tag erhellt?«

Ich sagte: »Wir prüfen eine Möglichkeit, den Fall Boggs zu einem Abschluss zu bringen, Sir.«

»Wird auch Zeit.« Er winkte mit der Hand und sagte: »Erzählen Sie es mir, aber machen Sie es kurz. Ich habe so einen PR-Termin an der Barron High School.«

Ich sagte: »Am Tatort gab es außer dem auf dem Boden unter dem Opfer und an der Mordwaffe selbst kein Blut. Das ist ziemlich ungewöhnlich.«

»Das fällt Ihnen jetzt erst auf?«

»Nein, nein. Es ist nicht so, dass es ungewöhnlich ist, aber wir müssen die Möglichkeit prüfen, dass Blut auf die Kleidung des Mörders gelangt sein könnte.«

»Und Sie glauben nicht, dass er sie entsorgt hat?«

Vargas sagte: »Das ist möglich, Sheriff, aber das Messer hatte eine Wellenschliffklinge, und die neigt dazu, winzige Bluttröpfchen zu erzeugen. Vielleicht hat der Mörder nicht einmal bemerkt, dass ein winziger Bluttropfen auf ihn gelangt ist.«

Morgan fuhr sich mit einer Hand über seinen Bürstenhaarschnitt. »Wir verlassen uns also darauf, erstens, dass ein Bluttropfen auf den Angreifer gefallen ist, und zweitens, dass er oder sie es nicht bemerkt hat? Das klingt für mich ziemlich schwammig.«

»Es mag ein gewagter Versuch sein, aber der Gerichtsmediziner hält es nicht nur für möglich, sondern für wahrscheinlich.«

Morgan stützte einen Ellbogen auf seinen Schreibtisch. »Hat Shields das gesagt?«

Ich sagte: »Ja.« Und ruderte dann einen winzigen Schritt zurück. »Tatsächlich haben wir den Messerstich mehrmals nachgestellt, und er ist der Meinung, dass es durchaus im Bereich des Möglichen liegt.«

»Sie sind also hierhergekommen, um eine Vorladung zu beantragen?«

Vargas sagte: »Ja, wir würden gerne drei beantragen.«

»Drei? Das klingt ein wenig gierig.«

»Das finden wir nicht, Sir. Wir haben drei mögliche Verdächtige: John Barnet, er war am Tag des Mordes dort; Raul Sanchez, der Juwelendieb, der in Gewahrsam ist; und Gideon Brighthouse.«

»Wenn ich zustimme, wie umfassend soll das Ganze sein?«

Ich sagte: »Wir werden beantragen, dass alle Kleidungsstücke mitgenommen und getestet werden.«

»Sie wollen Mr. Brighthouse nichts mehr zum Anziehen lassen, nicht einmal seine Unterhosen?«

Vargas sagte: »Sir, wir würden es auf Oberbekleidung beschränken: Hemden und Hosen.«

»Was sollen die denn anziehen, während Sie testen?«

Vargas sagte: »Detective Luca und ich haben das ausgiebig besprochen, Sir. Unser Plan ist, Luminol mitzunehmen, wenn wir die Vorladung vollstrecken, also, wenn Sie zustimmen. Dann besprühen wir fünf oder sechs Garnituren Kleidung, und wenn sie sauber sind, lassen wir sie zurück. Danach würden wir schnell vorgehen, um die restliche Kleidung zu untersuchen.«

»Ich weiß es zu schätzen, dass Sie sich Gedanken machen, Mary Ann, aber ist Ihnen beiden in den Sinn gekommen, dass jemand wie Gideon Brighthouse wahrscheinlich mehr Kleidung besitzt als wir drei zusammen? Wie wollen Sie diese Menge an Kleidung, ganz zu schweigen von den anderen, schnell durcharbeiten?«

Ich sagte: »Wir können uns zuerst die Kleidung von Mr. Brighthouse vornehmen.«

»Dann habe ich Gerey am Hals. Wer weiß, vielleicht rennen die sogar zur Presse mit irgendeinem Blödsinn, dass wir seine ganzen Klamotten mitgenommen haben. Das muss doch auch anders gehen. Versuchen Sie es bei den anderen beiden und schauen Sie, ob Sie fündig werden. Nehmen Sie sich Brighthouse als Letzten vor.«

»Das haben wir in Betracht gezogen, aber wir befürchten, dass Brighthouse alle Beweise vernichtet, wenn er von den Untersuchungen Wind bekommt.«

Morgan sagte: »Wenn er das nicht schon längst getan hat.«

»Wir können eine Blockade um Keewaydin errichten, wissen Sie, alles kontrollieren, was rein- und rausgeht, sicherstellen, dass es auf der Insel keine Feuer gibt …«

»Gottverdammt, Luca, glauben Sie, wir sind hier in Venezuela oder was?«

Eine verrückte Idee in den Raum zu werfen, lässt die Alternative immer besser aussehen. »Entschuldigung, Sir, aber es gibt keine einfache Lösung dafür.«

Vargas sagte: »Ich fürchte, Detective Luca hat recht, Sir. Es tut uns leid, Sie in die Klemme zu bringen, aber wir halten es für eine notwendige Maßnahme, die uns helfen kann, den Fall schnell abzuschließen.«

Morgan lehnte sich in seinem Stuhl zurück und legte einen Cowboystiefel auf die Kante seines Schreibtisches. »Darüber muss ich erst mal nachdenken.«

52

LUCA

Niemand vom Team trug Uniform. Wir waren gerade vom Boot gestiegen, als ich sah, wie Gideon sich von einer Liege erhob. Er blickte in unsere Richtung und rannte ins Poolhaus.

»Beeilen wir uns! Ich will ihm keine Chance geben, irgendwelche Beweise zu vernichten.«

Wir sechs joggten zum Poolhaus. Ich riss eine Schiebetür auf und wir stürmten das Gebäude wie ein SWAT-Team. Gideon war nicht im Erdgeschoss. Ich nahm die Stufen zwei auf einmal, klopfte kurz an eine Tür und riss sie dann auf.

Gideon lag unter der Decke seines Bettes. Mit geschlossenen Augen atmete er tief ein und aus, drückte beim Einatmen seinen Kopf ins Kissen und beugte ihn beim Ausatmen nach vorne. Vargas zwängte sich in den Türrahmen und sagte: »Schon gut, Mr. Brighthouse. Ganz ruhig. Niemand wird Ihnen wehtun. Sie müssen heute nicht einmal irgendwelche Fragen beantworten.«

Wir traten an sein Bett. Gideon öffnete die Augen, sah

uns an und kniff sie wieder zu. Auf dem Nachttisch lagen verstreut drei Tablettenfläschchen ohne Deckel und ein Glas Wasser. Ich hob sie auf: Valium, Xanax und Ativan. Ich hielt sie Vargas hin, damit sie sie sehen konnte, und gab ihr ein Zeichen zu sprechen.

»Gideon, wie viele Medikamente haben Sie genommen?«

Er atmete weiter tief durch, ein gutes Zeichen, da diese Medikamente die Atmung beeinträchtigen.

»Muss ich einen Arzt rufen?«

Er lag da und atmete ein und aus wie ein Buddhist.

»Wenn Sie mir nicht sagen, was Sie genommen haben, muss ich Sie in ein Krankenhaus bringen, um sicherzustellen, dass es Ihnen gut geht.«

»Lassen Sie mich in Ruhe, ich versuche zu meditieren.«

»Haben Sie mehr genommen, als Sie sollten?«

»Warum können Sie mich nicht einfach … in Ruhe lassen?«

»Wie viele Tabletten haben Sie genommen?«

Als er zwei Finger hochhielt, wies ich den Rest des Teams an, das untere Stockwerk nach Kleidung zu durchsuchen.

»Sind Sie sicher?«

Er nickte. »Was wollen Sie von mir?«

Ich gab den Gerichtsbeschluss an Vargas weiter, die sagte: »Wir haben einen Gerichtsbeschluss, um Ihre Kleidung zu untersuchen.«

Er öffnete die Augen. »Meine … meine Kleidung? Warum?«

Vargas setzte sich aufs Bett und erklärte ihm, was los war, und ich ging in den Kleiderschrank. Es war, als beträte man die wunderbare Welt der Pastellfarben. Fast alles, was dieser Kerl besaß, war in irgendeinem Pastellton. Es war bizarr.

Ich breitete meine Arme so weit wie möglich aus, schob mich in einen Bereich mit hängender Kleidung, schnappte mir einen Haufen Kleider und ging die Treppe hinunter. Auf keinen Fall würde ich Gideon bei der Auswahl dessen, was er anziehen würde, mit einbeziehen.

Ich wies die Kriminaltechniker an, die Kleidung zu untersuchen. Sie öffneten ihre Luminol-Koffer und ich ging mit den beiden anderen Beamten zum Haupthaus. Ich erinnerte sie daran, alle Jacken und Anzüge dazulassen und alles, was infrage kam, in schwarze Plastiksäcke zu packen.

Es dauerte nur fünfundvierzig Minuten, bis die Kriminaltechnik die erste Ladung Kleidung, die ich heruntergebracht hatte, überprüft hatte. Ich bat sie, mit dem Testen weiterzumachen, bis wir zum Aufbruch bereit waren.

Eine Stunde später verließen wir die Insel mit weniger, als ich erwartet hatte. Gideon mochte der König der Pastellfarben sein, aber er war kein Modefreak. Tatsächlich besaß er mehr Shorts als Hosen und hatte erstaunlich wenige Socken.

Sobald wir das Festland erreichten, nahmen die Kriminaltechniker die Säcke aus Keewaydin mit. Vargas, ich sowie die beiden Beamten rasten zu Barnets Anwesen. Kurz bevor wir vor dem Hochhaus, in dem Barnet wohnte, hielten, kam ein Anruf rein; die Gruppe, die zu Sanchez gefahren war, hatte die Inventarisierung dessen, was sie aus seiner Wohnung mitgenommen hatten, bereits abgeschlossen.

Das Gebäude am Gulf Shore Drive hatte eine gute Adresse, war aber nicht ganz erstklassig. Barnet mietete eine Zweizimmerwohnung im zweiten Stock. Wir gingen in die Lobby, zückten unsere Dienstmarken und erklärten dem Portier, warum wir da waren. Vargas zeigte ihm den Gerichtsbeschluss und er telefonierte mit seinem Chef. Der Portier schloss eine Schublade auf und fischte einen Schlüsselbund heraus. Er versuchte, ihn uns zu übergeben, aber ich bat ihn, uns als Zeuge zu begleiten.

Wir nahmen die Treppe, und als der Portier die Tür öffnete, ging ich direkt zum Hauptschlafzimmer. Vorbei an einem ungemachten Bett und einer Unterhose eilte ich zum Kleiderschrank. Es war ein begehbarer. Ich überflog den halb gefüllten Schrank und suchte nach der blauen Hose und dem weißen Hemd, die Barnet Gideons Erinnerung nach getragen hatte. Es gab mehrere, die passen könnten. Ich zog ein paar heraus und sah sie mir an, aber kein Volltreffer. Ich hängte sie zurück und musterte den Rest, der Großteil der Kleidungsstücke war aus irgendeiner Art Leinen. Ich überprüfte einige Etiketten: Auf allen stand »Made in China«. Ich hätte auf der Stelle gewettet, dass sich kein einziges teures Stück aus Capri im ganzen Schrank befand.

Bevor ich die Mastersuite verließ, ging ich ins Badezimmer, wo ein ausfransendes Handtuch über der Badewanne hing. Eine Haarbürste und eine Zahnpastatube waren alles, was auf dem Waschtisch lag. Ich zog die Schublade des Waschtischs auf und zwischen dem Krimskrams war eine Flasche Just for Men. Sie zu finden, gab mir ein gutes Gefühl.

Die Wohnung hatte viele Fenster, aber keine Aussicht, es sei denn, man schaute gerne direkt in eine Mangrovenhecke. Ich hatte eine Anzeige in dem Gebäude nachschlagen wollen, es aber vergessen. Ich wünschte, ich wüsste, für wie viel eine solche Wohnung gehandelt wurde. Im Hauptraum stand eine stylisch aussehende Couch, die förmlich nach Unbequemlichkeit schrie. Auf einem Lucite-Couchtisch standen eine Schale mit Muscheln und ein Untersetzer mit einem Weinrebenmotiv. Es gab nur einen Beistelltisch, dessen untere Hälfte mit Exemplaren des *Wine Spectator* vollgestapelt war.

Eine halbhohe Wand trennte einen Essbereich ab, wo ein schwarzer Lacktisch eine große Weinflasche trug. Sie war größer als eine Magnumflasche, leer und von einem Haufen Leute signiert worden.

In der Spüle der Pantryküche stand Geschirr von ein paar Tagen. Auf der Arbeitsplatte stand ein Weinglas, das genauso aussah wie das, das im Haus der Boggs gefunden wurde. Ich machte mit meinem Handy ein Foto davon.

Ich sah mich um und konnte keine Weinlagerung finden, außer einem kleinen Unterbaukühlschrank, der in einem Wandschrank stand. Ich wusste nicht, warum, aber ich öffnete ihn und zog zwei Flaschen heraus, bevor mir klar wurde, dass ich nicht wusste, was ich da in der Hand hielt. Der Portier folgte mir auf Schritt und Tritt und tippte auf seinem Handy herum.

Während die Beamten die Säcke einluden, ging ich ins zweite Schlafzimmer. Es war ein Chaos. Ich wusste, dass man, wenn man keine Garage hat, irgendwo seinen Kram lagern muss, aber das war lächerlich. Ich schob ein paar Kisten beiseite und gelangte zum Wandschrank. Nichts da drin außer weiteren Kisten. Hätte er eine blutbefleckte Hose in eine dieser Kisten gesteckt?

Wir wären im Recht gewesen, sie zu durchsuchen, aber

der Gedanke, all diese Kisten durchzugehen, ließ mich zusammenzucken. Ich wischte mit einem Finger über ein paar der Kisten und hatte jedes Mal eine schmutzige Fingerspitze. Da ich mir immer noch unsicher war, was ich tun sollte, fragte ich Vargas, und sie stimmte zu, dass es keinen Sinn ergab.

Ich machte einen letzten Rundgang durch die Wohnung, bevor wir mit drei Säcken Kleidung gingen.

53

LUCA

DAS KRIMINALLABOR SAH AUS WIE EINE Altkleidersammelstelle der Heilsarmee. Zwei Dutzend schwarze Plastiksäcke, beschriftet mit dem Namen des jeweiligen Besitzers, säumten eine ganze Wand. Zwei Techniker arbeiteten sich methodisch durch einen Sack mit der Aufschrift »Brighthouse«. Sie zogen ein Kleidungsstück heraus, notierten identifizierende Informationen in einem Tablet und besprühten es mit Luminol. Dann fuhren sie langsam mit einer Schwarzlichtlampe über das Kleidungsstück, um zu sehen, ob ein blaues Leuchten erschien, das auf das Vorhandensein von Blut hindeutete.

Es war ein mühseliger Prozess und ich überlegte, Morgan zu bitten, ein weiteres Team darauf anzusetzen. Ich wurde langsam ungeduldig, also zog ich mein Haarnetz und meine Überschuhe aus und ging, um mir einen Kaffee zu holen. Die Cafeteria war ruhig und ich überflog den Immobilienteil, den jemand hatte liegen lassen. Während ich die Einzelheiten eines Angebots in Pelican Marsh notierte, trat ein Streifenpolizist an meinen Tisch.

»Detective, Sie werden im Kriminallabor erwartet.«

»Was ist los?«

»Ich weiß nichts, mir wurde nur aufgetragen, Sie zu finden.«

Ich ließ meinen Kaffee stehen und stürmte vor dem Beamten zum Treppenhaus. Ich stolperte und kämpfte mich nach unten. Kurz vor dem Treppenabsatz geriet ich ins Straucheln und war kurz davor, voll auf die Nase zu fliegen. Ich streckte die Hand aus, griff nach dem Handlauf und stabilisierte mich, überdehnte mir dabei aber die Schulter.

Ich massierte meine Schulter, während ich durch die Tür des Labors in ein kleines Foyer für die verschiedenen kriminaltechnischen Labore trat. Ich klopfte an das Fenster, um hereingelassen zu werden, aber die Frau hinter der Trennwand zeigte auf ihren Kopf. Ich zog eine Schublade in einem Edelstahlschrank auf, setzte ein Haarnetz und Überschuhe auf und wurde in das Labor für Körperflüssigkeiten hereingelassen.

»Was ist los?«

»Wir haben zwei Treffer.«

»Zwei? Bei Brighthouse?«

»Jep.« Der Techniker schnappte sich eine Lampe. »Sie sind hier drüben.«

Ich folgte ihm zu einem Stahltisch, auf dem eine rosafarbene Pastellshorts und eine lindgrüne Hose ausgebreitet waren. Auf beiden rechten Hosenbeinen waren zwei Kreidekreise gezeichnet worden. Er schaltete die Lampe ein und hielt sie über den Kreis auf der rosa Shorts.

»Sehen Sie das Leuchten?«

»Es ist kaum sichtbar.«

»Ich weiß, aber genau das macht dies zu einem so wichtigen Werkzeug. Hier drüben wird ein größerer Rückstand entdeckt.«

Er hielt die Lampe über eine Markierung auf der Hose.

»Es sieht fast so aus, als könnte es ein Fleck sein.«

»Möglicherweise war es ein Tropfen, der etwas nach unten lief, bevor er aufgesaugt wurde.«

»Oder etwas Blut, das er versucht hat abzuwischen?«

»Das werden wir früh genug herausfinden.«

»Wie früh?«

»Der Test, um festzustellen, ob es menschliches Blut ist, geht schnell. Wenn ja, dann müssen wir einen DNA-Abgleich durchführen, um zu sehen, ob es zu Ihrem Opfer passt.«

Die Definition des Technikers von »schnell« war eine völlig andere als meine. War er ein Junge aus den Südstaaten? Während wir warteten, versuchten Vargas und ich festzustellen, ob eine Reihe von nächtlichen Raubüberfällen von derselben Bande begangen wurde. Im letzten Monat waren acht Läden im Bezirk überfallen worden, fünf davon mit einer Schusswaffe und die anderen mit Messern.

Wir studierten die Aufnahmen der Überwachungskameras. Da sie Skimasken trugen, war es unmöglich, irgendwelche Gesichtszüge zu erkennen, obwohl bei einem ein Schnurrbart angedeutet schien.

Vargas sagte: »Es sieht so aus, als hätten wir es mit zwei oder vielleicht drei verschiedenen Tätern zu tun.«

Ich glaubte das nicht, aber Vargas hatte einen Lauf und ich nicht, was mich zögern ließ, zu widersprechen. Kriminelle, die Schusswaffen bei sich trugen, waren eine Klasse für sich, und Messerstecher wechselten fast nie die Seiten. »Könnte sein.«

»Ich wünschte, wir hätten einen weiteren Monitor, um diese miteinander zu vergleichen.«

»Warum lassen wir das Labor nicht ein paar Bilder ausdrucken und vergrößern?«

»Gute Idee.«

Ein Punkt für Luca.

Wir gingen das Video noch einmal durch und notierten uns die Zeitstempel, die die besten Vergleichsmöglichkeiten boten. Vargas brachte die Informationen und das Video ins Labor und ich blätterte ein langes Memorandum über die Opioidkrise durch. Collier hatte einige Süchtige und es klingt seltsam, aber wir hatten das Glück, dass die meisten der Abhängigen wohlhabend waren und nicht auf Raubüberfälle zurückgreifen mussten, um ihre Sucht zu finanzieren.

Zwei Ärzte, die sich in East Naples als Betreiber von Schmerzkliniken ausgaben, waren hochgenommen worden, was das Angebot verknappte, aber eine Pipeline von Miami hatte die Lücke gefüllt. Das Memo identifizierte die Bande, von der sie glaubten, dass sie hinter dem Pillenkanal steckte, und erklärte, dass sie eine Kombination aus Autos und Booten benutzten, um die Drogen zu liefern.

Diese Typen waren clever, dachte ich, als mein Tischtelefon klingelte. Der Anruf aus dem Labor war vielversprechend und hob meine Stimmung. Während ich an einer Nagelhaut kratzte, über die Neuigkeiten nachdachte und sie extrapolierte, kam Vargas zurück. Ich warf einen Blick auf die Uhr.

»Es hat vier Stunden gedauert und das Ergebnis ist nicht

eindeutig. Einer der Flecken war nichts weiter als Meerrettich.«

»Meerrettich? Wie konnte das als Blut angezeigt werden?«

»Das habe ich auch gesagt, aber das Labor meinte, es löst ein falsch positives Ergebnis aus. Wie auch immer, es sieht so aus, als ob der andere Fleck menschliches Blut ist. Jetzt müssen wir nur noch sehen, ob es von Marilyn Boggs stammt.«

Morgan wollte mich sehen, und ich wünschte, er hätte gefragt, bevor ich den Anruf bekam, dass wir bei Brighthouse zwei Chancen hatten.

Mit einem finsteren Blick und einer seiner Westernkrawatten deutete Morgan mit einem Grunzen in Richtung eines Stuhls.

Bevor mein Hintern den Sitz berührte, fragte er: »Gerey droht, eine Beschwerde wegen Belästigung einzureichen.«

»Vielleicht sollten wir ihm sagen, dass wir auf zwei Hosen seines Mandanten Spuren von Blut entdeckt haben.«

»Blut?«

»Ich hätte nicht so voreilig sein sollen. Entschuldigung, Sir. Das Forensikteam hat zwei Kleidungsstücke identifiziert, auf denen sich ihrer Meinung nach möglicherweise menschliches Blut befindet.«

»Wie verdammt lange dauert es, bis sie es wissen?«

Ich betete, dass er keinen Anruf tätigen würde, um Druck zu machen und meine Notlüge aufzudecken. »Jeden Moment sollten wir es wissen. Ich bin sicher, eines der beiden wird es sein, und das ist alles, was wir brauchen.«

»Nicht so schnell, Luca. Sie müssen eine DNA-Analyse durchführen, um festzustellen, von wem es stammt. Es könnte sein eigenes Blut gewesen sein und ist es wahrscheinlich auch.« Er tippte mit einem Zeigefinger auf den Schreibtisch. »Ich bekomme ein schlechtes Gefühl bei der Sache. Ich hätte mich von Ihnen nicht dazu überreden lassen sollen.«

Ich wollte ihn daran erinnern, dass es Vargas war, die ihn überzeugt hatte, nicht ich. »Ich weiß nicht, wie sehr es hilft, aber wir haben immer noch ungefähr zwei Dutzend Kleidungsstücke von Mr. Brighthouse zu überprüfen, zusammen mit denen von Barnet und Sanchez.«

»Das zieht sich alles viel zu lange hin, Luca. Dieser Fall muss gelöst werden. Ich werde dem nächsten Kerl keinen offenen Fall hinterlassen, mit dem er sich herumschlagen muss.«

54

LUCA

Die Anspannung machte mir zu schaffen. Ich überlegte, mich ins Kriminallabor zu schleichen und die Uhrzeiger vorzustellen. Das wäre so ziemlich das Verrückteste gewesen, was ich mir hätte einfallen lassen können, obwohl es nichts gegen das war, was Gideon möglicherweise getan hatte.

Das Treffen war für zwei Uhr nachmittags angesetzt, aber ich saß schon kurz nach eins auf heißen Kohlen. In der Nachricht von John Forman hieß es, er habe die Brighthouse-Ergebnisse und wolle noch ein paar andere Entwicklungen besprechen. Ich hörte mir seine Nachricht ein paar Mal an, konnte aber nicht zwischen den Zeilen lesen. Warum verging die Zeit nie schnell, wenn man es wollte?

Um zehn vor zwei ging ich nach draußen, lief den Parkplatz einmal ab und kam wieder zurück. Der große Zeiger stand immer noch eine Haaresbreite vor der Zwölf. Die Empfangsdame hatte schon vor einer halben Stunde angefangen, mich zu ignorieren, also klopfte ich an die Scheibe.

Sie warf einen Blick auf die Uhr und runzelte die Stirn, bevor sie mich in den Konferenzraum durchließ.

Ich umrundete ununterbrochen den runden Tisch, der den fensterlosen Raum dominierte, und hielt mich an einer Stuhllehne fest, als mich ein Schwindelgefühl überkam. Die Tür ging auf und Forman kam herein, woraufhin der Schwindel verflog.

Er sagte Hallo, zog einen Stuhl zurück und legte eine Akte auf den Lacktisch. »Wollen Sie sich nicht setzen, Frank?«

Ich ließ mich auf einen Stuhl fallen und stützte die Ellbogen auf den Tisch. »Ihre Nachricht, sie hat mich in der Luft hängen lassen.«

»In der Luft hängen lassen? Ich kann mich nicht erinnern, etwas Geheimnisvolles gesagt zu haben. Dieser Fall scheint Ihnen zuzusetzen, Frank. Und dem Sheriff anscheinend auch. Er hat sich voll auf diesen Fall gestürzt.«

Also schnüffelte Morgan doch herum oder bellte hier und da. Und das alles, ohne es seinem leitenden Ermittler zu sagen. Das untergrub mein ohnehin schon wackeliges Selbstvertrauen.

»Es ist ein wichtiger Fall, John. Das ist alles. Was haben Sie?«

»Wir haben insgesamt sechs Treffer.«

»Wow. Sechs Flecken?«

»Das ist nicht ungewöhnlich, wenn man die Anzahl der getesteten Kleidungsstücke bedenkt.«

»Was ist mit dem Blutfleck auf der Brighthouse-Hose?«

»Die DNA-Ergebnisse stimmen mit denen des Opfers, Marilyn Boggs, überein.«

»Das war's also, wir haben Brighthouse.«

»Noch nicht. Wir führen einen Test durch, um den Fleck

zu datieren. Dieses Blut könnte schon seit zwei Jahren dort sein.«

»Das bezweifle ich. Wie lange wird das dauern?«

»Eine Woche oder so.«

»Das ist doch nicht Ihr Ernst.«

»Sehe ich so aus, als würde ich scherzen?«

Ich zuckte mit den Schultern. Die Antwort war nein; Forman hatte wahrscheinlich in seinem ganzen Leben noch keinen Witz erzählt.

»In der Zwischenzeit werden wir uns die anderen Flecken genauer ansehen.«

»Wie stehen die Chancen, John? Ich meine, wir haben ihr Blut auf der Kleidung eines Hauptverdächtigen.«

»Sie waren verheiratet, richtig? Wer weiß, wie oder wann es dorthin gelangt ist. Diesen Weg haben wir schon mindestens ein Dutzend Mal beschritten, seit ich hier bin. Deshalb tun wir, was wir tun.«

Er hatte recht. Ich wusste es, aber der Fall fühlte sich an, als würde er sich in die Länge ziehen. Ich konnte die Ziellinie sehen, und jetzt sagten sie mir, ich müsse einen Boxenstopp einlegen?

»Schon gut. Sie sagten, Sie hätten noch ein paar andere Treffer.«

»Ja. Bei allen wurde menschliches Blut bestätigt.« Er schlug die Akte auf. »Wir haben drei Flecken auf drei Hosen gefunden, die Sanchez gehören. Zwei Chinohosen, einer auf dem rechten Oberschenkel und ein anderer am linken Hosenaufschlag. Die dritte Stelle war am linken Schienbein einer Jeans.«

Ich versuchte, schnell die Wahrscheinlichkeit auszurechnen, dass irgendetwas davon von Boggs stammte, gab es aber auf und fragte: »Was ist mit Barnet?«

»Es wurden zwei menschliche Blutflecken aus Barnets Inventar identifiziert.« Er hob ein Blatt Papier an. »Einer am rechten Hosenbund eines Hemdes und ein anderer am rechten Oberschenkel einer Hose.«

Ich beugte mich vor. »Welche Farbe?«

»Farbe?«

»Barnets Hemd und Hose.«

ICH KAM eineinviertel Stunden früher als sonst in mein Büro. Ich dachte mir, da heute die Ergebnisse im Fall Boggs eintreffen würden, sollte ich besser den Papierkram in einigen anderen Fällen in Ordnung bringen. Wie ein Schatten folgte mir Vargas fünf Minuten später.

Als sie ihre Handtasche abstellte, sagte sie: »Konnte letzte Nacht nicht schlafen.«

»Wer konnte das schon?«

»Was sagt dir dein berühmtes Bauchgefühl?«

Ich zuckte mit den Schultern und sie sagte: »Ruft bei den Zeitungen an. Luca hat keine Meinung.«

Ich lächelte. »Habe ich schon, aber ich bin unentschlossen. Lass uns deine hören.«

»Es muss Gideon Brighthouse sein. Der sozusagen ›liebende Ehemann‹, der den Mord an seiner Frau plante. Es könnte auch Sanchez gewesen sein, weil er zurückkam, um mehr Schmuck zu stehlen, und sie ihn dabei erwischte und die Sache aus dem Ruder lief. Aber je mehr ich darüber nachdenke, desto mehr komme ich immer wieder auf Brighthouse zurück.«

»Für mich ist das eine Zitterpartie zwischen Barnet und Brighthouse. Ich glaube nicht, dass es Sanchez war, aber ich kann ihn wegen seiner Zugehörigkeit zu einer mexikanischen Gang nicht ausschließen.«

»Aber Barnet, er ist ein Kretin, der Frauen so nachstellt, wie er es tut. Aber der Sprung vom schmierigen Romeo zum Mörder ist weit. Bei Sanchez gibt es zumindest die gewalttätige Gangvergangenheit.«

»Stimmt.«

55

LUCA

Ich saß auf der obersten Stufe, die zum Vernehmungsraum führte, und war so bereit, wie ich es nur sein konnte. Der Fall Boggs hatte mehr Wendungen als eine Serpentinenstraße. Diese letzte Runde mit den Blutflecken war wie das Spiel »Hau den Maulwurf«.

Egal, was Vargas sagte, ich wollte bei unserer Vernehmung kein Risiko eingehen. Ich glaubte, dass mein Ritual vor dem Verhör funktionierte, aber ob das nun Einbildung war oder nicht, spielte keine Rolle. Wenn ich den Verdächtigen nicht warten und zappeln ließ, würde das mein Selbstvertrauen untergraben. Für dieses Verhör hatte ich beschlossen, dass mein taktisches Vorgehen weniger einem Standardtanz und dem Herauslocken von Informationen ähneln würde als vielmehr einem Moshpit.

Vargas kam den Flur entlang und trug eine weiße, rüschenbesetzte Bluse, die ich noch nie an ihr gesehen hatte. Ich war mir nicht sicher, ob sie für die bevorstehende Aufgabe angemessen war. Dann traf es mich wie ein Schlag. Sag bloß, sie hat heute Abend wieder ein Date? Mir kam es so vor, als ob sich die Dinge mit diesem Damien zu schnell entwickelten. War er Ire?

»Du siehst gut aus.«

Vargas lächelte. »Wenn das von dir kommt, ist das ein ziemliches Kompliment.«

»Wovon redest du? Ich mache dir ständig Komplimente.«

»Schon gut, Frank. War nur ein Scherz. Entspann dich.«

Ich weiß nicht, warum, aber die Worte rutschten einfach aus meinem großen, fetten Mund. »Hast du wieder ein Date mit diesem Damien?«

Sie fuhr mit dem Kopf herum. »Dieser Damien geht dich überhaupt nichts an.«

Ich fühlte mich so klein mit Hut. »Tut mir leid. Ich wollte nicht, dass das so rüberkommt.«

»Entschuldigung angenommen. Bist du bereit?«

Tatsache war, ich war nicht bereit. Ich brauchte ein paar Minuten, um mich zu sammeln. »Wenn es dir nichts ausmacht, ich muss mal für kleine Jungs.«

Sie lächelte. »Nimm dir Zeit, Frank. Ich hole mir einen Kaffee oder so.«

Auf dem Weg zur Toilette fragte ich mich, was das bedeuten sollte. Sie kannte meine Situation mit dem Pinkeln; ich brauchte viel Zeit. Sie machte sich doch nicht etwa über mich lustig, oder? Vargas war der verständnisvollste Mensch, den ich je getroffen hatte. Und es war leicht, ihr sein Herz auszuschütten, sie verurteilte mich nie. Sie konnte nichts anderes gemeint haben, als dass ich mich nicht beeilen sollte.

Während ich dasaß und darauf wartete, dass es endlich lief, dachte ich daran, Vargas mit so etwas wie einem schönen Abendessen im Bleu Provence zu überraschen, um zu feiern, dass wir den Boggs-Fall geknackt hatten. Ich hatte gehört, wie sie sagte, dass ihr dieses Lokal gefiel, in das Damien sie mitgenommen hatte. Ja? Sie soll nur mal abwarten, bis sie ins Bleu Provence geht.

Als ich Vargas die Tür zum Vernehmungsraum Zwei aufhielt, unterdrückte ich ein Lächeln. Der Raum war perfekt: fensterlos und der kleinste, den wir hatten. Als wir Platz nahmen, nickte ich über den Tisch. Vargas lächelte ihr entwaffnendes Lächeln und drückte den Aufnahmeknopf. Sie sprach die erforderlichen Formalitäten und sah zu mir.

Ich sagte: »Wann hatten Sie das letzte Mal Geschlechtsverkehr mit Marilyn Boggs?«

Schock zeichnete sich auf seinem gebräunten Gesicht ab. »Was ist das denn für eine Frage?«

»Beantworten Sie die Frage.«

»Das geht Sie nichts an.«

»Da irren Sie sich. In einer früheren Aussage sagten Sie, Sie hätten am Tag ihres Mordes mit Marilyn Boggs Geschlechtsverkehr gehabt. Bleiben Sie bei dieser Aussage?«

Barnets Bräune wurde ein paar Nuancen heller. »Also, ich … ich glaube nicht.«

»Mr. Barnet, ich möchte Sie daran erinnern, dass Ihre frühere Aussage vor Gericht zulässig ist.«

»Ich glaube nicht, dass wir es getan haben.«

»Lügen Sie jetzt oder haben Sie vorher gelogen? Was von beidem, Mr. Barnet?«

»Ich lüge nicht. Es ist nur schwer, sich zu erinnern, das ist alles. Es ist eine Weile her.«

Vargas sagte: »Ich würde mich daran erinnern, wann ich

das letzte Mal mit jemandem Geschlechtsverkehr hatte, besonders wenn er am selben Tag tot aufgefunden wurde.«

Das war gut formuliert, aber ich mochte es nicht, Mary Ann das sagen zu hören.

Barnet schloss die Augen und strich sich über seinen Van-Dyke-Bart, bevor er sagte: »Ich glaube, wir hatten an diesem Nachmittag, äh, Sex. Marilyns Tod hat mich sehr mitgenommen. Vielleicht versucht mein Gehirn, die Dinge zu verdrängen.«

»Also hatten Sie doch Geschlechtsverkehr mit Marilyn Boggs an dem Tag, an dem sie tot aufgefunden wurde?«

»Ja.«

»Das ist interessant, Mr. Barnet. Wissen Sie, warum?«

Eine Fliege hätte auffälliger mit den Schultern gezuckt als er.

»Weil die Autopsie keine Anzeichen für Geschlechtsverkehr ergab.«

»Das ist unmöglich.«

»Nö, kein Sperma, keine Abschürfungen, keine Entzündungen, nichts.«

»Ich weiß nicht, wie das sein kann.«

Ich drehte mich zu Vargas. »Was meinst du? Vielleicht hat er einen ganz kleinen Piephahn.«

Barnet schüttelte den Kopf.

Vargas sagte: »War der Grund, warum Sie an diesem Nachmittag keinen Verkehr hatten, der, dass Sie sich gestritten haben?«

»Marilyn und ich haben uns nicht gestritten.«

»Wir haben einen Zeugen, der ausgesagt hat, dass Sie es taten.«

»Zeuge? Gideon ist kein Zeuge. Er ist der Typ, der das getan hat, wenn Sie mich fragen.«

»Wir fragen Sie nicht, Mr. Barnet.«

»Ich sage Ihnen nur, was ich denke.«

»Wissen Sie, was ich denke? Ich denke, Sie haben versucht, Mrs. Boggs um mehr Geld anzuhauen, und es kam zu einem Streit. Sie hatte es satt, Ihnen Geld zu geben.«

»Mir Geld geben?«

»Erzählen Sie keinen Stuss, Barnet. Wir wissen, dass Sie sie schon früher um Geld angepumpt haben.«

»Und was lässt Sie das glauben?«

Ich lehnte mich über das Geländer. »Marilyn hat sich einer Freundin anvertraut. Genau genommen zweien.«

»Es war ein Darlehen, das ist alles. Daran ist nichts Falsches.«

»Und auch nichts Falsches daran, als Sie ihr zu viel berechnet haben?«

»Ich habe Ihnen schon einmal gesagt, das war ein Fehler von jemandem im Laden und es wurde zurückgezahlt. Was das Darlehen betrifft, so versuchte Marilyn, mir durch eine schwierige Zeit zu helfen.«

»Und als sie sich weigerte, Ihren Lebensstil und Ihr scheiterndes Geschäft weiter zu stützen, haben Sie sie bedroht, nicht wahr?«

Barnets Oberlippe glänzte. »Das ist nicht wahr.«

»Sie haben sie in einer sexuell kompromittierenden Situation gefilmt und gedroht, sie und ihre Familie bloßzustellen, nicht wahr? Sie haben versucht, sie zu erpressen.«

Angst zuckte über Barnets Gesicht. »So etwas würde ich niemals tun.«

»Sie meinen, Sie würden so etwas nie wieder tun?«

Die kleinste Pause, bevor er sagte: »Wieder?«

»Ja, wieder. Wir haben zwei Frauen, die bereit sind auszusagen, dass Sie es getan haben.«

»Es war nicht zw-«

Barnet hielt abrupt inne, als ihm klar wurde, dass er damit mindestens eine Erpressung zugegeben hatte.

»Sie dachten, Sie könnten Marilyn einschüchtern, damit sie Ihnen Geld geben würde. Sie haben sich wohl gedacht, dass sie so viel Geld hat, dass sie die Peinlichkeit wegen des Films, den Sie illegal aufgenommen haben, nicht riskieren würde.«

Barnet schwieg.

Vargas sagte: »Sie wussten von der Reputationsklausel im Treuhandvertrag, nicht wahr?«

»Ich habe keine Ahnung, wovon Sie sprechen.«

Ich sagte: »Als Marilyn Boggs sich Ihrem Erpressungsversuch widersetzte, haben Sie sich mit ihr gestritten. Als sie nicht nachgab, haben Sie sie mit einem Küchenmesser bedroht, nicht wahr?«

»Nein. Das habe ich nie getan.«

»Wenn Sie das nie getan haben, wie erklären Sie dann das Blut, das sowohl auf der Hose als auch auf dem Hemd gefunden wurde, die Sie am Tag ihres Todes trugen?«

»Da war kein Blut an meiner Kleidung.«

»Nicht laut Kriminallabor.«

»Hä?«

»Das ist richtig, John. Das Labor hat das Blut von Marilyn Boggs auf Ihrer Hose und Ihrem Hemd identifiziert.«

»Aber das ist unmöglich.«

Ich schob zwei vom Labor markierte Fotos über den Tisch. »Heutzutage können die einen mikroskopisch kleinen Blutfleck finden. Es ist wirklich erstaunlich.«

Barnets Ohren wurden rot, und er wischte die Bilder weg.

»Dieses Gör ist mit einem Messer auf mich losgegangen. Ich habe nur reagiert. Ich hatte keine Wahl. I-ich wollte sie nicht erstechen, es war ein Unfall.« Er warf die Fotos zurück. »Sie hätte mir einfach das Geld geben sollen, das ich brauchte. Ich konnte den Laden nicht verlieren. Das wusste Marilyn.«

»Warum erzählen Sie uns nicht, was passiert ist?«

Barnet holte tief Luft und atmete aus. »Ich steckte diese Nebensaison tief in der Klemme. Es war schrecklich. Ich brauchte Geld, um den Laden am Laufen zu halten, wissen Sie, um etwas Zeit zu gewinnen, bis es sich wieder dreht. Aber das verzogene Gör wollte mir nicht helfen, obwohl es für sie ein Klacks gewesen wäre.«

»Als sie sich weigerte, haben Sie ihr mit den Sexvideos gedroht?«

Barnet zuckte mit den Schultern. »Ich hatte nicht vor, irgendwas damit zu machen. Es war nur, um ihr Angst einzujagen. Aber Marilyn ist einfach ausgeflippt. Anstatt mir einfach das Geld zu geben, das ich brauchte, hat sie einen auf Wonder Woman gemacht und sich ein Messer von der Theke geschnappt.« Er schüttelte den Kopf. »Sie hätten sie sehen sollen, wie sie da mit dem Messer in der Hand stand. Ich habe sie ausgelacht. Dann ist sie, sie ist einfach durchgedreht, fing an zu schreien und kam so auf mich zu.« Barnet hielt seine Hand in Ohrhöhe. »Also packte ich ihr Handgelenk und drehte das Messer weg, aber dann rammte sie mir ihr Knie direkt in die Eier.«

»Und da haben Sie sie erstochen?«

»Es war Notwehr. Das schwöre ich Ihnen. Im Traum hätte ich nicht gedacht, dass sie es benutzen würde. Ich kann es immer noch nicht fassen.«

56

Vargas wohnte in einer netten Wohngegend namens Marbella Lakes, unweit von Livingston. Als ich in ihre Einfahrt fuhr, verstärkte sich das Kribbeln in meinem Bauch. Das letzte Mal, dass ich mich so gefühlt hatte, war mit Kayla im Baleens. Das war ein richtiges Date; das hier war doch nur ein Abendessen zur Feier des Tages, oder nicht?

Mary Ann lächelte, als sie ins Auto stieg. Sie trug diese Art Cordhose, die ich mochte. Wusste sie das und hatte sie sie absichtlich angezogen? Ihr Parfüm war irgendein blumiger Duft, der mich an Nektar denken ließ.

Ich fragte: »Wann hattest du Feierabend?«

»Ich bin gegen vier gegangen. Die Staatsanwaltschaft wollte, dass ich mit der ICE die Sanchez-Akte durchgehe.«

»Wollen sie ihn abschieben?«

»Jep. Es hat keinen Sinn, Geld und Zeit für seine Strafverfolgung aufzuwenden, ganz zu schweigen von den Kosten, ihn für zehn Jahre im Gefängnis unterzubringen.«

»Mag sein. Ich verstehe es, aber ich kaufe es ihnen nicht

ganz ab. Wer das Verbrechen begeht, sollte auch die Strafe absitzen.«

»Die Welt ist nicht perfekt, Frank.«

»Wem sagst du das? Was ist mit Brighthouse? Er plant, seine Frau umzubringen, und am Ende von all dem bekommt er zwanzig Millionen.«

Mary Ann sagte: »Ich kann immer noch nicht glauben, dass wir ihm den Mord beinahe angehängt hätten. Ohne die heutige Technologie hätten wir nie gewusst, dass das Blut an seiner Hose zwei Jahre alt war. Kannst du dir vorstellen, ihn für etwas einzubuchten, was er nicht getan hat?«

Ich brauchte es mir nicht vorzustellen. Der Fall Barrow hatte mich fast zehn Jahre lang verfolgt und schoss mir wieder durch den Kopf.

»Tut mir leid, Frank. Ich habe Barrow vergessen.«

Konnte sie etwa auch Gedanken lesen?

»Schon gut. Ich denke nicht mehr oft an den Fall. Du hast mir geholfen einzusehen, dass ich ihn loslassen musste.«

»Ich bin froh, dass du den Mut hattest, weiterzumachen.«

Mut? Ich?

»Mut hin oder her, aber lass uns das Thema wechseln, okay? Heute Abend feiern wir! Ich kann immer noch nicht glauben, dass du noch nie im Bleu Provence warst.«

Sie lächelte. »Es ist aufregend, an einen neuen Ort zu gehen. Danke, dass du das organisiert hast.«

»Du wirst es lieben.«

»Da bin ich mir sicher.«

»Weißt du, Mary Ann, du siehst heute Abend sehr gut aus.«

Ich hoffe, du hattest beim Lesen von ***Mord in Serenity*** genauso viel Spaß wie ich beim Schreiben. Wenn ja, würde ich mich freuen, wenn du eine kurze Rezension auf Amazon oder deiner Lieblingsbuchseite schreiben würdest. Rezensionen sind der beste Freund eines Autors, und selbst ein oder zwei kurze Zeilen sind hilfreich. Danke, Dan

Die Luca Mystery -Serie

Bin ich der Mörder?

Verschwunden

Mord in Serenity

Dritte Chancen

Ein kalter, harter Fall

Polizist oder Mörder?

Salter zum Schweigen bringen

Ein Mörder falsch

Ungewisse Einsätze

Der Opa -Mörder

Gefährliche Rache

Wo sind sie

Am See begraben

Der Preserve Killer

Niemand ist sicher

Mord, Geld und Chaos

Der goldene Ausverkauf

Spannende Geheimnisse

Corys Dilemma

Corys Flug

Corys Verschiebung

Reihe: Die Kunst der Rache

Im Namen der Rache

Jenseits der Rache

Die Abrechnung

Andere Werke von Dan Petrosini

Der letzte Feind

Completciccitic Zeuge

Zurückschieben

Ehrgeiz Klippe

Sie können über mein Schreiben auf dem Laufenden bleiben und Zugang zu Büchern haben, die frei von Discounter sind, indem Sie sich meinem Newsletter anschließen. Normalerweise ist es einmal im Monat ausgestiegen und enthält auch Notizen zu Selbstwertgefühl, Motivationsstücken und Weinartikeln.

Es ist kostenlos. Siehe meine Website: www.danpetrosini.com

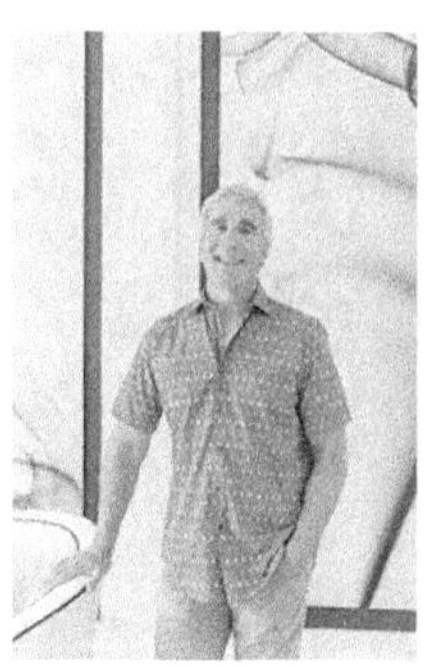

Dan ist ein USA-Today- und Amazon-Bestsellerautor, der seine erste Geschichte im Alter von zehn Jahren schrieb und es liebt, Geschichten oder Witze zu erzählen.

Seine Ideen für Geschichten erhält Dan, indem er der Frage nachgeht: Was wäre, wenn?

In fast jeder Situation, in der er sich befindet, geht Dan der Frage nach, was wäre, wenn dies oder das passieren würde? Was wäre, wenn diese Person sterben oder etwas Ungewöhnliches oder Illegales tun würde?

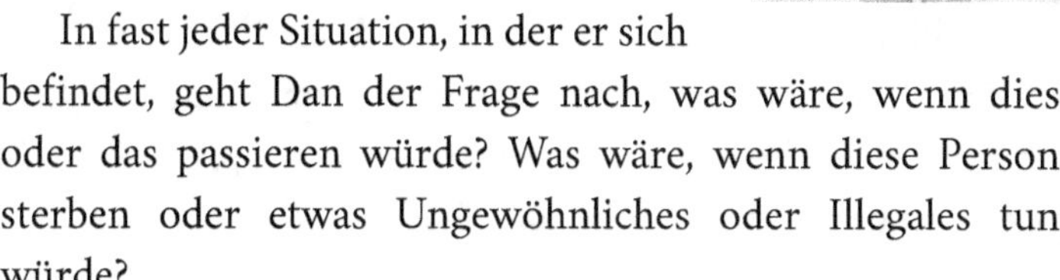

Dans ständiges Gedankenkarussell liefert ihm reichlich Stoff, den er zu interessanten Geschichten verwebt.

Als Fan von Büchern und Filmen mit unvorhersehbaren Wendungen gestaltet Dan seine Geschichten so, dass die Leser den Ausgang nicht erraten können. Er schreibt jeden Tag, ringt notfalls um die Worte und hat bis heute über fünfundzwanzig Romane geschrieben.

Für Dan ist es keine Frage des Wollens, er muss einfach schreiben.

Dan ist der festen Überzeugung, dass Menschen ihre Träume verwirklichen können, wenn sie sich darauf konzentrieren und handeln, und er ermutigt genau dazu.

Sein Lieblingsspruch lautet: „Der Preis der Disziplin ist immer geringer als die Kosten des Bedauerns."

Dan erinnert die Menschen daran, Negativität aus ihrem Leben zu verbannen. Er glaubt, dass sie ansteckend ist, und rät, sich von negativen Menschen fernzuhalten. Er weiß, dass eine wirklich positive Grundeinstellung einem das

Gefühl gibt, das Leben spiele einem in die Karten. Wenn er mal vom Weg abkommt, sagt er sich: „Man kann keinen guten Tag mit einer schlechten Einstellung haben."

Dan ist verheiratet, hat zwei Töchter und einen anhänglichen Malteser und lebt im Südwesten Floridas. Der gebürtige New Yorker hat an örtlichen Hochschulen unterrichtet, schreibt Romane und spielt Tenorsaxophon in mehreren Jazzbands. Außerdem trinkt er viel zu viel Wein und nimmt sich selbst niemals, aber auch wirklich niemals zu ernst.

Er veröffentlicht einen zweimal monatlich erscheinenden Newsletter mit Artikeln, seinen Texten sowie Sonderangeboten und Schnäppchen.